Sem Lógica para o Amor

TRACEY GARVIS GRAVES

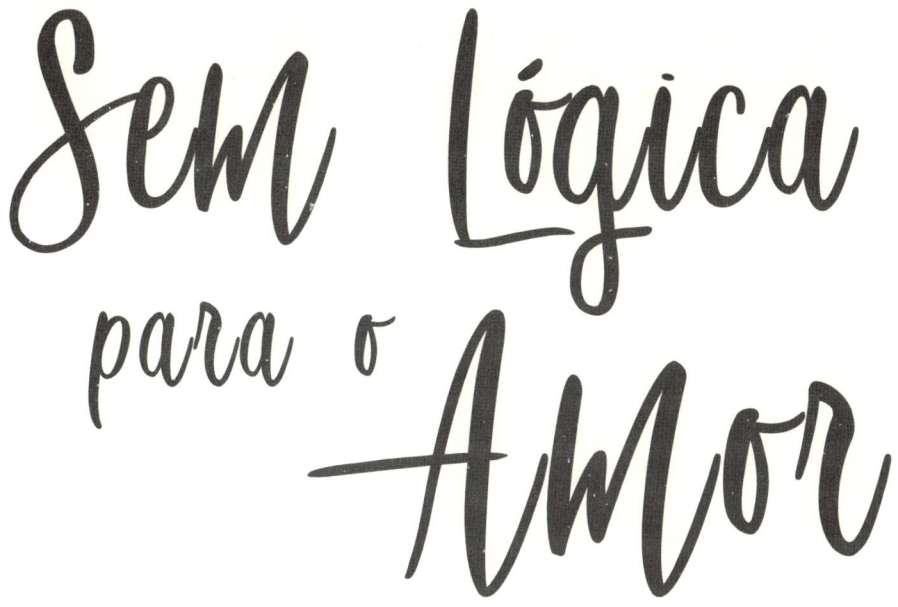

Sem Lógica para o Amor

Tradução
Jacqueline Damásio Valpassos

JANGADA

Título do original: *The Girl He Used To Know*.
Copyright © 2019 Tracey Garvis Graves.
Publicado mediante acordo com St. Martin's Publishing Group.
Copyright da edição brasileira © 2020 Editora Pensamento-Cultrix Ltda.
1ª edição 2020.

Todos os direitos reservados. Nenhuma parte desta obra pode ser reproduzida ou usada de qualquer forma ou por qualquer meio, eletrônico ou mecânico, inclusive fotocópias, gravações ou sistema de armazenamento em banco de dados, sem permissão por escrito, exceto nos casos de trechos curtos citados em resenhas críticas ou artigos de revistas.

A Editora Jangada não se responsabiliza por eventuais mudanças ocorridas nos endereços convencionais ou eletrônicos citados neste livro.

Esta é uma obra de ficção. Todos os personagens, organizações e acontecimentos retratados neste romance são também produtos da imaginação do autor e são usados de modo fictício.

Editor: Adilson Silva Ramachandra
Gerente editorial: Roseli de S. Ferraz
Preparação de originais: Alessandra Miranda de Sá
Produção editorial: Indiara Faria Kayo
Editoração eletrônica: S2 Books
Revisão: Luciana Soares da Silva

Dados Internacionais de Catalogação na Publicação (CIP)
(Câmara Brasileira do Livro, SP, Brasil)

Graves, Tracey Garvis
    Sem lógica para o amor / Tracey Garvis Graves ; tradução Jacqueline Damásio Valpassos. -- São Paulo : Editora Pensamento Cultrix, 2020.

    Título original: The girl he used to know.
    ISBN 978-65-5622-004-8

    1. Ficção norte-americana I. Título.

20-42503   CDD-813

Índices para catálogo sistemático:

1. Ficção : Literatura norte-americana 813

Cibele Maria Dias - Bibliotecária - CRB-8/9427

Jangada é um selo editorial da Pensamento-Cultrix Ltda.

Direitos de tradução para o Brasil adquiridos com exclusividade pela
EDITORA PENSAMENTO-CULTRIX LTDA., que se reserva a
propriedade literária desta tradução.
Rua Dr. Mário Vicente, 368 — 04270-000 — São Paulo, SP – Fone: (11) 2066-9000
http://www.editorajangada.com.br
E-mail: atendimento@editorajangada.com.br
Foi feito o depósito legal.

Para quem já se sentiu deslocado.
E para Lauren Patricia Graves, que é a luz da minha vida.

Agradecimentos

Tomei algumas liberdades criativas com esta história. O clube de xadrez Illini não se reúne na praça de alimentação do Grêmio Estudantil da Universidade de Illinois, mas sim em uma sala específica. Vivek Rao, uma pessoa real, aparece no livro como membro da equipe de xadrez que representou a Universidade de Illinois no Campeonato Pan-Americano de 1991. Pelo que fiquei sabendo em minhas pesquisas, ele é mesmo um enxadrista fenomenal. Os outros membros da equipe que constam no livro são todos fictícios. Devo enorme gratidão a Eric Rosen, membro do clube e da equipe de xadrez da Universidade de Illinois e cujos conhecimento e contribuição foram muito proveitosos na elaboração deste livro.

Obrigada a minha editora, Leslie Gelbman. Sou profundamente grata por você ter se conectado tanto com esta história. Foi um verdadeiro prazer trabalhar com você.

Ao maravilhoso e talentoso pessoal da St. Martin's Press e Macmillan, obrigada por me receber de braços abertos. Agradecimentos especiais a Lisa Senz, Brant Janeway, Marissa Sangiacomo e Tiffany Shelton.

A Brooke Achenbach, obrigada por me aconselhar sobre tudo o que se relaciona à Universidade de Illinois no *campus* de Urbana-Champaign. Espero que tenha gostado de voltar ao passado ao fornecer os nomes de salas de aula, restaurantes e bares.

A Jana Waterreus, obrigada por fornecer informações sobre o papel de um bibliotecário e o caminho acadêmico a ser trilhado para se seguir tal carreira. Agradeço-lhe muito por isso.

A Tammara Webber, obrigada não apenas por ler o manuscrito, mas também por me encorajar em relação a minhas ideias para este livro. Sua contribuição foi inestimável.

A Hillary Faber, sou grata por emprestar sua *expertise* e sua experiência no trabalho com alunos que se encontram no âmbito autista. Você me ajudou a tornar a personagem Annika autêntica, e agradeço muito por isso.

A Elisa Abner-Taschwer, cuja torcida está mais forte do que nunca. Obrigada por acreditar em mim desde o início e continuar fornecendo *feedback* sete livros depois. Seu apoio e seu entusiasmo são incomensuráveis.

A Stacy Elliott Alvarez, obrigada por sempre me certificar de que escrever é o que devo fazer.

Também sou profundamente grata pelas contribuições, pela assistência e pelo apoio das seguintes pessoas:

David Graves, pois seu incentivo contínuo significa mais para mim do que ele possa imaginar. Além disso, você é um ótimo caçador de erros de digitação.

Meus filhos, Matthew e Lauren. Obrigada por sempre entenderem quando tenho um prazo final a cumprir ou estou às voltas com mundos imaginários em minha mente. Nenhuma dessas coisas, no entanto, é mais importante do que vocês dois. Amo vocês.

Jane Dystel, Miriam Goderich e Lauren Abramo. Vocês são, sem dúvida, a tríade-maravilha dos agentes literários. Obrigada pela orientação e pelo apoio contínuo.

Sou eternamente grata aos blogueiros literários que foram tão fundamentais para minha capacidade de chegar aos leitores. Vocês trabalham incansavelmente todos os dias para divulgar os livros, e a comunidade de escritores é um lugar melhor por causa de vocês. Também quero oferecer minha gratidão aos grupos de leitores fervorosos na defesa dos livros que amam: Andrea Peskind Katz, da Great Thoughts' Great Readers; Susan Walters Peterson, da Sue's Booking Agency; e Jenn Gaffney, da REden' with the Garden Girls.

Quero expressar meus sinceros agradecimentos e reconhecimento aos livreiros, que vendem meus exemplares físicos, e aos bibliotecários, que os colocam nas prateleiras.

Meu sincero obrigado a todos vocês por ajudarem a tornar *A Garota Que Ele Conhecia* o livro que eu esperava que fosse. Palavras são insuficientes para expressar como sou abençoada por ter pessoas tão maravilhosas e entusiasmadas em minha vida.

E, por último, mas com certeza não menos importante, agradeço aos meus leitores. Sem vocês, nada disso seria possível.

I

Annika

CHICAGO
AGOSTO DE 2001

Dou de cara com ele no Dominick's, por incrível que pareça. Estou vasculhando o *freezer*, procurando os morangos que coloco no meu *smoothie* matinal, quando a voz de um homem à minha direita diz:

— Annika? — ele parece em dúvida.

Pelo canto do olho, vislumbro seu rosto. Faz dez anos desde a época em que namoramos e, embora eu costume ter certa dificuldade para reconhecer pessoas fora do contexto, para mim não há necessidade de me questionar se é ele ou não. Sei que é ele. Meu corpo vibra como um trem rumoroso a distância, e fico grata pelo ar frio do *freezer* enquanto a temperatura do meu corpo dispara. Quero fugir, esquecer os morangos e encontrar a saída mais próxima. Mas as palavras de Tina ecoam em minha cabeça e as repito como um mantra: *Não fuja, assuma responsabilidades, seja você mesma.*

Minha respiração é entrecortada e não enche muito meus pulmões. Viro-me para ele.

— Oi, Jonathan.

– É você *mesmo* – diz ele. Abro um sorriso.
– Sim.

Meus cabelos, que costumavam bater na cintura e quase sempre andavam carentes de uma boa escovada, agora estão brilhantes e lisos, ultrapassando meus ombros alguns centímetros. A blusa bem-talhada e as calças justas que uso estão muito distantes do meu guarda-roupa da faculdade, com saias e vestidos dois tamanhos maiores. É provável que isso o tenha deixado um pouco confuso.

Aos 32 anos, ele ainda parece o mesmo para mim: cabelos escuros, olhos azuis, os ombros largos de nadador. Não está sorrindo, mas as sobrancelhas também não estão unidas em uma expressão carrancuda. Embora minha capacidade de ler expressões faciais e outros sinais não verbais tenha melhorado bastante, não sei dizer se ele nutre algum sentimento de raiva ou mágoa. Tem todo o direito de sentir ambos.

Damos um passo à frente e nos abraçamos, porque até mesmo eu sei que depois de todo esse tempo – e de tudo pelo que passamos – devemos nos abraçar. Há uma sensação imediata de segurança e conforto quando os braços de Jonathan me envolvem. Isso não mudou nem um pouco. O cheiro de cloro que costumava impregnar sua pele foi substituído por um odor amadeirado e, felizmente, não muito marcante nem enjoativo.

Não faço ideia do motivo de ele estar em Chicago. Uma prestigiada empresa de Nova York, do ramo financeiro, tratou logo de arrastar Jonathan para fora de Illinois praticamente antes que a tinta de seu diploma terminasse de secar, quando o que antes era uma mudança planejada para dois transformou-se em empreitada individual. Quando nos afastamos um do outro, eu me atrapalho com as palavras.

– Eu pensei que você morasse... Você está aqui a negócios...?

— Mudei para o escritório de Chicago há cerca de cinco anos — disse ele. Surpreende-me que durante todo esse tempo, enquanto eu andava pela cidade que agora chamo de lar, nunca soube que dar de cara com ele fosse uma possibilidade. Quantas vezes estivemos em um raio de um quilômetro de distância um do outro sem saber? Quantas vezes estivemos atrás ou na frente um do outro em uma calçada movimentada ou jantando no mesmo restaurante? — Minha mãe precisava de alguém para supervisionar seu tratamento — continua ele.

Eu havia conhecido a mãe dele e gostara dela quase tanto quanto gostava da minha. Foi fácil ver de onde tinha vindo a gentileza de Jonathan.

— Por favor, diga a ela que mandei um oi.

— Ela morreu alguns anos atrás. Demência. O médico disse que provavelmente ela vinha sofrendo disso há anos.

— Ela me chamou de Katherine e não conseguia encontrar as próprias chaves — digo isso, porque minha memória é excelente e tudo faz sentido agora. Ele concorda comigo com um ligeiro aceno de cabeça.

— Você trabalha no centro da cidade? — ele pergunta.

Fecho a porta do *freezer*, envergonhada por mantê-la aberta durante todo esse tempo.

— Sim, na Biblioteca Harold Washington — minha resposta provoca o primeiro sorriso em seu rosto.

— Meus parabéns.

A conversa para de repente. Jonathan sempre fez o trabalho pesado no que diz respeito a nossa comunicação, mas desta vez ele não alivia minha barra e o silêncio é ensurdecedor.

— Foi ótimo ver você — falo, afinal, sem pensar. Minha voz soa mais aguda que o normal. O calor ruboriza meu rosto, e penso que deveria ter deixado a porta do *freezer* aberta, no fim das contas.

– Foi ótimo ver você também.

Quando ele se vira, uma pontada de saudade me atinge com tanta força que meus joelhos vacilam, e reúno coragem para dizer:

– Jonathan? – suas sobrancelhas estão ligeiramente arqueadas quando ele se vira.

– Sim?

– Gostaria de sair um dia desses? – fico tensa quando as lembranças retornam numa enxurrada. Digo a mim mesma que não é justo fazer isso com ele, que já fiz o bastante.

Ele hesita, mas então responde:

– Claro, Annika – ele tira uma caneta do bolso interno do paletó e pega a lista de compras da minha mão, rabiscando seu número de telefone no verso.

– Eu ligo para você. Logo – prometo.

Ele assente, o semblante impenetrável mais uma vez. Deve achar que não vou prosseguir com isso. Não o culpo.

Mas vou ligar. Vou me desculpar. Perguntar a ele se podemos tentar de novo. "Começar do zero", vou dizer.

Esse é meu desejo: substituir as lembranças da garota que ele conhecia pelas da mulher que me tornei.

2

Annika

CHICAGO
AGOSTO DE 2001

Na minha primeira sessão de terapia com Tina, meus olhos levaram quase cinco minutos para se ajustar à sala pouco iluminada. Quando por fim pude ver com nitidez meu entorno, percebi que era intencional e que tudo ali havia sido disposto com o propósito de acalmar as pessoas. A luminária de chão a um canto – a única fonte de luz – tinha um tom creme que lançava sombras suaves contra a parede. A mobília de couro marrom parecia macia como manteiga sob as pontas dos meus dedos, e o tapete grosso que cobria o chão me fez querer tirar os sapatos e alisar as fibras suaves e fofas com os dedos dos pés.

– Cruzei com Jonathan – digo a Tina antes mesmo que ela feche a porta quando apareço para minha sessão semanal. Ela se senta na poltrona e eu afundo no sofá estofado em frente a ela, as almofadas me envolvendo de um modo que sempre diminui minha ansiedade por estar lá.

– Quando?

– Terça-feira passada. Parei no Dominick's a caminho de casa, e ele estava lá.

Passamos muitas horas discutindo sobre o Jonathan e com certeza ela deve estar curiosa, mas saber o que Tina está pensando pela expressão em seu rosto é algo que nunca vou conseguir decifrar.

– Como foi?

– Lembrei-me do que você disse que eu deveria fazer se o visse de novo – eu me animei, sentando-me um pouco mais ereta, apesar da tentativa constante do sofá de me engolir. – Tivemos uma conversa. Foi curta, mas legal.

– Houve um tempo em que você não faria isso – diz Tina.

– Houve um tempo em que eu teria fugido pela porta dos fundos e me enfiado na minha cama por dois dias – sentia-me *esgotada* quando cheguei em casa com as compras. Enquanto as guardava, a tristeza que senti pela morte da mãe de Jonathan enfim me abateu e chorei sem parar, porque agora ele não tinha nenhum dos pais. Também não disse a ele o quanto lamentava, embora estivesse pensando nisso na hora. Apesar do meu cansaço, demorei muito para adormecer naquela noite.

– Pensei que ele estivesse em Nova York!

– Estava. Ele se transferiu para cá para cuidar da mãe antes de ela morrer. Isso é tudo o que sei – o surgimento de Jonathan tinha sido tão inesperado, tão aleatório, que não fui capaz de articular muitas perguntas. Ocorreu-me depois que não tinha ideia de se ele era casado. Olhar para o dedo anelar de um homem é o tipo de artimanha que me ocorre mais tarde – e, no caso de Jonathan, dois dias inteiros após o fato.

– O que você acha que passou pela cabeça de Jonathan quando ele a viu naquele mercado?

Tina sabe como é difícil para mim compreender o que os outros pensam, então sua pergunta não me surpreende. Nos dez anos desde que vi Jonathan pela última vez, reproduzi as últimas semanas de nosso relacionamento, e a última mensagem que ele deixou na minha secretária eletrônica, inúmeras vezes em minha mente. Tina me ajudou a enxergar esses eventos pelos olhos de Jonathan, e o que percebi fez eu me sentir envergonhada.

– Ele não parecia magoado ou zangado – digo, o que, na verdade, não responde a sua pergunta. Tina sabe tudo o que há para saber sobre a situação e é bem provável que *ela* possa me dizer o que Jonathan estava pensando. Só quer ouvir minha opinião sobre isso. Uma das coisas de que mais gosto nas nossas sessões é que sou eu quem determina o que é confortável discutir; Tina não me pressiona. Não muito, pelo menos.

– Como ele *parecia*?

– Neutro, acho? Sorriu quando lhe contei sobre a biblioteca. Quando estava de saída, perguntei se queria sair algum dia desses e ele me deu o número dele.

– Você fez um grande progresso, Annika. Devia estar orgulhosa.

– Ele deve achar que eu não vou ligar.

– Você vai?

Embora me encha de ansiedade imaginar o caminho que estou prestes a percorrer, respondo com firmeza:

– Sim.

Estudo o rosto de Tina e, embora não tenha certeza, acredito que ela esteja satisfeita.

3
Annika

UNIVERSIDADE DE ILLINOIS EM URBANA-CHAMPAIGN
1991

Na faculdade, se quisesse me encontrar, só precisaria procurar em três lugares: na Clínica Veterinária de Animais Silvestres, na biblioteca ou no grêmio estudantil, onde ocorriam minhas reuniões do clube de xadrez.

Pela quantidade de tempo que passava como voluntária na clínica, alguém poderia pensar que eu sonhava com uma carreira em medicina veterinária. Os animais eram uma das poucas coisas que me traziam extrema felicidade, sobretudo os que precisavam da minha atenção. Os outros voluntários deviam ter presumido que os animais proporcionavam uma trégua para a solidão e o isolamento que me cercaram durante os anos de faculdade, mas poucos entenderiam que eu apenas preferia a companhia de animais à da maioria dos humanos. O olhar comovente deles quando aprendiam a confiar em mim me confortava mais do que qualquer outra situação social.

Se havia uma coisa que eu amava quase tanto quanto os animais, eram os livros. A leitura me transportava para lugares exóticos, períodos fascinantes da História e mundos que eram bem diferentes do meu. Minha mãe, já louca de preocupação em uma tarde quando eu tinha 8 anos, encontrou-me lá fora, na nossa casa na árvore, em um dia de dezembro de muita neve, absorta em meu livro favorito de Laura Ingalls Wilder – aquele em que o pai ficou preso na nevasca e comeu o doce de Natal que levava para casa, para Laura e Mary. Estava me procurando havia meia hora e chamava meu nome há tanto tempo que ficara sem voz. Embora tivesse lhe explicado repetidas vezes, ela não conseguira entender que eu estava interpretando o papel de Laura, que aguardava na cabana. Ficar sentada na congelante casa na árvore fazia todo o sentido para mim. Quando descobri que poderia seguir uma carreira que me permitiria passar meus dias em uma biblioteca, cercada de livros, a alegria que senti foi profunda.

Até meu pai me ensinar a jogar xadrez aos 7 anos de idade, não havia uma única coisa em que eu fosse boa. Não me destacava em nenhum esporte e meu desempenho acadêmico oscilava: tirava notas mais altas ou mais baixas, dependendo da aula e do quanto me interessava por ela. A timidez incapacitante me impedia de participar de peças escolares ou outras atividades extracurriculares. Mas, assim como os livros, o xadrez preencheu um vazio em minha vida que nada mais foi capaz de satisfazer. Embora tenha demorado muito tempo para descobrir, sabia que meu cérebro não funcionava como o das outras pessoas. Comigo as coisas são preto no branco. Concretas, não abstratas. O jogo de xadrez, com suas estratégias e regras, combinava com minha visão de mundo. Animais e livros me confortavam, mas o xadrez me deu a oportunidade de fazer parte de algo.

Quando eu jogava, chegava a quase me enquadrar.

O Clube de Xadrez Illini se reunia na praça de alimentação do grêmio estudantil nas noites de domingo, das seis às oito. O número de participantes variava bastante. No início do semestre, quando os membros ainda não estavam atolados com a carga horária ou ocupados estudando para os exames, podia somar uns trinta alunos. Quando as provas finais se aproximavam, esse número despencava e tínhamos sorte se ficássemos em dez. As reuniões de domingo do clube de xadrez eram informais, consistindo principalmente de partidas livres e socialização. As reuniões da equipe de xadrez – para os membros que queriam participar de competições – eram realizadas nas noites de quarta-feira, focadas em jogos de treinamento para competições, na solução de desafios de xadrez e na análise de partidas famosas dessa modalidade. Embora eu possuísse as habilidades necessárias e preferisse a estrutura mais formal das reuniões da equipe, não desejava competir.

Jonathan se juntou a nós em uma noite de domingo, no início do meu último ano. Enquanto o restante do clube se conhecia e conversava, eu me mexia irrequieta no meu lugar habitual, com o tabuleiro montado, pronta para jogar. Tirava os sapatos assim que me sentava, pressionando as solas dos pés descalços contra o piso liso e frio, porque me transmitia uma sensação muito *boa*, algo que nunca poderia explicar a ninguém, por mais que tentasse. Observei Jonathan aproximar-se de Eric, o presidente do clube, que sorriu e apertou sua mão. Alguns minutos depois, Eric chamou a atenção de todos na reunião, levantando a voz para ser ouvido acima do burburinho.

– Sejam todos bem-vindos. Novos membros, por favor, apresentem-se. Pizza na Uno mais tarde, se alguém estiver interessado – Eric voltou-se para Jonathan e depois apontou para mim. O gesto me encheu de pavor e eu congelei.

Quase sempre jogava com Eric, por dois motivos: primeiro, tínhamos entrado no clube de xadrez no mesmo dia no nosso primeiro ano e, como os mais novos membros, fazia sentido formarmos dupla para o nosso primeiro jogo; e, segundo, ninguém mais queria jogar comigo. Se Eric e eu terminássemos rápido a partida, ele seguia para disputar a próxima com outra pessoa e eu ia para casa. Gostava de jogar com Eric. Ele era gentil, mas isso nunca o impedia de dar seu melhor no jogo. Se eu o vencesse, sabia que havia merecido, porque ele não me dava vantagem alguma. Mas agora que Eric fora eleito presidente e passava parte da reunião respondendo a perguntas ou cuidando de outras funções administrativas, nem sempre estava disponível para jogar comigo.

Meu estômago revirou quando Jonathan caminhou em minha direção, e me acalmei passando os dedos sob a mesa como se tentasse remover algo desagradável dali. Quando era criança, balançava e zumbia, mas, à medida que fui crescendo, aprendi a esconder meus métodos para me tranquilizar. Assenti em reconhecimento a sua presença quando ele se sentou à minha frente.

— Eric achou que poderíamos formar dupla hoje à noite. Eu sou Jonathan Hoffman.

Seu queixo era quadrado e seus olhos, azul-claros. Os cabelos curtos e escuros pareciam lustrosos, e me perguntei se seriam macios e sedosos sob as pontas dos meus dedos. Eles recendiam ligeiramente a cloro e, embora odiasse a maioria dos cheiros, por alguma razão esse em especial não me incomodou.

— Annika Rose — eu disse, minha voz soando apenas um pouquinho mais alta que um sussurro.

— Annita?

Balancei a cabeça em negativa.

– Não, Annita com t – a confusão em torno do meu nome tinha sido uma constante durante toda a minha vida. Na sétima série, uma garota bastante cruel, chamada Maria, tinha socado meu rosto em um armário. "Um nome esquisito para uma garota esquisita", ela sussurrou, fazendo com que eu corresse para a enfermaria em lágrimas.

– Annika – Jonathan disse, como se experimentasse a palavra. – Legal. Vamos jogar.

Eric e eu alternávamos quem começava com as peças brancas e, portanto, revezávamo-nos para aproveitar a pequena vantagem que isso trazia; se fôssemos jogar juntos naquela noite, seria a vez dele. Mas, como me vi obrigada a formar uma dupla inesperada com Jonathan, as peças na frente dele eram brancas e ele foi o primeiro a jogar.

Sua sequência de abertura mostrava afinidade com os movimentos do campeão mundial Anatoly Karpov. Assim que identifiquei sua estratégia, escolhi minha defesa de acordo e mergulhei no jogo, os sons e odores da praça de alimentação desaparecendo junto com meu nervosismo. Já não ouvia mais trechos de conversas dos alunos enquanto comiam seus hambúrgueres com batatas fritas, ou o chiar da frigideira para uma nova porção de arroz frito tailandês. Tampouco sentia o cheiro de pizza de *pepperoni* no forno. Joguei de forma implacável desde o início, porque cada partida que eu jogava era uma partida para vencer, mas também me demorava para refletir e me concentrar no meu próximo movimento. Nem Jonathan nem eu falávamos.

A partida de xadrez é em grande parte silenciosa, e para mim há uma enorme beleza na ausência de som.

– Xeque-mate – anunciei.

Fez-se uma longa pausa e então ele disse:

– Belo jogo – correu o olhar pelo entorno; apenas alguns de nossos membros permaneciam. Todo mundo tinha saído para jantar enquanto ainda jogávamos.

– O seu também – respondi, porque a vitória havia sido tão difícil quanto qualquer outra que eu obtivera contra Eric.

– Vai se juntar ao pessoal para uma pizza e cerveja?

Levantei-me, peguei minha mochila e respondi:

– Não. Estou indo para casa.

Os odores persistentes de incenso de sândalo e desodorizador de ambiente me receberam quando abri a porta do dormitório do *campus* em que Janice e eu morávamos nos últimos dois anos. O incenso era para disfarçar o leve cheiro de maconha que estava sempre impregnado nas roupas do namorado dela. Janice nunca teria permitido que Joe ficasse chapado em nosso dormitório, e ela não conseguia detectar esse odor nele. Mas eu tinha um nariz muito sensível e sabia o que era no momento em que ela nos apresentou. Janice compreendia que as lembranças que isso desencadeava em mim eram algo com que eu não conseguia lidar.

O desodorizador de ambiente era para neutralizar as consequências do que quer que Jan cozinhasse para Joe. Ela adorava experimentar receitas e passava horas na cozinha. Seu paladar flertava com o lado *gourmet* das coisas, enquanto o meu estava mais alinhado com os hábitos alimentares de uma criança de 6 anos de idade. Em mais de uma ocasião, flagrei Joe encarando o queijo quente ou os *nuggets* de frango no meu prato, enquanto Janice mexia alguma mistura complicada no fogão. Eu era grata pela boa vontade de Jan em reduzir ao mínimo os cheiros do nosso dormitório, mas não tinha coragem de lhe dizer que o desodorizador e o incenso apenas *acrescentavam* mais dois deles à mistura. Como eu não era a pessoa mais fácil de se conviver, jamais o faria.

– Como foi o clube de xadrez? – Janice perguntou assim que entrei, joguei minha mochila no chão e caí no sofá. Levaria horas até que eu descansasse por completo, mas estar em casa permitia que eu relaxasse um pouco e minha respiração se normalizasse.

– Péssimo. Tinha um novo membro, e tive que jogar contra ele.

– Ele era bonito?

– Estou superexausta.

Ela se sentou ao meu lado.

– Qual é o nome dele?

– Jonathan – tirei os sapatos, lançando-os dos meus pés. – Estou tão brava com Eric. Ele sabe que sempre jogamos juntos.

– Quem ganhou?

– O quê? Ah. Eu ganhei.

Janice riu.

– Como foi que isso aconteceu?

– Da maneira como sempre acontece.

– Quer que eu faça um queijo quente para você? Fiz um para Joe mais cedo. Tinha tudo o que precisava na geladeira para fazer frango à florentina, mas era isso que ele queria. E você dizendo que não tem nada em comum com ele...

– Ele não me levou a sério – Jonathan cometeu o erro que outros antes dele haviam cometido com frequência: não tinha levado em conta minhas habilidades, ao mesmo tempo que estava confiante demais em relação às dele. Logo eu descobriria que aquela seria a primeira e a última vez que ele cometeria esse erro comigo.

– No próximo domingo, você vai jogar com Eric.

– Estou cansada demais para comer.

"Não faço ideia do que vocês duas estão dizendo uma para a outra", Joe havia dito na primeira vez que testemunhara uma de nossas conversas. Para ser justa, não foi apenas porque eu suspeitava de que ele estivesse chapado na ocasião. Janice levara três anos para aprender como se comunicar comigo e, honra lhe devia ser feita, ela acabou dominando minha língua nativa como uma especialista na área.

Incapaz de continuar a conversar, segui pelo corredor até o quarto, desabei de cara na cama totalmente vestida e dormi direto até a manhã seguinte.

4

Jonathan

CHICAGO
AGOSTO DE 2001

Meu telefone toca e o identificador de chamadas pisca um número desconhecido enquanto caminho pela rua a fim de encontrar Nate para um drinque depois do trabalho. Estive preso em reuniões o dia todo e a única coisa que me interessa no momento é uma cerveja gelada. O mês de agosto em Chicago pode ser cruel, e minha camisa gruda de suor nas costas sob o paletó. Quando ouço o sinal indicando que quem quer que tenha me ligado havia deixado uma mensagem de voz, imagino que devo descobrir logo do que se trata e lidar de uma vez com essa emergência, para poder desfrutar da minha cerveja em paz.

A voz de Annika me faz parar de imediato. As chances de que ela de fato me telefonasse eram apenas ligeiramente maiores do que minha ex-esposa e eu nos entendermos sobre qualquer questão atual, portanto não eram nem de longe tão altas assim. Afasto-me do fluxo de pedestres, enfiando um dedo na orelha oposta para ouvi-la melhor, e depois volto a mensagem do início.

– Oi. Gostaria de saber se você poderia me encontrar para tomar café da manhã no sábado ou no domingo no Bridgeport Coffee. A hora que for mais conveniente para você, ok? Tchau – posso ouvir o tremor em sua voz.

Há outra mensagem.

– Oi. É a Annika. Deveria ter mencionado isso na outra mensagem – o tremor continua lá, junto com um suspiro envergonhado.

Há mais uma mensagem.

– Desculpe por tantas mensagens. Acabei de me dar conta de que não lhe passei o meu número de telefone – agora ela parece frustrada enquanto o recita de forma apressada, o que é desnecessário, já que posso buscá-lo no meu registro de chamadas recebidas. – Então, me ligue se quiser me encontrar para tomar um café, ok? Tchau.

Eu a imagino se jogando em uma poltrona depois de deixar as mensagens, esgotada, porque sei como essas coisas são difíceis para ela.

O fato de ainda assim ter feito isso me diz algumas coisas.

O bar escuro tem um leve cheiro de fumaça de cigarro velha e perfume masculino. É o tipo de estabelecimento ao qual homens recém-solteiros vão para relaxar antes de voltarem para casa, para os apartamentos de mobília escassa que nunca viram o toque de uma mulher. Odeio lugares como este, mas Nate ainda está naquela fase em seu divórcio de beber diariamente, e me lembro muito bem de como é isso. Está sentado no bar, tentando tirar o rótulo de uma garrafa de cerveja, quando passo pela porta.

– E aí? – digo enquanto me sento a seu lado, afrouxo a gravata e faço um gesto para o *barman* me trazer o mesmo.

Nate aponta para a janela com a boca da garrafa de cerveja.

– Vi você lá fora. É melhor desligar esse telefone se quiser desfrutar da sua cerveja em paz – Nate e eu não trabalhamos para a mesma empresa, mas as declarações de missão de ambas são idênticas: *Só trabalho e nada de diversão fazem esta empresa ganhar um puta dinheirão.*

– Não era do trabalho. Era uma mensagem de voz de uma antiga namorada em quem esbarrei outro dia. Ela disse que ligaria. Eu não tinha certeza.

– Quanto tempo faz?

– Tinha 22 anos na última vez que a vi – e, se soubesse que havia a possibilidade de não a ver de novo pelos próximos dez anos, poderia ter lidado com as coisas de maneira diferente.

– Como ela é?

O *barman* entrega minha cerveja e tomo um longo gole.

– Os anos foram muito gentis com ela – respondo, enquanto deposito a garrafa de volta no balcão.

– Foi sério ou só um lance passageiro?

– Foi sério para mim – digo a mim que também foi sério para ela, mas há momentos em que me pergunto se estou mentindo para mim mesmo.

– Acha que ela quer reatar?

– Não faço ideia do que ela quer – essa parte é verdade. Nem sei se Annika está solteira. Não acho que esteja casada, porque não usava aliança, mas não significa que não esteja em um relacionamento.

– Você ainda gosta dela?

De vez em quando, principalmente logo após Liz e eu nos separarmos, quando estava deitado sozinho na cama e não conseguia dormir, eu pensava em Annika.

– Foi há muito tempo.

– Conheço um cara que nunca superou o amor pela garota que o largou na oitava série.

– Acho que esse não deve ser o único problema dele – embora *tenha* sido há muito tempo, às vezes parece que foi ontem. Mal consigo me lembrar do nome das garotas que vieram antes dela e, depois dela, houve apenas Liz. Mas me recordo com inacreditável clareza de quase tudo o que aconteceu durante o tempo que passei com Annika.

Deve ser porque ninguém nunca me amou com tanta ferocidade ou de maneira tão incondicional quanto ela.

Olho para Nate.

– Você já se apaixonou por uma garota que era diferente? Não apenas diferente de qualquer garota com quem já namorou antes, mas diferente da maioria das pessoas em geral?

Nate acena para o *barman* pedindo outra cerveja.

– Alguém que dança conforme a própria música, é isso?

– Ela dança conforme a própria *sinfonia*. Uma sinfonia de que você nunca ouviu falar e em nenhuma circunstância imaginou gostar – quando Annika me frustrava, o que era bastante frequente, eu dizia a mim mesmo que havia uma porção de outras garotas por aí que não eram tão complicadas. Mas, vinte e quatro horas depois, já estava batendo à sua porta. Sentia falta do rosto dela e do seu sorriso, e de todas as coisas que a tornavam diferente.

– Ela devia ser bem atraente, porque esse tipo de coisa nunca rola quando a garota fica apenas na média.

Quando o avião de John F. Kennedy Jr. caiu no Atlântico, alguns meses antes de Liz jogar a toalha e voltar para Nova York sem mim, a imagem dele – assim como a da esposa e a da cunhada – estampou toda as telas de televisão durante dias. Como eu não tinha o menor interesse em notícias de celebridades, nunca havia percebido, até então, como Annika se parecia com Carolyn Bessette Kennedy. Elas compartilhavam a mesma estrutura óssea e os olhos azuis, e cabelos tão loiros que chegavam quase a ser brancos. Ambas possuíam o tipo de beleza impressionante que você notaria em uma multidão. Quando dei de cara com Annika no Dominick's, a semelhança se tornou ainda mais pronunciada. Os cabelos estavam mais curtos do que na faculdade e agora eram sedosos e lisos, mas ela ainda usava a mesma cor de batom, e, quando meu cérebro registrou esse fato, uma certa lembrança derreteu um pouco do gelo em meu coração.

– Annika é linda.

– Então, a maluquice não importava.

– Isso passa muito longe do que eu disse – as palavras saem mais ríspidas do que eu pretendia e paira um silêncio constrangedor enquanto ambos sorvemos um gole.

Estaria mentindo se não admitisse, pelo menos para mim, que a aparência de Annika *de fato* influenciou na minha atração inicial e em minha disposição de ignorar algumas coisas. Quando Eric apontou para ela naquele dia no grêmio estudantil, não conseguia acreditar na minha sorte, embora me perguntasse por que uma garota tão bonita estava sentada sozinha. Teria sido fácil dispensá-la, do jeito que outros haviam feito, e encontrar outra pessoa para jogar uma partida na próxima vez. Mas eu a procurei, incontáveis vezes, porque me sentia abatido com o problema em que havia me metido na Northwestern e amargurado com o rancor que vinha guardando desde então. Não me sentia muito confiante e perder para uma garota não ajudou em nada. Encolho-me em reação à lembrança, e é só agora, dez anos depois, que percebo quanta energia desperdicei nas batalhas inconsequentes que na verdade não eram para ser travadas. Annika não sabia disso na época, mas ela era exatamente o que eu precisava para acreditar em mim outra vez. E, com o tempo, percebi que ela era muito mais do que apenas um rostinho bonito.

– Vai vê-la novamente? – Nate pergunta.

Sempre que penso em Annika, minha mente volta ao modo como deixamos as coisas e à mesma pergunta sem resposta. É como uma pedra no meu sapato: desconfortável, mas não insuportável.

Embora esteja sempre lá.

Tomo outro gole da cerveja e dou de ombros.

– Ainda não decidi.

Quando chego em casa do bar, sirvo um uísque a mim mesmo e olho, absorto em pensamentos, através das janelas que vão do chão ao teto, enquanto o sol se põe. Quando o uísque acaba, ouço de novo as mensagens de Annika porque estou oficialmente bêbado e sinto falta de escutar a voz dela. Não retornar a ligação parece infantil e mesquinho, e talvez eu só esteja com pena de mim mesmo porque as duas últimas mulheres que amei decidiram que não me amavam mais. Quando Liz pediu o divórcio, eu também não a amava mais, mas com Annika é outra história.

Pego meu telefone e, quando a ligação cai na secretária eletrônica dela, digo:

– Oi. É o Jonathan. Posso encontrá-la para tomar um café no domingo de manhã, às dez, se estiver bom para você. Vejo você lá.

Talvez Annika tenha me ligado porque finalmente está pronta para remover a pedra do meu sapato de uma vez por todas. Tirando isso, quero saber – apesar de como me sinto sobre o modo como nosso relacionamento terminou – se ela está bem. Embora eu tenha percebido, pela maneira como se comportou, que ela está ótima, pelo menos por fora; preciso saber se ela ainda está carregando o peso daquilo por dentro.

Além disso, eu não teria dito não a ela.

Jamais poderia.

5

Jonathan

CHICAGO
AGOSTO DE 2001

Quando chego à cafeteria, Annika está na calçada, deslocando o peso do corpo sobre os pés ao se balançar para a frente e para trás. Ela para imediatamente quando me vê.

– Bom dia – eu digo.

– Bom dia – ela usa um vestido de verão, mas, ao contrário das roupas que costumava vestir, esta se ajusta com perfeição ao seu corpo. Meus olhos são atraídos para os ombros estreitos e as cavidades em sua garganta e clavícula. – Está pronta para entrar?

– Claro – dá um passo em direção à porta, hesitando quando vê a multidão espremida dentro da pequena cafeteria. Ela escolheu o local, mas fui eu que decidi o horário; talvez ela preferisse se encontrar ou mais cedo ou mais tarde, para evitar o horário de pico. Se bem me lembro, o estabelecimento possui um espaçoso pátio externo, então talvez isso não importe. De forma instintiva, estendo a mão para a parte inferior de suas costas para conduzi-la, mas no último segundo eu a retiro. Costumava ser uma das poucas pessoas cujo toque Annika conseguia tolerar. Com o tempo, ela passou a amar a sensação dos meus braços envolvendo-a, meu corpo se tornando seu cobertor de segurança pessoal.

Mas isso foi anos atrás.

Dirigimo-nos devagar para o balcão e fazemos os pedidos. Na faculdade, ela teria escolhido suco, mas hoje nós dois pedimos café gelado.

– Já tomou café da manhã? – pergunto, apontando para a vitrine de doces.

– Não. Quero dizer, não sabia se você já tinha comido, então comi um pouco, mas não o suficiente para contar como um café da manhã completo. Só que não estou com fome agora.

Enquanto as palavras se derramam de sua boca, ela olha para os sapatos, ou por cima do meu ombro, ou na direção do barista. Para qualquer lugar, menos para mim. Não me importo. O gestual de Annika é como calçar um par de sapatos confortável e, embora eu me sinta mal em admitir, até para mim mesmo, seu nervosismo sempre fez com que eu me sentisse à vontade.

Tento pagar, mas ela não deixa.

– Tudo bem se nos sentarmos lá fora? – ela pergunta.

– Claro – sentamos em uma mesa à sombra de um espaçoso guarda-sol. – Você está ótima, Annika. Deveria ter lhe dito no outro dia.

Ela cora um pouco.

– Obrigada. Você também.

A temperatura fica instantaneamente mais fresca devido ao guarda-sol, e a cor nas bochechas de Annika some. Quando levanto meu copo para colocar o canudo na boca, ela acompanha o movimento da minha mão esquerda e levo um segundo para perceber que ela procura uma aliança de casamento.

– Como está sua família? – pergunto.

Ela parece aliviada por eu ter começado com algo tão neutro.

– Estão bem. Meu pai se aposentou, e ele e minha mãe têm viajado. Will ainda está em Nova York. Eu o vi alguns meses atrás, quando peguei um avião para ver Janice. Ela mora em Hoboken com o marido e a filha de seis meses.

– Então você manteve contato com ela? – Janice sempre foi mais do que apenas a colega de quarto de Annika; não deveria me surpreender que a amizade delas ainda continuasse forte.

– Ela é minha melhor amiga, mesmo que eu não a veja com tanta frequência – ela sorve um gole de café. – Você mora aqui perto?

– West Roosevelt.

– Estou na South Wabash – diz ela.

Uma caminhada de dez minutos é tudo o que nos separa.

– Gostaria de saber quantas vezes chegamos perto de nos esbarrarmos.

– Imaginei isso também – confessa ela.

– Jamais teria imaginado você como moradora urbana.

– São só vinte minutos a pé até o trabalho e, se o tempo estiver ruim, eu encaro o prejuízo. Tenho carteira de motorista, mas não tenho carro. Na verdade, não preciso de um para me locomover.

– Como é trabalhar na biblioteca?

– Eu amo. É tudo o que sempre quis fazer – ela faz uma pausa e depois diz: – Você também deve gostar do seu emprego. Ainda está trabalhando lá, dez anos depois.

– É uma empresa sólida, e eles cumpriram todas as promessas que fizeram – tinha ido até um pouco além na carreira do que projetaram para mim durante o processo de entrevista, e na maioria dos dias gosto mesmo do meu emprego. Tem dias que o odeio, mas então lembro a mim mesmo que, assim como disse Annika, é tudo o que sempre quis.

– Você ainda nada?

– Todas as manhãs, na academia. E quanto a você? O que gosta de fazer no seu tempo livre?

– Sou voluntária no abrigo de animais quando posso e tenho um trabalho de meio período no Chicago Children's Theatre. Ajudo a dar aulas de teatro nas manhãs de sábado. Escrevi uma peça.

– Você escreveu uma peça? Isso é incrível.

– Foi só uma coisa divertida de se fazer. As crianças fizeram um ótimo trabalho. Estou escrevendo outra agora, para elas se apresentarem na época do Natal.

– Quantos anos elas têm?

– Trabalho com várias faixas etárias. As mais novas têm 4 e 5 anos, e as mais velhas estão na faixa dos 9 aos 11. É um grupo muito legal de crianças.

– Você tem filhos?

Os olhos dela se arregalam.

– Eu? Não.

– Está casada? Ou em um relacionamento?

Ela nega com um gesto de cabeça.

– Nunca me casei. Estava saindo com uma pessoa, mas terminamos. Você é casado?

– Fui. Nós nos divorciamos há cerca de um ano e meio.

– Você era casado com aquela garota? Aquela sobre a qual me contou na minha secretária eletrônica?

Acho que ela recebeu a mensagem, afinal.

– Sim.

– Tem filhos? – ela parece apreensiva enquanto aguarda minha resposta.

– Não.

Liz tinha objetivos muito claros em mente quando se tratava de sua carreira, e não pararia de galgar os degraus da corporação até quebrar o teto de vidro. Sua paixão pelos negócios era como um farol quando cheguei a Nova York, atraindo-me para ela. Eu apoiava Liz em sua escalada na hierarquia da empresa, mas cada degrau era atrelado a um cronograma e, quando ela me informou que não estaria pronta para começar uma família até que tivesse 41 anos e perguntou o que eu achava de ela congelar seus óvulos... pensei que estivesse brincando.

Não estava.

É engraçado como a mesma característica que o atrai em alguém é aquela que você não suporta quando estão se separando. Não engraçado do tipo que se possa rir da situação. É engraçado do tipo "como não enxerguei isso antes?".

Concordei em me encontrar com Annika hoje porque esperava algumas respostas, mas, quando terminamos o café, não tínhamos progredido para além de uma conversa fiada inútil. Ela não está de modo algum preparada para revisitar o que aconteceu entre nós, pelo menos ainda não, e seria desnecessariamente rude pressioná-la.

– Podemos ir? – pergunto quando nada além de gelo derretido permanece em nossos copos. Ela fica de pé em resposta e, enquanto caminhamos, menciona o quanto ama a proximidade de seu apartamento com o parque e os museus, e aponta seus lugares favoritos para pegar comida para viagem ou fazer compras. Seu bairro oferece tudo o que ela deseja, e Annika, a moradora urbana, faz todo o sentido agora. Ela vive em uma bolha onde nada a tira de sua zona de conforto e tudo está a seu alcance.

Eu deveria ter percebido logo de cara: Annika está ótima. Não há ninguém para salvar aqui.

Quando nos aproximamos de seu prédio, seu passo saltitante e a conversa regada a nervosismo se intensificam conforme sua ansiedade atinge níveis extremos. Será que ela esperava que eu dissesse alguma coisa e agora que estamos quase em sua casa ela teme um confronto iminente?

Agarro sua mão porque não conheço outra forma de acalmá-la, e a lembrança que o gesto suscita me atinge e impede de seguir em frente. Não estamos mais em South Wabash, mas na entrada de seu prédio de dormitórios da faculdade. A palma de sua mão é pequena e macia na minha, e parece exatamente aquela que segurei pela primeira vez.

– Não precisamos conversar sobre nada – ela para de se mexer e a expressão de puro alívio em seu rosto me diz que eu estava certo. Hoje não haverá explicações, mas não tenho certeza de se tenho coragem para continuar descascando as camadas de Annika para obtê-las. – Só queria saber se estava bem.

Ela respira fundo.

– Estou bem.

– Que bom – olho para a entrada do prédio dela. – Bem, eu tenho que ir. Foi ótimo vê-la de novo. Obrigado pelo café. Cuide-se, Annika.

Embora ela tenha dificuldade para decifrar as expressões faciais de outras pessoas, seu rosto é um livro aberto e ninguém jamais teria problemas para compreender as dela. Sempre me perguntei se ela as exagera para ajudar as pessoas a entenderem o que está pensando, da mesma maneira que deseja que façam com ela. Acho isso adorável. Quando ela se dá conta de que aquele café é apenas uma mera extensão do nosso reencontro acidental, parece arrasada. Embora não seja intencional, e com certeza não represente uma retaliação, tenho o pensamento fugaz de que esta é a primeira vez que faço algo para *magoá-la*.

E a sensação é horrível.

Mas talvez meu casamento fracassado ainda não esteja distante o suficiente. Isso é o que ninguém conta a respeito do divórcio. Não importa o quanto você e seu cônjuge concordem com o fato de que o relacionamento está acabado, machuca muito seguirem caminhos separados, e a dor o persegue até que um dia resolva abandoná-lo. Foi só recentemente que percebi sua ausência, e não desejo arriscar substituindo-a por mais desgosto.

Não quero ir embora.

Quero puxar Annika para mais perto de mim, afundar meus dedos em seus cabelos e beijá-la do jeito que costumava fazer.

Em vez disso, afasto-me dela, sentindo-me um pouco solitário e muito, mas muito cansado.

6

Annika

UNIVERSIDADE DE ILLINOIS EM URBANA-CHAMPAIGN
1991

Uma semana depois de derrotar Jonathan no xadrez, Eric sentou-se diante de mim alguns minutos antes do início da reunião do clube de domingo à noite, restaurando assim a ordem no caos que ele infligira ao meu mundo.

– Diga-me que este é o ano em que você vai concordar em competir – disse Eric.

– Você sabe que não.

– Você poderia, se quisesse.

– Eu *não* quero. Não gosto de ficar longe de casa.

– Só vai precisar viajar algumas vezes. Três, se chegarmos ao Pan-Americano. Haverá um encontro de treinamento em St. Louis em outubro. Você poderia ir a esse. Sentir o clima. E voltar para casa dirigindo depois.

– Eu não dirijo.

– Poderia pegar carona com alguém.

– Vou pensar sobre isso.

Eric assentiu.

– Que bom. Aposto que iria gostar.

Eu odiaria por completo, e apaguei a ideia da minha mente de imediato.

Estudava o tabuleiro, já formulando minha estratégia e ponderando sobre qual movimento de abertura seria mais eficaz, quando uma voz disse:

– Você se importaria se eu jogasse de novo com Annika?

Jonathan estava ali parado, olhando para nós. Por que ele iria querer jogar comigo outra vez? Nas raras ocasiões em que Eric perdia uma reunião, os outros membros do clube raramente me procuravam para jogar, e em geral eu acabava saindo de fininho e voltando para casa.

– Claro, cara. Sem problema – Eric respondeu.

Jonathan sentou-se a minha frente.

– Tudo bem para você?

Sequei a palma das mãos no meu jeans e tentei não entrar em pânico.

– Eu sempre jogo com Eric.

– Ele é seu namorado?

– O quê? Não, eu só... Sempre jogo com ele – mas Eric já havia se sentado duas mesas adiante, de frente para um calouro chamado Drew.

– Sinto muito. Quer que eu peça a ele para destrocar?

Era exatamente o que eu queria, mas o que eu queria ainda mais era que nós dois começássemos logo a jogar para que pudéssemos encerrar toda aquela conversa. Então, fiz a única coisa que podia para que isso acontecesse.

Peguei o meu peão branco e fiz o primeiro movimento.

Desta vez, ele ganhou. Usei toda a habilidade e experiência que possuía, mas ainda assim não foram suficientes, e ele mereceu a vitória.

– Obrigado – disse ele. – Foi uma ótima partida – começou a assoviar enquanto guardava suas coisas.

Nosso jogo durou tanto tempo que, mais uma vez, todos já haviam saído para jantar. Quando peguei minha mochila e me virei para ir embora, Jonathan agarrou a dele e seguiu ao meu lado. Torcia de coração que fosse porque nós dois íamos mais ou menos na mesma direção, a da saída, e que seria uma caminhada em grande parte silenciosa, mas estava enganada.

– Quer se encontrar com o pessoal? Comer uma pizza?

– Não.

– Você é mesmo boa em xadrez.

– Eu sei.

– Há quanto tempo você joga? – ele quis saber.

– Desde que eu tinha 7 anos.

– Há quanto tempo é membro do clube de xadrez?

– Desde o primeiro ano.

Ele devia ter um e oitenta e oito de altura em comparação ao meu metro e sessenta e três, e suas pernas eram muito mais longas que as minhas. Tive que andar rápido para acompanhar o ritmo dele, e ainda responder às perguntas que ele continuava disparando, o que não me parecia justo, já que, na verdade, não queria responder nem acompanhá-lo, para começo de conversa.

– Sempre teve vontade de se juntar ao clube?

– Não.

Eu havia descoberto o clube de xadrez por acaso, três semanas depois de me mudar para o meu dormitório, no mesmo dia em que liguei para os meus pais, disse a eles que estava largando a faculdade e pedi que viessem me buscar na manhã seguinte. Passara os vinte dias anteriores girando em um vórtice paralisante de sons altos e cheiros ruins, estímulos avassaladores e normas sociais confusas, e tinha aguentado quase tudo o que podia suportar. Meus pais me tiraram da escola no meio da sétima série, e minha mãe completou o restante com aulas em casa, por isso a transição foi particularmente chocante e confusa para mim. Janice Albright, uma morena tagarela de Altoona, Iowa, que a universidade havia designado de forma aleatória para ser minha colega de quarto, parecia transitar com facilidade pelas rápidas demandas da vida acadêmica, enquanto eu me sentia presa em um labirinto, tomando o caminho errado e retrocedendo. Eu a seguia como uma nuvem de fumaça que ela nunca conseguia dissipar, uma figura solitária em um mar esfuziante de duplas e quartetos rindo e fazendo piadas a caminho da sala de aula. Eu ia atrás de Janice às aulas, à biblioteca e ao refeitório.

Naquele domingo, Janice e duas de suas amigas voltaram ao dormitório logo depois de eu dar o telefonema regado a lágrimas para os meus pais. Uma delas sentou-se com Janice em sua cama, e a outra se acomodou na extremidade da minha. Eu estava sentada de pernas cruzadas perto da cabeceira, e a presença da garota fez com que me abrigasse sob as cobertas com meu livro e a lanterna que eu usava desde criança quando deveria estar dormindo e não lendo. Era setembro, e nosso dormitório, que não possuía ar-condicionado, parecia uma sauna a maior parte do tempo; sob as cobertas, era quase insuportável, o ar sufocante e quente.

— Só porque você é bonita não significa que pode ser esquisita — disse a garota. Congelei, esperando que ela não estivesse falando comigo, mas sabendo na mesma hora que estava. Ouvi algumas versões desse sentimento mais de uma vez, quando eu fazia algo que as pessoas achavam estranho ou fora do comum. *Mas ela é tão bonita*, admiravam-se, como se minha aparência e a maneira como eu agia fossem mutuamente excludentes.

Eu *sou* bonita. Sei disso por duas razões: as pessoas têm dito isso a minha vida toda, e tenho um espelho. Às vezes, eu me perguntava se seria tratada pior pelas pessoas se fosse feia. Nunca me permitia pensar nisso por muito tempo porque tinha quase certeza de que sabia a resposta.

– Seja gentil – disse Janice.

– Que foi? – falou a garota. – É esquisito.

Embora Janice praticamente não tivesse falado comigo nas três semanas em que compartilhamos o espaço, jamais fora indelicada. E uma vez, durante nossa segunda semana no dormitório, quando ficar sem roupas limpas chegou a um nível alarmante, ela me mostrou onde ficava a lavanderia e me ensinou a usar as máquinas de lavar. Ficamos em silêncio lado a lado e dobramos as roupas limpas, empilhando-as na mesma cesta, que ela carregou de volta para o quarto.

De repente, estava na escola outra vez, e o tipo de terror que não sentia há anos me envolveu. Só queria que me deixassem em paz, e estava trêmula quando meus olhos se encheram de lágrimas. Gotas de suor brotaram sob o cabelo em minha testa, e o ar sob as cobertas se tornou insuportável. Mas não havia a menor condição de descobrir meu rosto agora.

– Por que vocês não vão embora sem mim? – disse Janice. – Preciso estudar um pouco.

– Poxa, você realmente se deu mal no quesito colegas de dormitório – comentou uma das meninas.

– Esqueça – sugeriu a outra. – Ela não é problema seu.

– Não me importo de tomar conta dela. Além disso, seria como dar um chute em um filhote de cachorro – ela disse em voz baixa, mas eu ouvi.

O clique suave da porta indicou a partida delas; saí de baixo das cobertas e inspirei profundamente o ar, que só estava um pouco mais fresco na verdade.

– Por que alguém iria *querer* chutar um filhote?

– Ninguém ia querer.

– Então por que você *diria* isso?

– É apenas modo de falar.

Sequei minhas bochechas com o dorso da mão. Quanto mais eu tentava conter o fluxo das lágrimas, mais rápido elas se derramavam. Nenhuma de nós falou durante um tempo e meu fungar foi o único som enquanto tentava me controlar. O toque do telefone me salvou de ainda mais humilhação; Janice se levantou para atender.

– Oi. Sim, é Janice – eu a ouvi dizer, e em seguida ela esticou o fio até o limite para poder levar o telefone ao corredor e conversar com quem quer que fosse em particular, longe de mim. Depois de alguns minutos, ela retornou, desligou o telefone e sentou-se na beirada da minha cama. – Às vezes, sinto falta do meu antigo quarto. Eu tenho seis irmãos, mas sou a caçula, e eles estão todos fora de casa agora. Mas lembro como era quando todos nós morávamos juntos. Eles me deixavam maluca. É difícil não ter um espaço onde a gente possa ficar sozinha.

Eu não havia pronunciado uma palavra sequer, e ainda assim Janice parecia saber exatamente o que eu estava pensando e como me sentia. *Como ela fez isso?*

– Está tão quente. Estava pensando em ir ao grêmio estudantil tomar uma limonada. Por que não vem comigo?

Eu não queria. Meus pais haviam me prometido que estariam lá de manhã para me levar embora daquele pesadelo, e eu queria mergulhar nas cobertas outra vez e contar os minutos até esse momento chegar. Mas havia uma parte do meu cérebro que compreendia o que ela havia feito por mim, por isso falei:

– Tudo bem.

Enquanto caminhávamos até o grêmio estudantil, Janice apontou para a Clínica Veterinária de Animais Silvestres.

– Ouvi dizer que eles precisam de voluntários lá. Você deveria conversar com eles. Devem estar procurando pessoas que sejam gentis com os animais – assenti, mas não tive coragem de lhe dizer que iria embora de manhã.

Enquanto estávamos na fila esperando para pedir nossa limonada, notei os tabuleiros de xadrez. Havia pelo menos quinze deles dispostos nas mesas próximas, as peças arrumadas, apenas esperando os jogadores. Os alunos sentavam-se às mesas, conversando e rindo.

Devia estar com o olhar fixo, porque Janice perguntou:

– Você joga?

– Sim.

– Vamos dar uma olhada.

– Não quero.

– Vamos lá, vai.

Ela entregou minha limonada e eu a segui até perto de um aluno mais velho que estava postado ao lado de um dos tabuleiros de xadrez.

– O que vocês desejam? Minha amiga joga xadrez e gostaria de saber como funciona.

– É aqui que o clube de xadrez se reúne – explicou ele, olhando para mim. – Eu sou Rob. Estamos aqui todos os domingos, das seis às oito da noite. Qual é o seu nome?

Janice me cutucou e eu disse:

— Annika.

Ele se virou para o garoto à sua direita.

— Este é o Eric. Ele é novo também. Se você ficar, teremos um número par e todos poderão jogar.

— Ela gostaria disso — adiantou-se Janice.

Eu olhava para um ponto distante, mas Janice entrou no meu campo de visão para que pudesse me olhar nos olhos, o que me deixou muito desconfortável.

— Volto às oito para buscá-la. Virei até aqui, nesta mesa, e iremos para o quarto juntas.

— Ok — sentei-me diante de Eric, e a única coisa que me impediu de fugir aterrorizada foi ele mover sua primeira peça. O instinto assumiu o controle ao formular minha estratégia e, enquanto jogávamos, esqueci o quanto odiava a faculdade e como me sentia idiota ao tentar fazer as coisas que eram naturais para todos os outros. Projetei minhas frustrações naquela partida e joguei com garra. Eric provou ser um oponente digno e, quando cedi a vitória a ele — apenas por pouco —, senti-me quase humana novamente. Pela primeira vez, desde que havia chegado ao *campus*, não me sentia tão deslocada.

— Ótimo jogo — disse Eric.

— Foi — concordei, minha voz um pouco mais alta do que um sussurro.

Rob me entregou uma folha com algumas informações sobre o clube.

— Volte aqui no próximo domingo.

Peguei a folha e assenti, e às oito em ponto Janice chegou para me levar de volta ao dormitório. Um dos meus piores dias acabara sendo um dos meus melhores. Pela primeira vez em muito tempo, estranhos tinham me tratado com bondade, e ousei esperar que um dia Janice e eu pudéssemos nos tornar amigas de verdade. Graças à descoberta acidental do clube de xadrez, eu tinha uma válvula de escape e um motivo para ficar.

Mais tarde naquela noite, quando Janice deixou o quarto para estudar, liguei para os meus pais e lhes disse para não virem.

Meus pensamentos retornaram ao presente quando Jonathan e eu chegamos ao meu prédio. Fazia um tempo desde a última vez que refletira sobre os eventos que haviam me conduzido ao clube de xadrez. Se não fosse Janice e os membros do clube, e a generosidade que demonstraram comigo naquele dia, não teria chegado ao último ano da faculdade. Embora ainda tivesse um longo caminho a percorrer, aprendera muito sobre a natureza humana e a vida, e que havia coisas muito boas e muito ruins em ambas.

– É aqui que você mora? – Jonathan perguntou enquanto eu caminhava pela calçada rumo à porta da frente.

Estava de costas para ele, e não me virei quando respondi.

– Sim.

– Ok. Tenha uma boa noite. Vejo você na próxima semana – disse ele.

7
Annika

CHICAGO
AGOSTO DE 2001

– O que a está incomodando hoje, Annika? Podemos conversar sobre isso? – Tina pergunta quando chego para minha sessão e nos acomodamos em nossos lugares. Pela primeira vez, desde que comecei a terapia, quero mentir e inventar uma desculpa para o motivo pelo qual dou a impressão de ter penteado meus cabelos com os dedos (realmente o fiz), para as olheiras no meu rosto (não dormi bem) e para as roupas que não combinavam (saia rosa, camiseta vermelha). Mas isso sinceramente demandaria mais energia do que a humilhante e embaraçosa verdade, então desembuchei, sem poupar detalhes.

– Jonathan não quer nada comigo. E é exatamente isso que eu mereço.

– Acho que está sendo muito dura com você.

– É a verdade.

– Por que você acha que ele não quer vê-la de novo?

– Porque – respondo, plenamente consciente de que pareço uma adolescente petulante, incapaz de reprimir minha frustração porque as coisas com Jonathan não progrediram da maneira como eu esperava – pensei que poderíamos continuar de onde paramos.

– Quer dizer da maneira como ele se sentia quando estava esperando por você em Nova York?

– Sim. Estou pronta agora.

– E quanto a Jonathan? Acha que ele continua pronto?

Eu mal compreendia os meus pensamentos; não fazia ideia dos de Jonathan.

– Pensei que ele estivesse, até me deixar sozinha na calçada.

– Você acha que ele a está punindo de alguma forma por causa do que aconteceu no passado?

– Não está?

– Não poderia haver outro motivo? Dez anos é bastante tempo. Tenho certeza de que aconteceram muitas coisas na vida dele, assim como na sua.

Um por um, acesso os fatos a respeito de Jonathan no meu cérebro, onde os releguei à memória.

– Ele é divorciado. Sem filhos. Acho que trabalha muito. Mora em um apartamento não muito longe de mim.

– O divórcio é uma mudança de vida significativa, e com frequência muito estressante. Jonathan pode ter sempre parecido invencível para você, mas ele é humano e sente dor como qualquer outra pessoa. Não poderia ser a atual situação dele que está influenciando em sua decisão de vê-la ou não novamente, e não o que ocorreu no passado?

Tina e eu temos passado horas trabalhando as dificuldades que tenho de me colocar no lugar das outras pessoas e, depois de observar Jonathan ir embora, levara o dia todo tentando entender por conta própria. Minha frustração só aumentou porque, por mais que me esforçasse, não conseguia compreender a situação, não importava o quanto tentasse. Apenas presumi que ele estivesse bravo comigo pelo que fiz. Não consegui relaxar e, por isso, não consegui dormir, e estou com o sono atrasado desde então. No entanto, em menos de quinze minutos, Tina desvendou a coisa toda para mim com facilidade, e enfim entendi. Todas essas etapas são exaustivas. Lembro-me de me surpreender quando Tina explicou que a maioria das pessoas é capaz de tirar essas conclusões instantaneamente, sem nenhuma análise extra. Isso é surpreendente, mas também doloroso, porque nunca serei uma delas.

– Eu só... Eu queria tanto ter a chance de mostrar a ele que sou diferente agora. Que não sou mais a mesma garota que era naquela época.

– Isso é algo que você deseja. Mas ele também tem direito a opinar. – Tina rabisca algo no bloco de anotações que repousa em seu colo. – Você acha que Jonathan gostaria que você mudasse?

– Não é isso que todo mundo quer? Como você pode não querer que alguém mude depois de esse alguém magoá-lo?

– Mudar a forma como você lida com alguma coisa não é o mesmo que mudar quem você é como pessoa. Jonathan não está aqui, então não posso responder por ele, mas conversei com muitas pessoas nesses meus anos oferecendo terapia. Uma das coisas que mais ouço dizerem é que a outra pessoa mudou. E nenhuma delas menciona isso como se fosse uma coisa boa.

– O que acha que devo fazer?

Tina balança a cabeça em uma negativa.

– Essa é a sua lição de casa para a próxima sessão. Quero que você me diga.

8

Annika

UNIVERSIDADE DE ILLINOIS EM URBANA-CHAMPAIGN
1991

Jonathan estava saindo do Lincoln Hall quando Janice e eu passamos por ele a caminho de nossa aula. Ele sorriu e disse oi. Eu não fiz nada.

– Quem era aquele? – Janice perguntou.

– Jonathan. Clube de xadrez.

– O cara que você venceu?

– Sim – não queria falar sobre Jonathan. A ideia de conversar com Janice sobre qualquer cara provocava muitas lembranças desagradáveis. Podia até pensar em Jonathan, mas não estava pronta para falar sobre ele em voz alta.

Janice me deu uma cotovelada.

– Existe alguma razão para não ter mencionado como ele é bonito?

– Está com fome? Quer almoçar? Eu estou com fome.

– Ah, Annika. Chega até a ser engraçado você achar que vou deixá-la escapar assim tão fácil.

– Gostaria muito que fizesse isso.

– Nem pensar.

– Não consigo fazer isso de novo. Não vou.

– Nem todo cara é ruim. Muitos deles são legais.

– Bem, nós duas sabemos que eu não sou capaz de detectar a diferença sozinha.

– Não se preocupe. Desta vez, ele terá que passar por mim primeiro.

– Não vai ser necessário. Tenho certeza de que ele não pensa em mim desse jeito.

– Onde quer almoçar?

– Na verdade, me inscrevi para um turno na clínica. Tem um gambá com uma pata quebrada e quero ver como ele está. Coitadinho. Ele é tão fofo. Você tinha que ver a tala minúscula dele.

– Então, por que sugeriu almoçarmos?

– Só queria mudar de assunto.

– Estou desapontada comigo. Não acredito que caí nessa.

A Clínica Veterinária de Animais Silvestres da Universidade de Illinois aceitava animais silvestres nativos que precisavam de cuidados devido a doenças e ferimentos, ou porque haviam ficado órfãos. O objetivo era reabilitá-los e devolvê-los à natureza. Os alunos de veterinária constituíam a maior parte dos voluntários, mas havia alguns – como eu – cujo amor infinito por animais, e não a futura carreira, fora a motivação que os levara à clínica atrás do edifício de medicina veterinária, no lado sul do *campus*. Eu sentia uma atração natural por animais menores, mas também tinha afinidade especial com os pássaros. Eram criaturas majestosas, e não havia nada mais gratificante do que soltar um e vê-lo voar alto no céu.

O pequeno animal que eu aninhava em minhas mãos enluvadas – o mencionado gambá, que eu decidira chamar de Charlie – tinha um longo caminho pela frente, mas, com o cuidado e a atenção certos, as chances de ele voltar ao seu *habitat* natural eram boas.

Sue, uma veterana que era voluntária na clínica há quase tanto tempo quanto eu e com quem me sentia bastante confortável, entrou na sala.

– Oi, Annika. Oh, olhe só para esse carinha.

– Ele não é adorável? Tenho vontade de levá-lo para casa comigo. Sabia que os gambás na verdade não ficam pendurados pela cauda? As pessoas sempre acham que sim, mas não. Eles têm orelhas como as do Mickey Mouse e cinquenta dentes, mas não são perigosos – outro dia, quando estava na biblioteca estudando, minha atenção foi desviada para um livro sobre gambás e aprendi coisas fascinantes. Demorou quase dez minutos para contar todas elas, mas compartilhei cada um desses fatos com Sue porque tinha certeza de que ela gostaria de saber.

– Dá para ver que ele está em boas mãos. – Sue olhou para o relógio e apertou meu braço. – Tenho que ir. Vejo você mais tarde, ok?

– Ok.

Passei o restante do meu turno limpando gaiolas, ajudando a medicar os animais e dando atenção a qualquer um deles que necessitasse. Antes de ir embora, voltei à gaiola de Charlie para me despedir. Pensei em como sentiria falta dele quando chegasse a hora de deixá-lo partir, e imaginei por um momento se algum dia me sentiria tão apegada a uma pessoa quanto era com os animais.

E me perguntei o quanto doeria se fosse eu a pessoa que teriam de deixar partir.

9

Annika

CHICAGO
AGOSTO DE 2001

– Vou almoçar – diz minha colega de trabalho Audrey. Ela e eu dividimos o pequeno escritório que abriga nossas mesas, computadores e dois arquivos. Aconteceu várias vezes de ela entrar na sala e me flagrar olhando para o nada. Ela faz piada dizendo que eu preciso parar de empurrar o trabalho com a barriga, mas não parece que está brincando quando diz isso. Não estou empurrando o trabalho com a barriga. Olhar para o vazio é a forma que encontrei para desanuviar minha mente a fim de poder lidar com qualquer problema que esteja tentando resolver.

– Tudo bem – eu digo, porque Audrey odeia quando não respondo às coisas que ela fala. Na verdade, não tenho certeza do que ela quer que eu diga. Não avisei que iria almoçar antes de tirar meu sanduíche de manteiga de amendoim da bolsa, como faço todos os dias. É hora do almoço. Comer é o que fazemos.

Assim que Audrey sai, puxo um pedaço de papel da gaveta da minha mesa. Escrevi nele todas as coisas que vou dizer quando ligar para

Jonathan e tudo o que preciso fazer é lê-lo em voz alta. Pensei muito no que Tina disse e quero que Jonathan saiba que entendo as razões dele, mas que gostaria que passássemos mais tempo juntos. Jonathan havia significado muitas coisas para mim, mas também era meu amigo, e não tenho muitos deles.

Fico aliviada quando a ligação cai no seu correio de voz, porque isso tornará as coisas muito mais fáceis, mas, pouco antes do bipe, Audrey volta para o escritório. Não quero que ela me veja lendo um roteiro, então, deslizo o papel para baixo do risque e rabisque e improviso.

– Oi, Jonathan. É a Annika. De novo. Eu só, hã... pensei se estaria interessado em fazer algo no sábado – minha garganta parece seca e tomo um gole rápido de água, fazendo-a escorrer pelo meu queixo no processo. – Acho que o tempo vai ficar bom. Talvez a gente possa pegar um almoço para viagem e levá-lo ao parque. Se estiver ocupado ou não quiser, tudo bem também. Quero que saiba que *entendo* as suas razões. Só pensei em perguntar, ok? Tchau.

Desligo o telefone e percebo que estou ofegante.

– Era uma ligação pessoal? – Audrey pergunta.

– Não era nada – respondo. Preciso de um minuto para tranquilizar minha respiração e descarregar a adrenalina que corre pela minha corrente sanguínea por causa de uma estúpida ligação telefônica.

– Não pareceu ser "nada". Quem é Jonathan? – não devo satisfações a Audrey, mas ela está aqui há três anos a mais que eu e age como se tivesse o direito de saber de todos os meus assuntos, sejam eles profissionais ou não.

– É apenas alguém que conheço.

Ela se inclina contra a borda da minha mesa.

– Um antigo namorado?

– Estou no meu horário de almoço – por que não disse isso antes? Será que ela não está vendo o sanduíche em cima da minha mesa?

– O que quer dizer? – ela pergunta em um tom de voz irritante, aquele que usa quando acha que eu falei algo particularmente estranho.

– Apenas quis dizer... quando você chegou aqui e perguntou se era uma ligação pessoal. Estou no meu horário de almoço – fecho os olhos e esfrego as têmporas.

– Está ficando doente ou algo assim? – ela fala comigo como se eu fosse uma criança. Sua voz é sempre muito alta, então parece que ela está gritando comigo.

– Só estou com dor de cabeça.

– Vai conseguir terminar o dia? Não posso cobri-la esta tarde como fiz na semana passada, quando você foi embora. Tive que ficar até tarde naquela noite.

– Sinto muito – respondo gaguejando.

– Foi muito trabalho extra.

– Não preciso que me cubra. Vou tomar alguma coisa para a dor de cabeça. – Audrey me encara, sem fazer movimento algum para sair do lugar. Abro a gaveta da minha mesa e, sacudindo o frasco, despejo dois analgésicos na palma da mão. Engasgo um pouco quando tento engoli-los porque não tomei um gole grande o bastante da garrafa de água.

Audrey suspira, estende a mão para a gaveta da sua mesa e apanha alguns biscoitos de água e sal.

– Tenho certeza de que a minha sopa está fria a esta altura – diz ela ao sair de novo da sala, e, embora eu não tenha nada a ver com isso, de algum modo parece que a culpa é minha.

Quando Audrey retorna, vou para a sala de descanso a fim de preparar uma xícara de chá e me deparo com minha colega de trabalho Stacy. Ela sempre me recebe com um sorriso, e sua voz é muito relaxante. Quando Stacy queima o dedo na refeição que retira do micro-ondas, digo a ela que sinto muito e a envolvo em um abraço lateral.

– Oh! – diz ela. – Oi, Annika. Dê-me só um segundo para colocar isto aqui – ela deposita a refeição no balcão. – Por que o abraço? – sua voz não parece tão calma quanto costuma ser. Está mais aguda agora.

– Eu me sinto mal por você ter queimado o dedo.

– Você é sempre tão gentil, mas vou ficar bem. Obrigada, Annika – ela pega o almoço e sai da sala às pressas. Deve estar atrasada para uma reunião ou algo assim.

É só no fim do dia, quando desligo o computador para ir para casa, que me lembro da razão pela qual Audrey teve de me cobrir na semana anterior: foi por causa de uma reunião externa da qual participei a pedido de nosso patrão.

Minha dor de cabeça não chegou a passar por completo e sinto-me exausta quando chego em casa do trabalho. Estou cuidando de uma mamãe gata e seus cinco filhotes, que se encontram atualmente em uma caixa de papelão debaixo da minha cama. Passo uma hora deitada no chão ao lado deles, ouvindo os miadinhos relaxantes, enquanto a dor de cabeça enfim desaparece. No jantar, sirvo-me de uma tigela de cereais e, quando termino de comer, visto meu pijama e me arrasto para a cama com um livro, embora ainda sejam apenas oito e meia da noite.

O telefone toca uma hora depois. Não tenho identificador de chamadas, porque não recebo ligações de muitas pessoas e, em geral, deixo minha secretária eletrônica atender, pois assim tenho tempo para decidir se quero falar com elas. Isso enlouquece completamente minha mãe. Janice também fica maluca com isso, então ela sempre grita: "Atenda ao telefone, Annika. Sei que está aí e que quer falar comigo".

Quero esperar até que caia na secretária eletrônica, mas lembro que talvez possa ser Jonathan e agarro o telefone faltando apenas alguns segundos antes de a ligação ser transferida.

— Alô?

É *mesmo* ele, e sou inundada de felicidade. Além disso, sempre achei o som da voz de Jonathan muito relaxante. Ele nunca fala muito alto e há algo reconfortante na maneira como encadeia suas palavras. Para mim, soam como uma melodia. Audrey soa como uma sirene sempre que irrompe sala adentro, e o modo como encadeia suas palavras *não* é melodioso. Parece estar cantando *death metal*.

— Não acordei você, acordei? — ele pergunta.

São só nove e meia da noite, mas, se tem uma pessoa que está familiarizada com os meus padrões de sono, é ele.

— Não. Não me acordou. Estou lendo na cama.

— Podemos nos encontrar no sábado — diz ele.

— Isso é ótimo! — falo isso alto demais.

— Sim, bem... É só um almoço, certo?

— Foi o que eu disse na mensagem. Falei que era um almoço.

— Sim, eu sei. O que quis dizer foi... deixa para lá. Almoço está bom. Almoço está ótimo. Quer que eu a pegue em casa?

— Estarei no Children's Theatre no sábado de manhã. Pode me pegar lá? Por volta do meio-dia.

— Claro.

— Ok. Até lá.

— Boa noite — diz ele.

— Boa noite.

Desligamos, mas não volto de imediato ao meu livro. Passo a próxima meia hora pensando em Jonathan, relembrando os pontos altos de nosso relacionamento como em um vídeo de "melhores momentos". Quando acordo na manhã seguinte, ele é a primeira pessoa em quem penso.

⚔ 10 ⚔

Annika

UNIVERSIDADE DE ILLINOIS EM URBANA-CHAMPAIGN
1991

O som de passos ecoou alto na calçada, e me virei a tempo de ver Jonathan correndo em minha direção. Quando fui embora, ele estava conversando com Eric e alguns outros jogadores, e presumi que iria sair para jantar com o pessoal. Tínhamos mais uma vez disputado uma partida e havia conseguido vencê-lo desta vez. Jonathan não deve ter se importado muito, porque comentou: "Gosto de jogar com você, Annika".

Uma sensação acolhedora se espalhou pelo meu corpo, porque ninguém além de Eric havia me dito tal coisa antes e, pelo que me lembrava, isso não provocara em mim o mesmo efeito das palavras de Jonathan. Estava ficando mais fácil falar com ele sem que precisasse me calar ou gaguejasse na resposta. Só precisava de um pouco de tempo para ir com calma, como sempre acontecia com pessoas novas.

– Ei – disse ele quando me alcançou. – Você esqueceu seu livro – ele estendeu a mão, e vi meu exemplar de *Razão e Sensibilidade*, a ponta superior da página dobrada servindo como marcador, aconchegado em sua palma larga.

– Obrigada.

– Está escurecendo. Você deve sempre voltar para casa acompanhada de alguém.

– Todo mundo sempre sai para jantar.

– Por que não vai junto?

– Não quero – coloquei o livro na mochila e atravessamos a rua. Normalmente, eu detestava conversa fiada, mas minha curiosidade foi maior. – Por que *você* não vai jantar com eles?

– Tenho que trabalhar. Sou *barman* no Illini Inn nas noites de sábado e domingo. Já foi lá alguma vez?

– Não.

– Você deveria ir qualquer hora dessas. Tipo, quando eu estiver trabalhando.

– Não frequento bares.

– Ah – ele ajustou a mochila no ombro e caminhamos em silêncio por alguns minutos.

– Já pensou em se juntar à equipe de competição? Eric me pediu para considerar isso, e acho que vou aceitar.

– Não.

– Por que não?

– Não quero.

– Deve haver uma razão.

– Ficaria pesado demais para mim.

– Por causa da sua carga horária?

– Dá para lidar com a carga acadêmica, mas faço trabalho voluntário duas vezes por semana na Clínica Veterinária de Animais Silvestres e ainda tem xadrez no domingo à noite. Isso já me basta – eu precisava de mais tempo livre do que a maioria das pessoas. Precisava de tempo para poder ler, dormir e ficar sozinha. — Se gosta tanto de xadrez, por que esperou até o último ano para ingressar no clube? — questionei.

— Este é meu primeiro ano aqui. Eu me transferi da Northwestern.

— Ah.

Ele parou de andar de repente.

— Obrigado por ser literalmente a única pessoa a quem contei isso que não perguntou logo de cara o motivo.

Também parei.

— De nada.

Ele me encarou com uma expressão neutra por alguns segundos e então recomeçamos a caminhar.

— Por que você sempre cheira a cloro?

— *Essa* é a pergunta que você quer que eu responda?

— Sim.

— Nado quase todos os dias. É o que faço para me exercitar. Demorei mais que os outros para chegar à fase de crescimento, por isso, não tentei jogar futebol americano ou basquete. Se não começar cedo, nunca vai conseguir realmente acompanhar. Mas sou bom na natação. Sinto muito se o cheiro a incomoda. Parece que ele nunca vai embora, mesmo depois de eu tomar banho.

— Não me importo com ele.

Tínhamos chegado ao meu prédio a esta altura. Deixei Jonathan postado na calçada e caminhei para a porta. Antes de alcançá-la, ele gritou:

— Deveria pensar em se juntar à equipe de competição.

— Pensarei nisso — respondi.

Mas não pensaria.

II

Jonathan

CHICAGO
AGOSTO DE 2001

Estou esperando do lado de fora do teatro ao meio-dia quando Annika sai pela porta cercada por crianças. Ela está de mãos dadas com um menino e se agacha para lhe dar um abraço antes que ele corra para os braços da mãe, que o aguarda. As crianças se espalham, dirigindo-se cada qual a seus respectivos pais, acenando e gritando "tchau" para Annika antes de partir. Ela acena em resposta, um sorriso iluminando seu rosto. O sorriso fica ainda maior quando ela me vê, e eu digo a mim mesmo que aceitar o convite dela foi a coisa certa a fazer. Como disse a ela no telefone, é só um almoço. O que não direi a ela é que estava tendo um dia péssimo quando ela deixou a mensagem no meu celular, e ouvir sua voz aliviou essa sensação. Annika é o antídoto perfeito para qualquer dia ruim.

Ela vem em minha direção.

– Parece que você tem um belo fã-clube – comento.

– Acho as crianças mais agradáveis do que a maioria dos adultos.

Suas palavras não me surpreendem. Crianças nascem sem ódio, mas, infelizmente, algumas delas aprendem desde cedo a empunhá-lo como uma arma, e ninguém sabe disso melhor do que Annika. Ela sempre teve um ar infantil, o que deve torná-la bastante empática com crianças. É também a razão pela qual os adultos costumam ser desagradáveis com ela – porque acreditam erroneamente que isso indique falta de inteligência ou capacidade, o que não é verdade para nenhum dos casos.

– Peguei o almoço – digo, erguendo a sacola do Dominick's. A mercearia tem um excelente balcão com opções de comida para viagem e, como foi lá que a reencontrei, imaginei que seria uma boa escolha.

– Mas fui eu que convidei você. Sou eu quem deveria pagar.

– Você pagou da última vez. É a minha vez.

A umidade havia diminuído de maneira considerável na última semana, e o ar parece quase suportável enquanto nos dirigimos ao Grant Park. Annika permanece em silêncio durante a caminhada.

– Há algo errado? – pergunto. – Você está muito quieta.

– Falei demais da última vez. Estava nervosa.

– Não fique. Sou só eu.

Parece que toda a Chicago decidiu vir ao parque hoje. Abrimos caminho entre a multidão e encontramos um trecho de grama vazio para nos sentarmos e almoçarmos. Tiro da sacola sanduíches e batatas fritas. Entrego uma garrafa de limonada para Annika e abro uma Coca de latinha para mim.

– Você trouxe seu tabuleiro – diz ela, apontando para o estojo de transporte que estava pendurado no meu braço e que agora repousa na grama ao nosso lado.

— Imaginei que talvez quisesse jogar uma partida — imaginei sobretudo que isso a deixaria à vontade. O xadrez sempre foi uma das melhores maneiras de nos comunicarmos.

— Gostaria muito. Mas estou enferrujada. É bem provável que você ganhe.

— É provável que eu ganhe porque sou melhor que você — ela leva um segundo para entender que estou brincando e sorri.

Ela fica tão linda quando sorri.

Ao redor, as pessoas jogam *frisbee* na grama, muitas delas com os pés descalços. Uma abelha zumbe em torno da limonada de Annika e eu a afasto. Quando terminamos de comer, abro o tabuleiro e nós o montamos.

Quase tudo em Annika emana delicadeza. Suas mãos são muito menores do que as minhas e, quando a conheci, passei tanto tempo analisando-as enquanto ela contemplava seu próximo movimento no xadrez que não pude deixar de imaginar qual seria a sensação se segurasse uma delas. Mas, quando ela joga xadrez, adota uma postura absolutamente implacável. Mal conseguia olhar para mim na primeira vez em que a acompanhei até em casa, mas sempre encarou as peças em um tabuleiro de xadrez com foco intenso, e hoje não é diferente. Será uma boa partida. Ela *está* enferrujada, mas dá tudo de si, e me concentro, porque nunca esqueci a primeira vez em que jogamos, quando ela me derrotou feio.

Hoje estou em vantagem, e posiciono meu cavalo.

— Xeque-mate.

Não há casa para onde mover seu rei, e ela não pode me bloquear nem capturar minha peça. Percebo pela sua testa franzida e pela maneira como encara o tabuleiro que já está se recriminando pela derrota.

— Deixei você ganhar — diz ela.

Solto uma risada.

– Não, não deixou. Você jogou bem, mas eu joguei melhor.

– Odeio que tenha me vencido.

– Eu sei.

Enquanto recolhemos as peças e as guardamos, Annika diz:

– Depois que fomos à cafeteria, você agiu como se não quisesse me ver de novo – meu sorriso provocante some, mas não tenho certeza de se Annika vai captar a expressão hesitante que o substitui.

– Eu queria. Só não sabia se era uma boa ideia.

– Mas estamos na mesma cidade agora. Estou pronta e fazendo as coisas acontecerem desta vez. Não vou deixar tudo nas suas costas.

– Há coisas sobre as quais ainda não conversamos. Porque não acho que *você* queira falar sobre elas.

– Pensei que poderíamos ignorar tudo o que aconteceu e começar do zero.

– Não é assim que funciona.

– Seria muito mais fácil se fosse – ela baixa os olhos para a toalha, e nenhum de nós diz coisa alguma por alguns minutos.

– Faço terapia uma vez por semana. Comecei assim que me mudei para a cidade. O nome dela é Tina. Ela me ajudou a entender por que eu... por que vejo as coisas da forma como vejo. Disse a ela que você provavelmente não iria querer nada comigo por causa do que aconteceu entre nós, mas ela comentou que talvez tenha sido por causa do divórcio.

– É um pouco de ambos, suponho – é algo difícil de aceitar quando tem de admitir, inclusive para si mesmo, que estava enganado sobre a pessoa que achava ser perfeita para você. Era ainda mais difícil admitir que parte do encanto de Liz devia-se ao fato de ela ser o exato oposto de Annika. Na época, me convenci de que isso era o mais importante, até o dia em que tudo se virou contra mim e percebi que não significava tanto quanto eu pensava. – Você fica cauteloso depois do divórcio. Duvida um pouco de si mesmo – digo. Mas Annika estava certa em aceitar parte da responsabilidade por minha hesitação, porque esse era definitivamente um dos fatores. – E quanto a você? Algum rompimento no seu passado?

– Namorei um dos meus colegas de trabalho na biblioteca. Ele é um cara legal e nos demos muito bem. Tentamos tornar aquilo um romance por cerca de seis meses, mas ele era parecido demais comigo – ela olha nos meus olhos e depois desvia o olhar repentinamente. – Foi um desastre. Pessoas como nós precisam de pessoas que... não sejam como nós para equilibrar as coisas. Somos apenas muito amigos agora. Namorei o cara seguinte por mais de um ano. Ele dizia que me amava, mas nunca conseguiu me aceitar como sou e me tratava como se eu não fosse digna de sua atenção e seu carinho por causa disso. Às vezes, eu me preocupava com o fato de, se ficássemos juntos, começar a acreditar nisso.

– Talvez ele amasse *mesmo* você, mas você não permitisse.

Ela nega com um gesto de cabeça.

– É graças a você que sei como é ser amada e aceita – seus olhos se enchem de lágrimas, e ela pisca para reprimi-las.

– Talvez seja eu quem precise ir com calma desta vez.

– Eu posso ir com calma, Jonathan. Vou esperar por você, do jeito que sempre esperou por mim.

Annika está usando sapatilhas sem meias. Estendo a mão e as descalço com gentileza. Ela olha para mim e sorri quando a lembrança lhe ocorre, e afunda os dedos dos pés na grama como se fosse a melhor sensação do mundo.

Abro um sorriso também.

12

Annika

UNIVERSIDADE DE ILLINOIS EM URBANA-CHAMPAIGN
1991

Jonathan fez uma campanha incansável para me convencer a fazer parte da equipe de competição. O fato de Eric agora fazer parte dela também não ajudava, e vinha recebendo pressão de ambos.

— E se eu fosse até seu dormitório e a buscasse para a reunião na quarta-feira? — ele ofereceu. — Aí você iria? — tinha apenas começado a me sentir confortável ao conversar com Jonathan. Não estava pronta para acrescentar outra coisa, ainda mais algo tão estressante quanto uma competição de xadrez.

— Talvez — gostaria de ter protestado, dizendo que não precisava de babá, mas a verdade é que eu evitava a qualquer custo tentar coisas novas, e esse era exatamente o papel que Jonathan teria de desempenhar.

Arrumamos as nossas coisas e saímos do grêmio estudantil juntos, porque Jonathan agora me acompanhava para casa todos os domingos à noite depois do clube de xadrez. Os outros saíam para jantar, e nós seguíamos no mesmo ritmo, lado a lado, até chegarmos ao meu dormitório.

Era o ponto alto da minha semana.

O céu já ameaçava chuva quando havia ido ao grêmio estudantil, e agora, ao deixar o prédio, descobri que ela chegara como um dilúvio. Puxei o guarda-chuva da mochila e pensei em ligar para Janice e pedir que ela viesse me pegar de carro. Não sabia dirigir e, apesar da insistência de minha mãe, tinha me recusado a tirar a carteira de motorista. A ideia de pilotar centenas de quilos de metal me aterrorizava, e a coisa mais próxima que cheguei de guiar foi a minha velha Schwinn azul de dez marchas.

– Vim de carro hoje à noite. Posso lhe dar uma carona para casa.

O nervosismo de estar sozinha com Jonathan em seu veículo quase me impediu de aceitar a oferta, mas, antes que eu pudesse pensar muito sobre isso, ele empurrou a porta para sairmos, abriu o guarda-chuva e segurou-o sobre nossas cabeças enquanto nos dirigíamos ao estacionamento. Ventava, e caminhamos rápido enquanto ele me conduzia até sua caminhonete branca. Ele destrancou a minha porta e correu para o lado do motorista, destrancando a dele.

Era início de outubro e os dias estavam mais frios. A umidade do ar devido à chuva dava a impressão de estar ainda mais gelado. Eu havia esquecido de trazer uma blusa e esfreguei as mãos ao longo dos braços, na tentativa de gerar um pouco de calor com a fricção.

– Está com frio?

– Esqueci minha blusa em casa.

Jonathan girou um botão no painel e o ar soprou pelas aberturas de ventilação.

– Pode demorar alguns minutos para esquentar.

O tráfego ficou mais lento no cruzamento. Estava totalmente escuro e, a princípio, não conseguia entender por que a maioria dos carros havia parado no sinal verde e por que alguns deles buzinavam alto, fazendo-me querer tapar os ouvidos por causa do barulho horrível. Mas, então, vi uma gansa e uma longa fila de filhotes atrás dela enquanto tentavam atravessar a rua. A maioria dos carros esperava, mas alguns deles atravessavam o cruzamento sem a menor consideração pelos animais.

Saltei da caminhonete sem pensar duas vezes, deixando a porta aberta em minha pressa para socorrer os gansos. Jonathan deve ter descido do veículo logo atrás de mim, porque podia ouvi-lo gritando:

– Annika! Jesus! Tenha cuidado.

A mamãe ganso grasnava enquanto eu me empenhava em conduzi-la junto com os filhotes para a segurança. A chuva me castigava sem dó, e a Jonathan também, porque ele começara a direcionar o tráfego, estendendo as mãos como um policial para impedir que os motoristas se aproximassem. Caminhei ao lado dos gansos, protegendo-os com meu corpo, enquanto atravessavam devagar e em fila indiana o cruzamento, até se colocarem a salvo, alcançando o meio-fio da via. Agitei as mãos com entusiasmo porque os havíamos salvado, mas depois as coloquei sobre os ouvidos para bloquear a cacofonia de buzinas de carro enfurecidas. Jonathan e eu retornamos à caminhonete e ele voltou ao tráfego quando a luz ficou verde. Eu me virei, esticando o pescoço para localizar os gansos no escuro e me sentindo aliviada quando avistei a cabeça oscilante da mãe. Afastavam-se da pista agora, e esperava que continuassem seu caminho rumo a qualquer que fosse o lugar onde se acomodariam para passar a noite.

– Isso foi loucura – disse Jonathan. – Não fazia ideia de que você iria saltar da caminhonete assim. Você me assustou.

– Viu aqueles carros? Alguns deles estavam quase passando por cima daqueles pobres animais. Não sei por que aqueles gansos estavam tão fora de rota.

— Alguns precisam sair um pouco para espairecer.

— Quer conhecer minha colega de quarto?

— Agora?

— Sim.

— Tenho que trabalhar e preciso passar em casa antes para vestir uma roupa seca.

— Ah, está certo. Tinha esquecido.

— Quero dizer, tenho alguns minutos se realmente quiser que eu a conheça.

Jonathan estacionou a caminhonete e me seguiu pelas escadas até o dormitório. Joe e Janice estavam sentados no sofá assistindo TV.

— Esse cheiro é de incenso – eu disse.

— Certo – falou Jonathan.

Eu era capaz de interpretar as expressões de Janice bastante bem porque as estudava desde o dia em que a conhecera, e ela estava olhando para nós com seu sorriso de "que maravilha!".

— Annika! Quem é este? – ela perguntou.

— Este é Jonathan. Ele me trouxe para casa por causa da chuva.

— Oi – cumprimentou Jonathan.

— Essa é minha colega de quarto, Janice, e seu namorado, Joe. Ele cheira a maconha, e é por isso que queimamos incenso.

Joe grunhiu um olá, mas Janice e Jonathan apertaram as mãos.

— Prazer em conhecê-lo – disse ela.

— Igualmente.

— Por que vocês estão encharcados?

— Tivemos que ajudar os gansos. Uma mamãe ganso e seus filhotes tentaram atravessar a rua perto do grêmio estudantil e as pessoas não pararam!

— Aí você pulou do carro e foi ajudá-los – disse ela.

– Claro. Ninguém mais iria fazer isso – virei-me para Jonathan. – Ok. Você já pode ir embora agora.

Ninguém disse nada por alguns momentos. Jonathan foi até a porta, mas, antes de abri-la, virou-se e falou:

– Não se esqueça de levar uma blusa amanhã. Acho que vai estar ainda mais frio do que hoje.

– Não vou esquecer – mas havia uma boa chance de que esquecesse. Organização não era o meu forte. Logo depois que Janice me colocara sob sua proteção durante aqueles dias desastrosos do nosso primeiro ano, havia tentado me ajudar a ser organizada, mas logo descobriu que eu era uma causa perdida. Meu lado do nosso quarto parecia muito com o meu quarto em casa: roupas limpas em uma pilha, sujas em outra. Papéis espalhados por todo lugar. Para alguns, parecia um caos, mas para mim era um caos organizado, e Janice aprendeu a não o invadir depois que tentou me ajudar dobrando todas as minhas roupas enquanto eu estava na aula. Fiquei tão visivelmente aborrecida que ela nunca mais tentou fazer isso.

Combinar roupas e pentear os cabelos de forma adequada eram coisas em que eu raramente pensava, mas Janice conseguiu me convencer de que harmonizar cores era algo bom, e me lembrava, gentil, de pentear os cabelos sempre que eu parecia uma cientista maluca. Havia ainda momentos em que me escondia sob as cobertas com minha lanterna e um livro, e Janice perguntava se eu estava aborrecida ou deprimida. Aos poucos, fui capaz de tranquilizá-la; às vezes, só precisava ficar sozinha. *Havia* coisas sobre as quais me sentia confusa, e que em grande parte envolviam as reações apropriadas para determinadas situações sociais. Quando me senti mais à vontade com Janice, perguntava-lhe sobre elas.

Viver com ela tinha sido uma espécie de curso intensivo sobre como ser normal.

Depois que Jonathan saiu, fechei a porta e me sentei no sofá ao lado de Janice.

– O que você acha?

– Bem, para começar, ele é muito educado.

– Ele é um baita *nerd* – comentou Joe.

– Não, não é – eu disse.

– Annika não estava perguntando para você, Joe.

– Aposto que ele adora jogar xadrez – falou Joe.

– Eu adoro jogar xadrez.

Joe bufou e lançou um olhar para Janice. Ela lhe devolveu outro. Era um acréscimo relativamente recente ao seu rol de expressões, mas eu sabia que significava "Cale essa boca agora, Joe".

– Por que ainda está namorando com ele? – perguntei a Janice.

Janice fez "shh" para mim e me puxou para a cozinha.

– Não sei. Ele é muito, muito bonito.

– E tão idiota.

– Tudo bem. Não pretendo me casar com ele.

Jonathan *era* um *nerd*? Só porque tinha cabelo curto e não praticava todo tipo de esporte não significava que era um *nerd*. De fato, ele era inteligente, e a inteligência sempre fazia os caras parecerem mais interessantes para mim do que para os outros. Além disso, era bem bonito e, às vezes, enquanto jogávamos xadrez, eu o encarava, hipnotizada pelos traços perfeitos de seu rosto. Ele tinha os dentes mais brancos que já vi, o que me fez pensar que seus beijos teriam o sabor de dropes de menta. Os beijos de Joe provavelmente tinham gosto de maconha e salgadinhos gordurentos.

E de fracasso.

– Você gosta do Jonathan? – perguntou Janice. – Tipo, gostar de gostar *mesmo*?

– Não.

– Tudo bem se você gostar – disse Janice.

– Não gosto.

– Só não pule de cabeça desta vez. Até que tenhamos certeza.

Virei-me para ela, exasperada.

– Mas *como* vamos saber?

– Às vezes, não tem como. Mas se um cara lembra você de pegar uma blusa porque não quer que sinta frio, é um bom indício de que ele não deseja magoá-la. Isso não garante que ele não vá fazer isso; você ainda precisa ter cuidado, mas já é um bom começo.

– Não quero estar errada de novo – falei, porque já havia me enganado no meio do nosso segundo ano. Um cara chamado Jake, que conheci em uma das minhas aulas, começara a gostar de mim, e dizer que eu retribuí com entusiasmo seria um embaraçoso eufemismo. O que começou como um rabisco bobo no caderno um do outro enquanto o professor tagarelava logo se transformou em caminhada a dois para a próxima aula, eu estampando o maior sorriso que já tinha aparecido no meu rosto, e Jake com o braço casualmente apoiado no meu ombro ou a mão repousando na minha bunda. Ter um namorado era tão bom quanto sempre pensei que seria, e era fácil! Por mais de uma semana, raramente saí do lado de Jake. Eu o procurava no grêmio estudantil e na praça de alimentação, e tomava meu lugar de direito à mesa dele como qualquer namorada faria. Lavei suas roupas e o ajudei com a lição de casa, porque é isso que você faz quando está apaixonada por alguém e esse alguém também está apaixonado por você. E, como era muito ocupado, sentia-me agradecida por ele passar algum tempo comigo. Sempre que esbarrávamos com os amigos dele – o que parecia acontecer o tempo todo, pois pelo jeito Jake era muito popular no *campus* –, ele apontava para mim e dizia: "Já conhece Annika? Ela com certeza é *muito especial*". Então, todos eles riam, e meu sorriso se tornava ainda mais amplo, porque a sensação de me enturmar era muito boa.

Pouco tempo depois, quando as coisas ficaram ruins, minha colega de quarto estava lá mais uma vez para juntar meus caquinhos e ajudar a me recompor.

Janice colocou a mão no meu ombro.

– Não acho que esteja errada desta vez. Acho que Jonathan gosta de verdade de você. Ele parece ser um cara legal. Permita-se embarcar nessa. Não deixe que uma experiência ruim a prive para sempre da felicidade de conhecer um cara legal. Se não está pronta para admitir isso para mim, pelo menos admita para si mesma.

– Acha mesmo que ele gosta de mim?

– Parece que sim. Ele flerta com você?

Jonathan não fizera nada do que Jake havia feito, como desenhar no meu caderno ou colocar o braço ao redor do meu ombro.

– Não tenho certeza. Ele sorri muito para mim.

– Esse é um bom sinal.

– Vou ter que prestar mais atenção.

Pensei em Jonathan mais tarde naquela noite quando estava deitada na cama e tentei não listar mentalmente todas as coisas que poderiam dar errado. Em vez disso, pensei em como ele quase sempre escolhia jogar comigo no clube de xadrez. Eu apreciava o fato de ele sempre me acompanhar até em casa. Gostava que se importasse se eu estava com frio ou não.

Gostava de todas essas coisas.

Gostava demais delas.

13

Annika

UNIVERSIDADE DE ILLINOIS EM URBANA-CHAMPAIGN
1991

O sol mal havia nascido quando Jonathan e eu saímos do *campus* para a viagem a St. Louis. Meu estômago vazio revirava. Estava tão nervosa que não consegui cogitar a ideia de um café da manhã e estava preocupada agora com a possibilidade de ficar com ânsia de vômito seco no assento do carona da caminhonete de Jonathan.

– Desculpe por não ter música – disse Jonathan. – O rádio nunca funcionou.

– Eu gosto do silêncio – falei. Ficar presa em um carro com música alta tocando era uma das coisas que poderiam me causar um colapso emocional. Não suportaria o excesso de estímulo e precisaria de horas de silêncio para compensar o barulho. A caminhonete de Jonathan parecia velha e sacolejava com suavidade enquanto rodávamos pela estrada, mas para mim era perfeita.

Jonathan não apenas tinha me convencido a participar da equipe de competição, como também me persuadira a participar da partida de treinamento. Eric ficara empolgado. Assim como Janice. Eu era a única que ainda tinha dúvidas. Na última reunião da equipe de xadrez – apenas a segunda da qual participei –, ouvi por acaso alguns dos outros integrantes questionando Eric sobre se eu estaria preparada para partidas de torneio. Essa foi outra coisa que descobri ao longo dos anos. Se você é quieta e não emite muitos sons, por algum motivo as pessoas pensam que isso é o mesmo que haver algo errado com sua audição. Mas não havia nada de errado com a minha.

Eric me defendeu.

– Eu jogo com Annika há três anos e aposto que ela conseguiria vencer qualquer um de vocês. Ela será um trunfo para nós – a última coisa que eu queria fazer depois de um endosso como esse era decepcionar Eric.

Havia doze de nós competindo naquele dia, e, se tivesse de ir com os outros, seis pessoas apertadas como sardinhas em um carro, cercada por barulhos e odores, não teria concordado em fazê-lo.

– Podemos ir só nós dois no carro se você quiser, Annika – dissera Jonathan. – E não precisamos passar a noite. Podemos ir embora assim que as partidas terminarem – mais uma vez, ele havia removido todos os obstáculos do meu caminho, como se soubesse exatamente o que fazer para me deixar confortável. "Ele sabe mesmo", assegurou Janice quando lhe contei sobre a oferta dele. "E está fazendo isso porque gosta de você e porque é um cara legal de verdade."

– Estou muito nervosa – admiti para Jonathan, enfiando as mãos sob a barra da minha camisa para esconder o movimento frenético dos meus dedos.

– Você vai se sair muito bem – garantiu-me ele. – Vão bater o olho em você e esquecer como se joga.

– Acho que não – falei. – Esses jogadores são muito bons. Não consigo imaginá-los de repente se esquecendo como se joga.

– Quis dizer que vão fazer isso porque você é muito bonita. Vão estar ocupados demais olhando para você e isso estragará a concentração deles.

– É difícil que isso aconteça.

Ele soltou uma breve risada.

– Então é só comigo?

Meu cérebro entendeu o que ele quis dizer alguns minutos depois, e eu gritei "Ah" alto o suficiente para fazer Jonathan dar um leve pulo no assento.

– Estava flertando comigo?

– Tentando. Achava que era meio bom nisso, mas agora já não tenho tanta certeza.

– Jonathan?

Ele tirou os olhos da estrada por um segundo e me encarou.

– Achei mesmo que estivesse flertando comigo. Só estava me certificando.

Ele me lançou outro daqueles sorrisos sobre os quais contei a Janice.

A competição estava sendo realizada em uma grande sala de conferências de um hotel local. Embora estivéssemos viajando em equipe, iríamos competir individualmente. O clima naquele dia estava excepcionalmente quente para um final de outubro, como costuma ser no imprevisível Meio-Oeste, e eu usava uma saia *baggy* longa e uma camiseta ainda mais folgada, sabendo que não seria capaz de lidar com roupas que não fossem leves e confortáveis. Sentia muito calor e já começara a suar um pouco.

– Você está bem? – Jonathan perguntou. Eu não dissera uma palavra sequer desde que tínhamos entrado no hotel e havia permanecido próximo a ele, embora precisasse muito ir ao banheiro. Minha bexiga não lidava bem com o nervosismo.

– Quando vamos começar a jogar? – odiava não saber com exatidão como as coisas funcionavam, e deveria ter perguntado a Eric o que esperar das partidas de torneio antes de me comprometer. Se conseguisse superar a parte em que tinha de trocar conversa fiada com meu adversário, e começasse a jogar, poderia me manter concentrada no jogo e ignorar o restante. Todo aquele frio no estômago desapareceria e eu pararia de ter a sensação de que iria vomitar.

– A primeira rodada começará às dez horas. Eric tem a tabela das partidas com nossas chaves e com quem jogaremos. Não se preocupe. Vou explicar tudo.

Suas palavras me acalmaram e eu assenti.

– Ok.

Durante a meia hora seguinte, fizemos aquecimento, e Eric compartilhou tudo o que sabia sobre as outras equipes. Eu poderia jogar até três vezes, dependendo de se vencesse e avançasse para a próxima rodada. Meu primeiro adversário era uma garota do Missouri, e estudei suas estatísticas para ponderar minha abertura.

Pouco antes das dez, entramos na sala de conferências e nos posicionamos diante dos tabuleiros que tinham ao lado nosso nome em pequenas placas de papelão.

– Olá – disse minha adversária. Era uma garota de cabelos escuros chamada Daisy e, quando estendeu a mão, apertei-a rápido e voltei minha atenção para o tabuleiro. Meu nervosismo por competir pela primeira vez afetou minha abertura, e eu vacilei, realizando com descuido dois movimentos em sequência. A forma como ela os usou a seu favor foi suficiente para perceber que ela seria uma adversária formidável, e era essa a motivação de que eu precisava para afastar o frio no estômago e entrar no modo batalha. Disputamos até o final, mas, em um movimento inesperado para ela, capturei seu rei.

– Xeque-mate.

– Ótimo jogo – disse ela.

A partida seguinte pareceu-me mais fácil; esperava que fosse mais difícil. Talvez tivesse apenas dado sorte no sorteio, mas eliminei meu adversário – um garoto alto da Universidade de Iowa – com relativa facilidade, embora tenha demorado quase duas horas para fazer isso.

– Uau. Ok – foi tudo o que ele disse antes de seguir adiante.

No momento em que me sentei diante do terceiro e último adversário, já jogava há quase quatro horas, e a combinação de ter acordado cedo mais a energia mental necessária para sustentar aquele nível de jogo tinha começado a pesar sobre mim. Meu adversário manteve o foco no tabuleiro quando nos sentamos frente a frente. Não nos olhávamos, e nenhum de nós falou nada. A partida durou muito tempo e atraímos uma multidão conforme os outros terminavam. De fato, foi a partida mais difícil que eu já havia disputado em todos os meus anos eliminando adversários, e foi apenas porque meu oponente vacilou em sua jogada final que consegui triunfar. Sentia-me esgotada, quase desabando, quando capturei o rei dele.

– Xeque-mate. – Jonathan se aproximou e colocou as mãos nos meus ombros, apertando-os com suavidade enquanto eu suspirava de alívio.

Nossos companheiros de equipe reuniram-se ao redor, comemorando suas vitórias e lamentando as derrotas. Permanecemos lá por um tempo até Eric sugerir que deixássemos o hotel e jantássemos em uma lanchonete próxima. A equipe concordou com entusiasmo.

– O que você acha, Annika? – perguntou Jonathan. – Está com fome?

– Sim – respondi. Eram quase seis da tarde e era bem provável que meus adversários tivessem ouvido meu estômago roncar enquanto jogávamos. – Preciso usar o banheiro e depois estarei pronta para ir.

Quando estava lavando as mãos, olhei-me no espelho. Minhas bochechas estavam rosadas e meus olhos tinham um brilho que nunca vira antes. Talvez fosse essa a sensação de estar feliz, pensei. No corredor, depois que saí do banheiro, mas antes de ir para onde Jonathan me aguardava, retirei com rapidez os sapatos e os enfiei na mochila. Janice tinha me convencido a trocar os tênis de sempre por um par de sapatilhas, mas eu odiava a sensação dos meus pés dentro delas. Ninguém seria capaz de ver meus pés descalços sob a saia longa.

Ele estava parado junto à porta, e a segurou aberta para eu passar e me seguiu até o lado de fora. A grama de final do outono estava quase toda dormente, e havia nela uma textura, uma leve aspereza que me pareceu incrível sob meus pés enquanto atravessávamos o gramado do hotel até a caminhonete de Jonathan, para que pudéssemos alcançar os outros, que já tinham começado a deixar o estacionamento. Minha vontade era me sentar na grama e enfiar os dedos dos pés nela. Jamais seria capaz de explicar o nível de satisfação que isso me proporcionaria; como isso seria eficaz em me ajudar a dissipar o estresse da sala lotada e de um dia inteiro de competição.

Jonathan ligou a caminhonete e deixou o estacionamento.

– Como é possível que você seja membro do clube de xadrez há mais de três anos e ninguém além de Eric e eu saibamos quanto você é boa? – perguntou ele. Apenas sete de nós havíamos vencido todas as chaves, e Jonathan e eu éramos dois deles.

– Quando Eric não pode jogar comigo, costumo ir para casa.

– Por quê?

Como poderia fazê-lo entender que eu era quase invisível para os outros? A maioria dos meus colegas de clube tinha me descartado há muito tempo como a garota estranha e tímida, e não deixavam de ter razão. Para a maioria deles, o clube proporcionava uma forma de socialização, e a parte do xadrez era um jeito de acrescentar uma atividade agradável que também apreciavam. Era muito mais para mim, contudo. Concentrar-me no jogo eliminava muito da desordem e da ansiedade que sempre ocupavam espaço dentro do meu cérebro.

– Sei lá. Apenas faço isso.

No restaurante, Jonathan estacionou a caminhonete e entramos para nos juntar aos outros. Enquanto esperávamos na fila, enfiei minhas mãos nos bolsos da saia e agitei o tecido para frente e para trás. Alguma coisa nesse movimento me acalmava, e eu gostava do som que fazia.

– Senhorita, não pode entrar aqui assim – disse uma voz. Não me dei conta de que era dirigida a mim até Jonathan dizer:

– Annika, onde estão os seus sapatos?

Parecia um daqueles momentos em que você está falando alto demais porque o lugar é barulhento, mas o ruído cessa de repente e todo mundo olha para ver quem está gritando. Exceto pelo fato de que eu não estava gritando. Estava descalça na fila de uma lanchonete, e todo mundo encarava minhas unhas pintadas de rosa-choque. Não havia feito aquilo de propósito; só tinha me esquecido de calçar os sapatos de novo antes de descer da caminhonete.

Meu rosto ardeu e me virei para a porta, entrando em pânico quando tentei puxá-la para abri-la em vez de empurrá-la. Ela chacoalhou quando a sacudi e, quando enfim compreendi como funcionava, passei por ela como um relâmpago e corri para o estacionamento. Jonathan me alcançou quando eu puxava a maçaneta da porta da caminhonete.

– Espere, está trancada – disse ele. Jonathan inseriu a chave e abriu a porta para mim. – Não se preocupe com isso. Coloque os sapatos e voltaremos para lá.

Subi na caminhonete e enxuguei com o dorso da mão as lágrimas que se derramavam dos meus olhos. Jonathan permaneceu ao lado da porta, aguardando com paciência.

– Não posso voltar para lá.

– Por que não?

– Pode ir você. Vou esperar aqui.

– Annika, não é nada de mais.

– Por favor, não me faça entrar lá – implorei.

Ele colocou as mãos nas minhas pernas, as palmas voltadas para baixo, e seu toque me confortou de um modo que nunca havia sentido antes. Ele fez com que me sentisse protegida, como se nunca fosse deixar que nada de ruim acontecesse comigo.

– Fique aqui. Tranque a porta; voltarei em um minuto.

Fechou a porta e eu pressionei a tranca enquanto ele voltava para a lanchonete. Pelo vidro, eu o vi conversar com a equipe e depois dirigir-se ao balcão. Retornou à caminhonete cinco minutos depois, carregando um saco de papel branco.

Estendi o braço e destranquei a porta do lado do motorista.

– Disse a eles que você estava cansada e que a competição a tinha deixado exaurida, por isso havíamos decidido voltar para casa. Eles encararam numa boa. Queriam que eu lhe dissesse de novo como você foi fantástica hoje. Trouxe sanduíches e torta. Você gosta de torta?

Já não me restava dúvida alguma sobre o tipo de cara que Jonathan era.

– Eu amo torta.

— O sanduíche é de presunto. A torta é de maçã – ele me entregou um sanduíche embrulhado em papel-alumínio e um recipiente de isopor com a torta, além de um garfo e um guardanapo.

Era algo que Janice faria, e me perguntei se sempre precisaria de alguém para cuidar de mim.

— Obrigada – nunca era indelicada de propósito, mas muitas vezes me esquecia de agradecer, e teria ficado muito envergonhada se só me lembrasse disso depois que ele tivesse me deixado em casa.

Jonathan desembrulhou seu sanduíche e deu uma mordida.

— Não consigo imaginar você com as unhas dos pés pintadas de rosa-choque.

— Janice as pintou. Ela disse que, já que eu insisto em andar tanto descalça, o mínimo que podia fazer era deixar os meus pés mais bonitos para as pessoas olharem – mordi minha torta porque sempre comia a sobremesa primeiro, se tivesse a oportunidade, e estava com tanta fome que tive de me forçar a fazer uma pausa entre as mordidas. – Não gosto de sapatos.

Ele soltou uma breve risada, mas soou gentil.

— Sim, percebi isso.

— Eles são limitantes e não consigo mexer os dedos dos pés.

— O que você faz no inverno?

— Sofro com as botas.

— Você não é de fazer joguinhos, não é?

Dei outra mordida na minha torta.

— O xadrez é o único jogo que sei jogar.

Depois que terminamos de comer, dirigimos pela estrada escura em silêncio e, quando chegamos a Urbana, eu havia atingido um estado de tranquilidade que jamais tivera fora das paredes do meu dormitório.

Jonathan parou na frente do meu prédio e desligou a caminhonete. Abri a porta e saí sem me despedir, concentrando-me apenas em alcançar a segurança e o conforto do meu quarto, onde planejava passar o restante da noite sozinha, tentando esquecer toda a experiência mortificante. Para minha surpresa, Jonathan também desceu do carro e me alcançou quando cheguei à porta do prédio. Agarrou minha mão e eu me detive. Apertou-a com gentileza, mas não a soltou. Seu toque me manteve no lugar, dando-me a impressão de que nada de ruim poderia acontecer enquanto ele segurasse minha mão.

– Quer sair comigo sexta à noite?

– Sair com você para onde? – perguntei.

– Num encontro. Podemos ir aonde você quiser.

Não podia acreditar que ele ainda queria ser visto em minha companhia, quanto mais me levar aonde quer que fosse por livre e espontânea vontade. Jake nunca havia me chamado para ir a lugar algum com ele, e a comida que Jonathan acabara de compartilhar comigo era o mais próximo que eu já tinha chegado de uma refeição com um membro do sexo oposto.

Era o mais perto que já estivera de qualquer tipo de encontro.

– Por que iria querer fazer isso? – *por que qualquer pessoa iria querer?* Àquela altura, minha humilhação parecia palpável, e logo me arrependi de ter feito a pergunta. Por que acumular mais vexame além daquele que já havia causado?

– Porque eu acho você muito bonita e gosto de você – como eu não respondi nada, ele largou minha mão e enfiou as dele nos bolsos. – Sinto que posso ser eu mesmo com você.

Durante toda a minha vida, eu esperara por alguém com quem pudesse ser eu mesma. Nunca me ocorrera que eu poderia ser esse alguém para outra pessoa. As palavras dele me emocionaram e senti vontade de chorar.

– Eu gostaria de sair com você.

Ele sorriu, e meus olhos encontraram os dele em um instante fugaz, antes que eu desviasse o olhar.

– Legal. Bem, vejo você amanhã no clube de xadrez.

Olhei para o chão e assenti. Depois entrei e, embora estivesse exausta e não quisesse nada além de fugir para o conforto de um sono profundo, não consegui parar de pensar em quando ele iria segurar minha mão novamente.

14

Jonathan

CHICAGO
AGOSTO DE 2001

Resisto por cinco dias inteiros antes de fraquejar e ligar para Annika. Estou partindo depois de amanhã para passar duas semanas no escritório de Nova York e quero vê-la mais uma vez antes de viajar.

– É o Jonathan – digo quando ela atende ao telefone. – Não acredito que você atendeu. Tinha certeza de que cairia na secretária eletrônica.

– Pensei que fosse a Janice retornando minha ligação. Ela odeia quando eu deixo as ligações dela caírem na secretária.

– Queria ver se você está livre para um jantar amanhã à noite. Sei que está em cima da hora.

– Posso jantar. Adoraria jantar.

– Ok. Qual é o telefone do seu trabalho? Ligo para você amanhã à tarde – ela me passa e é difícil não perceber a alegria inconfundível em sua voz.

Bem, acho que estou disposto a descascar algumas camadas, afinal de contas.

Estou atolado no trabalho, então, quando ligo para Annika no dia seguinte para confirmar nosso encontro, explico que vou ter de ir direto do escritório. Ela diz que vai trabalhar até tarde também, então pede que eu a busque na biblioteca e diz que estará pronta às sete. É cedo para mim, mas até que vem a calhar, já que terei de estar em um avião muito antes de o sol nascer no dia seguinte.

Ela está conversando com um homem quando chego, provavelmente um colega de trabalho, porque os dois usam cordões com crachá no pescoço. Annika está gesticulando, animada, e não se parece nem um pouco com a garota tímida que conheci na faculdade e tive de tirar da concha. Esse homem é alguém com quem ela se sente confortável. Vejo isso pela proximidade deles e o jeito como ela quase o encara enquanto fala. Fico me perguntando se é o sujeito que ela disse ser "parecido demais" com ela. Ela ainda não me viu, e parece um pouco voyeurista observá-la desse jeito, mas ainda estou aprendendo coisas sobre a atual Annika, e algo que notei é que ela parece mais confiante do que era naquela época. Acho que é isso que dez anos fazem com uma pessoa.

Ela me vê e para de falar de repente, caminhando em minha direção sem se despedir do homem. Ele não parece se importar e começa a andar, despreocupado, em outra direção.

– Oi – eu digo.

– Oi.

– Está pronta para ir?

– Sim. Só preciso pegar as minhas coisas – ela se afasta e não se vira para se certificar de que a estou seguindo, mas é claro que estou.

No escritório dela, apoio-me contra sua mesa enquanto ela desliga o computador e junta suas coisas. Uma mulher atarracada e pouco atraente, com cabelos pretos crespos, entra na sala.

– Você deixou seu carrinho na seção de referência, Annika? Alguém abandonou um lá e ele está bloqueando a passagem – ela para de falar quando percebe que há mais alguém na sala.

– Não – diz Annika. – O meu está no lugar dele.

A mulher me estuda e ajeita os cabelos.

– Oi. Eu sou Audrey. Chefe de Annika – ela estende a mão e estufa o peito.

– Ela não é minha chefe – corrige Annika – não devo satisfações a ela.

Audrey abre um sorriso embaraçado, com um toque de irritação cuidadosamente camuflado.

Mas eu o percebo.

– Jonathan – aperto a mão dela com rapidez.

Audrey lança um olhar significativo para Annika.

– Então era para ele que você estava deixando aquela mensagem no outro dia, Annika – ela se vira para mim dissimulando timidez. – E você é o que mesmo dela...?

Não é da sua conta.

– Namorado da época de faculdade.

Os olhos de Audrey se arregalam.

Fito Annika com carinho.

– Fui o primeiro amor dela.

– Ele foi o meu primeiro tudo – diz Annika com naturalidade.

– E agora vocês se reencontraram? – pergunta Audrey. Ela quase não consegue conter sua curiosidade.

Abro um sorriso enigmático.

– Mais ou menos isso.

– Não gosto de Audrey – revela Annika enquanto seguimos para a saída.

– Não posso dizer que a culpo por isso.

– Ela não é muito legal comigo, e, quanto mais tento me defender, pior fica.

Fico triste com o fato de Annika ainda ter de lidar com esse tipo de merda depois de todos esses anos, mas vejo isso todos os dias no meu próprio ambiente de trabalho. A disputa pelo poder. Um comportamento mais compatível com o ensino médio do que com o mundo dos negócios.

– Sabe quando às vezes você pensa na refutação perfeita, mas ela só lhe ocorre horas depois? – ela pergunta.

– Claro.

– É sempre assim comigo e com Audrey.

– Aposto que você tem se saído muito bem – digo, mas ela dá de ombros e olha para o chão.

Já fora da biblioteca, pegamos um táxi. Eu havia perguntado a Annika se ela gostava da comida da Trattoria Nº 10 e contei que tinha reservado uma mesa. "Mas eu posso mudar, se preferir ir a outro lugar." "Eu adoro a comida de lá", ela dissera. "Especialmente o *conchiglione* recheado."

– Como foi seu dia? – pergunto, depois de passar ao motorista o nosso destino.

– Foi bom. Cheio. Passei a maior parte do dia capinando.

– Capinando?

– Nossas coleções são como jardins, e nós as examinamos procurando livros danificados ou desatualizados. Eu pego o meu carrinho e separo uma grande seção para garantir que a seleção seja algo que os usuários vão apreciar. Nunca deixaria meu carrinho na passagem – ela murmura.

É bom vê-la tão apaixonada por seu trabalho e, mais do que isso, tão confortável comigo. Seu comportamento mudou de modo significativo, e para melhor, desde nosso encontro para um café. Ela não é a única que parece mais relaxada, porque Annika sempre provocou esse efeito sobre mim. Hoje, existem pouquíssimas pessoas na minha vida com as quais posso ser cem por cento eu mesmo, mas ela sempre foi uma delas. Não tenho de representar nem tentar impressioná-la como fazia com Liz. É muito libertador.

– Como foi o *seu* dia? – ela diz num rompante, um pouco alto e de forma inesperada, como se tivesse acabado de perceber que deveria ter feito essa pergunta e está tentando compensar o lapso com urgência e entusiasmo. Isso me causa um ligeiro sobressalto.

– Também foi cheio – ainda deveria estar no trabalho, labutando no meu escritório até meia-noite para poder reclamar sobre isso na manhã seguinte da maneira como os meus colegas farão, com o único objetivo de assegurar que todos saibam como ficamos até tarde por lá. O teatrinho no qual todos somos protagonistas me deixa louco, mas escolher não participar dele não é uma opção real.

O táxi para no meio-fio, eu pago a corrida e acompanho Annika até o restaurante.

A recepcionista nos cumprimenta com um sorriso exuberante demais e um entusiasmado "Olá!". Ela sai de trás do balcão da recepção e se aproxima de Annika, os braços estendidos. Fico tenso por um segundo, porque Annika não gosta quando estranhos a tocam, mas ela sorri e estende as mãos para a anfitriã.

– Claire! Oi! – elas se abraçam.

– É tão bom ver você. Já faz um tempo.

Annika assente.

– Eu sei. Faz.

– Temos uma reserva para dois no nome de Hoffman – eu digo.

Claire verifica meu nome na lista e nos leva a uma aconchegante mesa para dois.

– Vou pedir para Rita trazer suas bebidas – diz ela a Annika.

Annika se senta e sorri como uma criança para Claire.

– Estou aguardando esse momento o dia todo.

– De cereja, como sempre?

– Sim.

Não sei ao certo qual é a conexão de Annika com aquela mulher, mas começo a formular algumas teorias.

– E para você, senhor? – Claire pergunta.

– Gim com tônica, por favor.

– É pra já – ela aperta o ombro de Annika e volta para o balcão da recepção.

– Ela é amiga sua ou você esqueceu de mencionar que é cliente VIP por aqui? – pergunto em tom de brincadeira.

Antes que ela possa me responder, um homem em trajes de *chef* vem caminhando rápido em direção à nossa mesa. Annika se alegra.

– Nicholas!

– Annika! – ele diz. – Não sabíamos se você voltaria.

– Bem, eu não venho aqui desde aquela noite. Mas Jonathan me perguntou se eu gostava da comida daqui e você sabe o quanto gosto do *conchiglione* recheado, então... – ela olha para ele como quem diz: "Aqui estou eu!".

O que está acontecendo aqui?

– Não acho que ele vá voltar.

– Não me surpreenderia. Ele prefere comida mexicana.

– Bem, fico feliz em ver seu lindo rosto em uma de minhas mesas – ele olha para mim e depois volta a olhar para Annika. Ela perde completamente a deixa, e, depois de um silêncio constrangedor, estendo minha mão e ele a aperta.

– Jonathan.

– Nicholas.

Rita, uma mulher de meia-idade de aparência gentil e maternal, chega com as nossas bebidas.

– Querida, com certeza você é um colírio para os olhos – diz ela, colocando os copos na mesa. – Estou tão feliz em vê-la aqui de novo.

– Oi, Rita – cumprimenta Annika, dando uma sugada voraz no canudo. – Foi aqui que descobri os refrigerantes italianos – conta ela, enquanto Rita passa para a próxima mesa. – Eles são tão bons! Costumo pedir o de cereja, mas o de limão é meu segundo favorito. Quer um gole?

– Não, obrigado – tomo um belo gole do meu próprio copo. – Pode me dizer o que está acontecendo aqui?

No começo, parece que ela não entende o que estou perguntando, mas então a compreensão se manifesta em seu rosto.

– Ah! Meu ex-namorado e eu fizemos uma cena e tanto da última vez que comemos aqui. Bem, ele fez uma cena. Ele pode ser bem barulhento quando fica irritado. Janice o chamou de temperamental. Bem, ela o chamou de muitas coisas, mas essa foi a mais educada.

– Por que não me contou? Poderíamos ter ido a um restaurante diferente.

– Você perguntou se eu gostava da comida daqui, e eu gosto. Acho que é meu cardápio favorito na cidade toda. Gosto do fato de eles não o modificarem muito, mas, se o dono um dia retirar dele um dos meus pratos favoritos, Nicholas disse que o prepararia especialmente para mim. Tudo o que preciso fazer é pedir a ele.

— Não está incomodada com o que aconteceu da última vez em que esteve aqui?

— Não foi culpa do restaurante.

— Então, vocês brigaram? – gesticulo com as mãos para encorajá-la a continuar.

— Começou no táxi, no caminho para cá. Ryan... esse era o nome dele... queria que saíssemos de férias com seu melhor amigo e a esposa dele, que uma vez escutei por acaso dizer que eu era estranha, então falei que não entendia por que ela iria querer sair de férias com a gente, para começo de conversa. E eu já havia dito a ele que achava que não poderia embarcar num cruzeiro porque enjoo com facilidade em alto-mar.

Concordo com a cabeça, porque sei que Annika tem um estômago sensível.

— ...Além disso, você sabe o quanto eu *odiaria* a sensação da areia sob meus pés.

Eu sabia. Grama era bom, mas areia e terra eram um empecilho. Um piso frio em um dia quente era o seu favorito, mas um tapete macio vinha logo em seguida.

— O problema é que ele nunca me ouvia. Ele sempre dizia coisas como "Não é nada de mais" ou "Você vai ficar bem". Mas eu sabia que *não* ficaria bem. Ainda discutíamos sobre isso quando Claire nos conduziu até nossa mesa. Ele disse então que pediria a seu amigo que reconsiderasse o cruzeiro, mas que a parte da praia não era negociável porque a esposa do amigo realmente amava a água, e eu bufei e disse que ela realmente amava vodca, porque da última vez que saímos para jantar com eles ela bebeu tanto que desmaiou ali mesmo, à mesa.

Cheguei a cutucá-la, mas ela tinha apagado. Aí Ryan disse: "Será que você não pode, pelo menos uma vez, só *experimentar?*". Eu não tinha ideia do que ele queria dizer, porque estávamos apenas àquela mesa ali – ela aponta para uma pequena mesa bem à nossa frente –, jantando. Experimentar o quê? Acho que não respondi o que ele queria ouvir, porque ele falou: "Sabe como é estar com alguém com a sua aparência, mas que aí abre a boca e estraga tudo?". Eu disse que não e que não fazia ideia do que aquilo significava, e o rosto dele ficou vermelho. "É uma porra de um desperdício", ele falou. "Não aguento mais isso." Daí ele se levantou e começou a gritar bem alto, dizendo que eu era louca, e os funcionários do restaurante o obrigaram a sair.

– Annika, isso é *horrível*. Não acredito que ele falava com você dessa maneira – não é de admirar que todos aqui sejam tão gentis com ela.

– Geralmente, ele não falava. E, quando começamos a namorar, ele na verdade era muito gentil. Tina disse que nossos problemas se deviam ao fato de não falarmos a mesma língua. Janice me disse que ele tinha perdido as estribeiras e que era um babaca, e que ela nunca gostara dele.

– E aí, o que aconteceu?

– Claire aproximou-se para se certificar de que eu estava bem e sugeriu uma grande fatia de *cheesecake*. As sobremesas deles aqui são muito boas.

– E depois disso?

– Eu comi o *cheesecake* e fui para casa. Janice estava certa. Ryan *era* um idiota. Ele estava me esperando no apartamento quando cheguei em casa porque tinha a chave. Parecia mais calmo, mas continuou listando as vezes em que eu disse ou fiz algo errado. Isso me deu vontade de chorar. Mas então lembrei que ninguém pode me fazer sentir inferior sem o meu consentimento.

– Foi Janice quem lhe disse isso?

– Foi Eleanor Roosevelt. Mas Janice foi quem me deu um livro inteiro com citações dela, e eu memorizei todas. Também gosto muito de uma que diz: "Uma mulher é como um saquinho de chá; você nunca sabe quão forte é até que esteja na água quente". Eu disse a Ryan que não gostava do jeito que ele me tratava e que ele só era realmente gentil quando queria fazer sexo – ela diz isso alto demais, e as cabeças do casal ao lado se viram rápido em nossa direção. Dou-lhes as costas ligeiramente.

– Então disse a ele que estava tudo terminado e que ele tinha que me devolver a chave do apartamento.

– Jesus.

– Eu sei. Nunca deveria ter dado a chave a ele, para começo de conversa. Enfim, não o vejo desde então.

No final da noite, eu pretendia salientar como esse encontro tinha sido muito melhor em comparação com a primeira vez que tentamos um na faculdade, mas não tenho mais certeza de que isso seja verdade.

– Você poderia ter me pedido para levá-la a outro lugar. Com certeza eu teria entendido.

– Por quê?

– Você e seu mais recente namorado tiveram um rompimento bem público e, pelo que pude constatar, bastante barulhento neste lugar.

– Tem razão. Foi meio que um desastre. – Ela corre o olhar pelo entorno, observando os outros clientes. – Mas acho que nenhuma dessas pessoas estava aqui naquela noite. Foi há quase um ano.

– Fico feliz que tenha dito a ele que estava tudo terminado – devo ter olhado para ela por tempo demais, porque ela desvia os olhos, mas

sorri e suas bochechas ficam levemente coradas. Ela abaixa o cardápio.
– Nem sei por que estou olhando isso. Sem chance de pedir outra coisa que não seja o *conchiglione* recheado.

Dividimos uma fatia de *cheesecake* como sobremesa e Annika se despede de todos a caminho da porta.

– Mil trezentos e trinta e três, South Wabash – digo ao motorista enquanto deslizamos no banco traseiro de um táxi. – Tudo bem se eu entrar um pouco? – pergunto a Annika.

– Sim. Tem uma coisa que quero lhe mostrar – ela parece muito animada.

– Considere minha curiosidade devidamente atiçada – conhecendo Annika, poderiam ser inúmeras coisas.

Ela mora no sexto andar e, quando entramos no apartamento, há uma sensação imediata de familiaridade. Os cômodos estão em um estado de caos organizado que revela sua ordem apenas para ela. Tudo está limpo, porque Annika não gosta que sua residência fique suja, mas a lógica da arrumação me escapa. Há uma fileira de caixas de cereal para o café da manhã no balcão da cozinha. São todos Cheerios, mas cada um é de um tipo diferente. Tigelas azuis brilhantes estão empilhadas ao lado das caixas de cereal, cada qual já com uma colher. Os copos descartáveis para o transporte de *smoothies* estão alinhados em uma fileira ao lado de um liquidificador. Há um bule de chá no fogão, e no balcão à esquerda há canecas com cordões de saquinhos de chá pendentes. É como uma linha de montagem pessoal de café da manhã.

Na sala de estar, o sofá e a poltrona têm várias almofadas e cobertores espalhados sobre eles, e há uma torre irregular de revistas de palavras cruzadas empilhadas ao acaso ao lado de um pufe. Posso apostar que todas as palavras cruzadas foram preenchidas, a caneta.

Além dos móveis excessivamente estofados, forrados com tecidos macios, existem várias prateleiras transbordando de livros de capa dura e brochuras. As obras se derramam pelo chão. Um grande tapete em frente ao sofá cobre o piso de cerâmica, e há várias plantas nas mesas e uma pendurada em um gancho no teto. Em frente ao sofá, há uma TV sobre uma mesa baixa.

— Venha comigo — diz ela. Pega minha mão e me puxa para o quarto, e, uma vez lá, me leva em direção à cama. Agora, estou me perguntando o que ela queria me mostrar, e se de alguma forma não interpretei mal a situação. Ela se ajoelha diante da cama e levanta a colcha. É difícil ver a princípio, porque está escuro, mas há uma caixa de papelão e nela há uma gata e cinco filhotes. Não tenho animais de estimação e, se tivesse de escolher, considero-me uma pessoa mais chegada a cachorros. Mas não posso negar como são fofos os gatinhos. O amor que Annika sente por aqueles pequenos animais transforma seu rosto, e lembro como ela pode ser protetora e carinhosa.

— Quanto tempo eles têm?

— Três semanas. A gata é uma vira-lata que foi trazida para o abrigo. Eles precisavam de alguém para cuidar dela até que os filhotes nascessem e estivessem com idade suficiente para serem adotados. Vou ficar com a mãe. Costumo cuidar de animais que estejam doentes ou feridos e aguardam cirurgia, ou o que quer que seja. Dessa forma, tenho a chance de ajudar mais de um. Mas nos últimos tempos tem sido cada vez mais difícil devolvê-los, então, decidi que ficaria com o próximo. Não me sentiria bem em adotar um cachorro porque fico fora de casa o dia todo, mas acho que um gato será uma companhia perfeita para mim.

— Você gosta de morar sozinha?

— Eu me acostumei quando voltei ao *campus*, depois que você e Janice se formaram. Odiava no começo, mas acabei aprendendo a gostar.

— Foi difícil para você sem Janice lá? — engulo em seco. — Sem mim?

Sua expressão ganha um toque de desânimo.

— Houve momentos em que foi muito difícil. Mas era necessário para mim. Isso me preparou. Nunca seria capaz de pensar em me mudar para a cidade sozinha se não tivesse experimentado primeiro.

— O cara com quem eu vi você conversando na biblioteca quando fui buscá-la era a outra pessoa com quem você teve um relacionamento?

— Sim. Aquele era o Monte. Eu vinha flertando com ele há meses e cansei de esperar que ele me convidasse para sair, então o convidei para ir ao aquário num sábado. Ele jamais me diria algo cruel como Ryan fez, mas fiquei bastante frustrada com ele enquanto namorávamos. Ele queria se comunicar em grande parte por e-mail e, quando conversávamos cara a cara, eu tinha que esclarecer tudo para ele o tempo todo, e isso me deixava cansada.

Vinha sorrindo desde que ela começara a falar sobre Monte e, agora, meu rosto chega a doer. Como um homem pode ser cruel com esta mulher? A afeição que um dia senti por Annika pode ter ficado adormecida durante um tempo, mas ameaça sair da hibernação com ferocidade, fazendo-me sentir tão bem em relação à vida como há muito não me sentia. Há certa esperança em estar perto dela de novo.

Consulto meu relógio. São quase nove horas e já dá para notar que ela está cansada pelo olhar e pela forma como inclina a cabeça para trás contra a beirada da cama.

— É melhor eu ir. Para deixar você relaxar e dormir um pouco.

Ela me acompanha até a porta.

– Obrigada pelo jantar. Desculpe pelo lance do Ryan. Acho que nem me lembro mais daquele relacionamento.

Por um segundo, suas palavras me parecem um minúsculo picador de gelo no meu coração. É assim que funciona para ela? Foi assim que ela se sentiu em relação a mim?

Ela me pega desprevenido quando atira os braços em volta do meu pescoço e me abraça. Solta um gemido baixo quando registro o cheiro de sua pele. Liz acreditava muito nos feromônios e, embora o cheiro dela não mexesse muito comigo, tenho a sensação de que ela também não se sentia tão atraída pelo meu. Não sei se acredito nesse tipo de coisa, mas, seja qual for a causa, sentir o cheiro de Annika sempre provocou um forte efeito em mim. Não sei explicar o cheiro que ela tem; é indescritível. Nas raras ocasiões em que ela não passava a noite na minha cama, no dormitório da faculdade, eu trocava de travesseiro e usava o dela. O estranho é que Annika não suportava perfume e usava apenas sabonete sem fragrância, portanto, o que quer que eu detectasse, emanava *mesmo* dela.

É óbvio que esse não é nosso primeiro encontro, e seguir algum tipo de protocolo parece arbitrário e pueril. Quero dizer, já nos vimos nus. Conheço os sons que ela faz quando está excitada. Não há muitos lugares em seu corpo que meus dedos e minha boca não tenham explorado.

Retribuo o abraço e, embora seja difícil soltá-la, eu o faço.

15

Annika

UNIVERSIDADE DE ILLINOIS EM URBANA-CHAMPAIGN
1991

– O que você vai vestir? – Janice perguntou. Ela estava parada diante do meu armário, deslizando os cabides para a esquerda enquanto examinava as opções do meu guarda-roupa da faculdade. O que eu vestia sempre pareceu ser mais importante para Janice do que para mim. Antes de começar a morar com ela, eu escolhia as partes de cima e de baixo das roupas com base na sensação delas contra minha pele. O fato de não combinarem e muitas vezes contrastarem de um modo horrível não tinha influência alguma sobre minha escolha, e eu não conseguia me lembrar de uma única ocasião em que meus pais ou irmão tivessem comentado sobre a minha opção de roupas. Janice mencionou gentilmente que eu transitava pelo *campus* há semanas parecendo um manifesto ambulante contra a moda e me ajudou a montar conjuntos completos para que eu pudesse me vestir caso ela não estivesse por perto. Tratava-se de mais um exemplo de todas as coisas pelas quais eu me sentia uma idiota.

– Uma saia – respondi. Não estava prestando muita atenção no que ela fazia, porque a minha cara estava enfiada em um livro.

– Você só veste isso.

– Por que perguntou se já sabia o que eu diria?

– Porque pensei que pudesse querer usar algo diferente no seu primeiro encontro. Acho que vi uma calça jeans aqui uma vez. Onde ela foi parar?

– Deixei-a na lavanderia e alguém a levou.

– Você nunca me contou que alguém roubou seu jeans.

– Deixei lá de propósito porque odeio jeans. Você já sabe disso.

– Que tal um vestido? Eu tenho um vestido de estampa floral muito bonitinho, e você pode usar minha camiseta branca por baixo. É longo. Aposto que vai gostar dele.

– A camiseta vai ficar muito apertada.

– Você é menor do que eu. Não tem como ficar muito apertada.

– Não quero usar vestido.

– Sabe onde ele vai levar você? Talvez isso me ajude a decidir.

– Eu deveria ter perguntado?

– Ele não mencionou?

Havia dado a Jonathan meu número de telefone alguns dias antes do torneio de treino, e ele ligara na noite anterior para confirmar o encontro.

– Ele disse que iríamos comer alguma coisa.

– Se você faz questão de usar saia, posso pelo menos escolher a blusa? E ajeitar seu cabelo e fazer uma maquiagem?

Eu tinha tomado banho e lavado os cabelos, o que já era uma ampliação da minha rotina de beleza anterior ao encontro. Não me dera o trabalho de me vestir; em vez disso, colocara o roupão de banho que eu tinha desde os 15 anos e ficara bem à vontade a maior parte do dia.

Imaginei que selecionaria uma das minhas roupas habituais alguns minutos antes da chegada de Jonathan, e nós sairíamos. Aquilo estava se tornando mais complicado do que eu esperava. Janice às vezes me tratava como se eu fosse sua Barbie de carne e osso, fazendo penteados elaborados em meus cabelos e pintando meu rosto com coisas que pareciam pesadas, grudentas e tinham um cheiro estranho. Se eu concordasse com os cabelos e a maquiagem, era bem provável que ela largaria do meu pé quanto à roupa.

– Tanto faz.

– Fique aqui. Volto já.

Ela retornou com um estojo de maquiagem do tamanho de uma caixa de ferramentas e sentou-se na cama ao meu lado.

– Não quero nada desse negócio de base – eu me adiantei, caso ela tivesse esquecido o quanto eu odiava aquilo.

Larguei o livro e fiz o que ela pediu, fechando os olhos quando ela pincelou sombra nas minhas pálpebras e depois os abrindo enquanto aplicava duas camadas de rímel nos meus cílios. Eles me pareciam pesados e tentei não piscar.

– Já está terminando?

– Só um pouco de *blush* e estará pronta. Você quer brilho labial? – Janice adorava brilho labial.

– Não! A última vez que colocou isso em mim, o vento fez meu cabelo voar e alguns dos fios grudaram nos meus lábios – foi a sensação mais nojenta de todos os tempos. Surtei e limpei o brilho labial na manga da blusa.

– Ah. Esqueci isso.

Janice pegou minha escova de cabelo e me fez virar, ficando de costas para ela. Eu odiava escovar o cabelo, mas Janice não aguentava vê-lo emaranhado, por isso, há muito tempo concordara em penteá-lo todas as manhãs antes de sair do dormitório se ela parasse de tentar me convencer a fazer mais alguma coisa nele. Em geral, isso significava algumas escovadas aleatórias com minha escova, e eu dizia que estava pronto. Janice havia me perguntado mais de uma vez por que eu usava os meus cabelos até a cintura se não gostava de fazer penteados, mas nunca fui capaz de expressar por que não queria cortá-lo. Apenas me *sentia* bem com ele do jeito que estava.

– Sei que não gosta de perfume, mas pode ser bom usar um pouco em um encontro – disse ela enquanto escovava meus cabelos, começando depois a elaborar uma trança francesa que descia pelo meio das minhas costas.

– Só vai me provocar dor de cabeça – falei. A maioria dos odores era desagradável para mim, com algumas exceções. – Não faça uma trança muito apertada, ok?

– Pode deixar. Vai ficar um pouco frouxa, para que o cabelo pareça brilhoso, mas lhe dê um ar suave e romântico.

Janice me entregou um espelho quando terminou.

– Pronto. O que achou?

– Quase não dá para perceber que estou usando maquiagem, mas fiquei muito bonita.

Janice riu enquanto eu caminhava até meu armário, tirava o meu roupão e vestia minha saia de cintura elástica favorita e o suéter de algodão fino que ela havia escolhido para que eu usasse. Meias e botas até o joelho e sem salto completavam o traje, e ninguém além de mim saberia que as meias não combinavam com nada. Janice sorriu quando me virei, porque ela havia desistido de brigar com o jeito de eu me vestir há muito tempo. Eu sabia que minhas roupas eram folgadas e nada elegantes, mas usá-las era como ter um cobertor de segurança comigo o tempo todo, disponível para pôr direto sobre o corpo.

— Você está ótima — disse ela. — Vai se divertir muito.

Jonathan bateu na porta exatamente às seis horas, e, quando a abri, ele olhou para mim e disse:

— Uau.

Isso me fez sentir muito bem e, como obviamente era uma coisa aceitável de se falar a alguém em um primeiro encontro, disse o mesmo para ele.

Ele sorriu, e falei a mim mesma que talvez aquilo não fosse assim tão difícil no fim das contas.

Ele me levou a uma área do *campus* repleta de bares e carrinhos de comida, e executou uma baliza para estacionar diante do parquímetro. Eu nunca tinha dirigido antes, e tentar encaixar um veículo em um espaço tão minúsculo entre dois outros carros teria me paralisado, mas ele fez a manobra parecer fácil.

Compramos sanduíches de almôndega em um dos carrinhos de comida e, como a noite estava fresca, mas não muito fria, sentamo-nos em uma mesa ao ar livre para saboreá-los. Era meio como me sentar de frente para Jonathan no clube de xadrez, exceto que havia comida diante de nós em vez de um tabuleiro. Ninguém diria que era o meu primeiro encontro, porque parecíamos com os outros casais, que também comiam juntos, e pude relaxar um pouco.

— O que você gostaria de fazer depois? — ele perguntou.

A pergunta me deixou confusa. Eu tinha dificuldade quando confrontada com muitas opções, mas não ter entre o que escolher era quase pior do que isso. Não tinha ideia de como responder.

— O que quer que as pessoas costumem fazer em encontros para mim está bem.

— Podemos tomar uma cerveja?

– Ok.

Jonathan jogou fora o nosso lixo e caminhamos pela rua. Ele parou na frente do Kam's. Aquele era o lugar mais badalado do *campus*; pelo menos, é o que Janice sempre dizia. Ela passava bastante tempo lá, mas eu só havia chegado até a calçada.

Jonathan e eu estávamos nos divertindo tanto que não quis lhe contar que a razão para eu nunca ir a bares era porque eram barulhentos e fumacentos demais para mim. Janice havia tentado algumas vezes, mas eu nunca aguentava mais do que cinco minutos, desistindo e logo voltando para casa. Disse a mim mesma que poderia lidar com isso daquela única vez e que não seria nenhum bicho de sete cabeças, mas, no minuto em que ele abriu a porta para mim e eu entrei, sabia que fora um erro. "Cradle of Love", do Billy Idol, agrediu meus ouvidos, e a nuvem de fumaça de cigarro em que adentramos parecia um golpe duplo em meus sentidos. Não havia lugar para sentar no ambiente lotado, e nos acotovelamos com metade do corpo estudantil enquanto Jonathan me segurava pela mão e me puxava por entre a multidão. Eu me agarrei a ele, sentindo-me prestes a vomitar.

Ele arranjou um espaço vazio para mim.

– Volto já. Espere aqui – ele disse e foi para a fila do bar.

O barulho era tão alto que a única maneira de se comunicar era gritando ou deixando alguém falar direto no seu ouvido. Como é que todo mundo fazia isso? Como as pessoas *aguentavam*? Era aquela a ideia delas de diversão? Embora Jonathan tivesse me colocado fora do fluxo de circulação, isso não impediu uma garota de abrir caminho em minha direção e esbarrar o ombro em mim ao tropeçar. Outros vieram depois, e logo várias pessoas começaram a invadir minha pequena porção de espaço pessoal. Pisaram nos meus pés, e a cerveja de alguém respingou na minha mão. Limpei-a de imediato, odiando o cheiro, a gelidez e a umidade contra a minha pele. Jonathan ainda aguardava sua vez, atrás de três pessoas no bar.

Estava lutando para segurar as pontas quando vi Jake, o cara por quem tivera uma queda enorme no segundo ano e que, por um equívoco, eu tinha achado que era meu namorado. Ele estava sentado em uma mesa com um grupo de rapazes e, assim que me viu, deu uma cotovelada no que estava sentado ao seu lado. "Losing my Religion", do R.E.M., tocava agora nas caixas de som, mas de repente tudo o que eu conseguia ouvir era "Smells Like Teen Spirit", do Nirvana, e, em vez de um bar, eu estava no quarto de Jake na casa da fraternidade.

Ele tinha me passado um bilhete na aula e me pedido para ir até seu dormitório naquela noite, e mal pude conter meu entusiasmo, porque estava esperando que ele encontrasse um tempo para ficarmos sozinhos. Pelo restante do dia, não prestei mais atenção às aulas. Sonhei acordada com nosso primeiro beijo e como ele me convidaria para uma das festas ou dos bailes formais da fraternidade. Quando voltei ao dormitório depois da última aula, escrevi um bilhete para Janice e o afixei com o ímã do Caco, o Sapo, na porta da geladeira do nosso dormitório, para me certificar de que ela o visse e não se preocupasse quando chegasse em casa e descobrisse que eu não estava lá. *Com Jake. No dormitório dele*, dizia o bilhete, e desenhei um coraçãozinho ao lado.

Bati na porta da fraternidade e disse ao cara que atendeu que eu estava lá para ver Jake.

– Jesus, aqui tem, tipo, uns sete Jakes. Qual deles?

– Weller – respondi com orgulho e esperava que ele dissesse: "Ah, você deve ser a Annika", porque Jake devia falar de mim o tempo todo.

– Subindo as escadas. Terceira porta à esquerda.

Jake respondeu a minha batida, e sorri quando ele depositou um beijo rápido na minha boca. Ele nunca havia feito isso antes; senti um calor aquecer meu corpo.

– Oi, gata.

Ele fechou a porta e me levou para a cama. Havia três outros caras no quarto dele, mas Jake iria pedir que saíssem, agora que eu havia chegado. Um odor pungente pairava no ar esfumaçado, mas ninguém estava segurando um cigarro.

– Você tinha razão – disse o que estava sentado na escrivaninha de Jake. Os outros dois estavam na cama, na extremidade oposta à de Jake. – Ela é uma gracinha. E quanto ao corpo dela?

– Ainda não sei – falou Jake. – Não dá para ver embaixo dessas roupas folgadas.

Todos riram. Eu também ri, embora não soubesse por quê. Se Jake não gostava das minhas roupas, Janice não perderia a oportunidade de me ajudar a escolher outras peças que ele preferisse. Anotei a questão mentalmente para perguntar a ela sobre isso depois.

– Achei que poderíamos curtir um instante – disse Jake. – Relaxe um pouco – ele segurava um isqueiro Bic na mão, e nunca esquecerei o som de atrito produzido quando ele rolou a pequena engrenagem e a chama disparou para cima. Um dos caras entregou-lhe um tubo de vidro com uma pequena tigela no topo, e Jake baixou a chama dentro dela e tragou a fumaça pela ponta. Ele passou o objeto e, um por um, os garotos se revezaram. O pequeno quarto se encheu de fumaça, e contive um acesso de tosse.

A cama de Jake estava encostada na parede, e ele passou o braço em volta de mim quando começaram a fumar, o que provocou uma sensação boa.

– Agora, experimente você – disse Jake, segurando o cachimbo na minha boca.

Neguei com um gesto de cabeça.

– Não. Não quero.

Ele deu de ombros e levou o cachimbo aos lábios, mas, depois de sugar a fumaça, agiu como se fosse me beijar, só que soprou a fumaça em minha boca em vez disso. Tinha um gosto horrível, e me engasguei e tossi enquanto eles riam. Então, Jake me beijou de novo, e foi o tipo de beijo que eu havia esperado a vida toda, suave, gentil e doce. De algum modo, durante o beijo, acabamos quase na horizontal na cama enquanto o cachimbo era passado mais uma vez de mão em mão. Eu deveria estar feliz, porém algo não parecia certo, embora não soubesse exatamente o quê. Queria que Jake me beijasse de novo, mas só depois que ele dissesse aos amigos para irem embora. Não era justo que eles nos impedissem de termos nosso momento a dois. Jake deu outra tragada no cachimbo e, quando soprou a fumaça em minha boca de novo, achei mais difícil de recusar, mesmo que ainda não a quisesse.

Alguém bateu na porta e um dos amigos de Jake a abriu. Sentia-me leve e estranha, e, por mais que me esforçasse, não conseguia compreender por que Janice estava ali parada.

– O que foi? – Jake questionou.

Fez-se uma longa pausa na qual ninguém disse coisa alguma e, em seguida, Janice falou:

– Preciso que Annika venha comigo imediatamente.

– Ela não quer ir com você.

Ele estava certo. Não queria ir com ela. Ou talvez quisesse? Estava tendo muita dificuldade em organizar os pensamentos. O beijo fora tão bom, mas a maconha e os amigos de Jake, não.

– Há uma emergência na Clínica de Animais Silvestres. Eles precisam que Annika venha agora. Ela está de plantão.

Não achava que estivesse de plantão. Jamais teria concordado em ir ao dormitório de Jake se estivesse, mas talvez tivesse me esquecido. Um falcão com uma asa machucada fora trazido na semana anterior, e eu me dedicara a tratar dele com um zelo entusiasmado, fazendo tudo o que podia para restabelecer sua saúde. Era uma das poucas pessoas em quem ele confiava e, quando não estava cuidando de Charlie, o gambá ferido, tentava ajudar com a alimentação do falcão e os cuidados de seu ferimento. Sentei-me, tendo certa dificuldade ao fazê-lo, porque meu corpo de repente parecia muito pesado.

– É o falcão?

– Sim. Sim, é o falcão. Você precisa vir comigo imediatamente, porque todo mundo está esperando por você.

Jake colocou a mão no meu cotovelo.

– Qual é, tem certeza de que precisa ir?

– Preciso. É o falcão.

Janice atravessou o quarto e agarrou minha mão, o que foi bom, porque não havia a menor possibilidade de eu sair daquela cama e ficar de pé com minhas próprias forças. Minhas pernas estavam bambas, e Janice praticamente me carregou para fora do quarto, conduzindo-me escada abaixo.

Do lado de fora, ela me puxou pelo braço.

– Venha. Tive que estacionar no fim da rua. Não está muito longe.

Parecíamos ter andado por quilômetros antes de ela abrir a porta do lado do passageiro e me colocar dentro do carro. Ela contornou o veículo e entrou do lado do motorista mas, em vez de dar partida no carro, descansou a testa no volante.

– Temos que ir – falei. – Eles precisam de mim na clínica – mas como eu poderia ajudar o falcão se mal podia andar?

– Eles não precisam de você. Só tinha que tirar você de lá. Não entendeu o que estava acontecendo?

Acho que o correto seria dizer que não estava entendendo *nada* do que estava acontecendo.

– O que *você* acha que estava acontecendo? – perguntei a ela.

– Não tenho certeza. Só sei o que *parecia* estar acontecendo – ela disse.

– O que parecia estar acontecendo? – quis saber.

Ela se virou para mim, e eu sabia o que a expressão em seu rosto significava, porque já a tinha visto algumas vezes antes. Uma vez, quando ela esperava para saber como tinha se saído em uma prova importante no primeiro ano, e a seguinte, quando sua avó fora submetida a uma cirurgia no coração e haviam estimado suas chances de sobrevivência em vinte por cento.

– Pelo que parecia, ele deve ter dito aos amigos que poderiam assistir.

– Assistir aos nossos beijos?

– Annika, acho que ele planejava fazer mais do que apenas beijar você.

O medo e a vergonha que se abateram sobre mim quando enfim compreendi o que ela dizia e a constatação do meu terrível equívoco a respeito da situação me arrasaram. Eu tremia e chorava. Janice se inclinou sobre o câmbio e me envolveu em seus braços até que me acalmasse. Quando retornamos ao dormitório, ela me colocou na cama para o sono reduzir os efeitos dos últimos eventos.

No dia seguinte, quando cheguei para a aula, sentei-me no outro lado da sala. Sabendo como eu estava com medo de que Jake pudesse me procurar, Janice assistiu à aula comigo.

Foi nesse dia que descobri como era ter não apenas uma colega, mas uma verdadeira amiga.

Agora, no Kam's, em uma situação que já havia me tirado da zona de conforto, eu tinha o sofrimento adicional de ficar cara a cara com alguém que esperava nunca mais ver. Devo ter encarado Jake enquanto revivia a dolorosa lembrança, porque ele levantou o copo e dobrou o dedo indicador para mim, chamando-me. Ele não sorria desta vez.

O terror que senti naquele dia veio à tona, emergindo do lugar profundo onde eu o havia escondido para nunca mais ser lembrado, e fugi, abrindo caminho por entre a multidão como se nadasse contra uma forte corrente. Era como estar na lanchonete sem sapatos, mas pior, porque, desta vez, não havia nada que me impedisse de estar lá a não ser minhas próprias más lembranças. Por fora, eu era como todo mundo. Mas, por dentro, lembrei-me de que era alguém que não se enquadrava.

Irrompi porta afora, alcançando a calçada, e continuei em frente.

– Annika! Espere! – Jonathan me alcançou e agarrou meu punho momentos antes de eu entrar em disparada na frente de um carro que se aproximava. – Jesus – ele disse. – Você tem que parar de fazer isso. Por favor, pare por um segundo – ele esperou que o carro passasse e entrelaçou nossos dedos, conduzindo-me gentilmente até sua caminhonete. – Você está bem? O que aconteceu lá dentro?

– O som está muito alto. Não aguento a fumaça, e tinha um cara...

– Que cara?

– Esquece. Era apenas um cara que eu conhecia. Ele estava sentado em uma mesa com algumas pessoas – lágrimas brotaram dos meus olhos, e fiquei feliz por estar escuro e Jonathan não poder vê-las.

– Prefere ir para a minha casa? Lá é bem tranquilo.

Não pude deixar de comparar essa situação à que acontecera na única vez em que aceitei um convite similar. Mas me sentia segura com Jonathan e sabia que ele não me magoaria, então falei:

– Sim.

Ele morava em uma quitinete no segundo andar de uma velha casa de três andares, em uma área tecnicamente considerada fora do *campus*. Era um trajeto e tanto a pé, e ele tinha pela frente uma caminhada de uns vinte minutos sempre que me acompanhava até em casa depois do clube de xadrez. Ele estacionou na rua, fomos até a frente da casa e subimos a escada, que ficava do lado externo, parecendo mais uma precária escada de incêndio de madeira. Lutou com a chave na fechadura de uma pequena porta com a tinta descascada, cuja cor eu não saberia identificar com certeza. Marrom, ou talvez estivesse apenas suja.

– Sempre emperra – ele explicou.

Acendeu as luzes, e pude ver pela primeira vez o lugar que ele chamava de lar. Era pequeno, o que eu já esperava, considerando-se que o apartamento era parte de uma casa, mas limpo e organizado, muito mais do que seria se fosse eu morando lá.

Fiquei imóvel enquanto ele fechava a porta e jogava as chaves em uma mesinha. Havia um sofá e uma mesa de centro. Uma pequena TV repousava sobre uma peça de compensado apoiada em dois engradados de leite cheios de livros. Alguma coisa no apartamento de Jonathan me deixou à vontade logo de cara. Parecia aconchegante e estava tão silencioso quanto ele havia prometido. Podia me imaginar com facilidade vivendo em um lugar como aquele.

– Eu gosto do seu apartamento – falei.

Ele sorriu.

– Obrigado. Isso foi tudo o que pude encontrar em tão pouco tempo. Quer uma cerveja? Vou tomar uma.

Sentei-me no sofá.

– Ok – já havia experimentado cerveja antes. Não apreciara muito, mas Janice tinha me dito que aquele era um gosto adquirido. Ela mantinha nossa geladeira abastecida com *coolers* de vinho, que nós duas preferíamos se houvesse essa opção, mas eu não bebia com frequência. Ingerir álcool tornava mais difícil para mim entender as pessoas; já tinha bastante dificuldade em acompanhá-las mesmo sem beber.

Jonathan abriu a cerveja e me entregou. Depois, sentou-se ao meu lado e abriu sua latinha. Nós dois tomamos um gole, o dele consideravelmente maior que o meu. A cerveja tinha um sabor muito parecido com o que eu me lembrava da última vez, mas ainda devia haver um longo caminho a ser percorrido antes que eu chegasse ao estágio do gosto adquirido.

– O que aconteceu no bar com aquele cara? Dei as costas a você para fazer o pedido e, quando me virei, você estava indo embora. Ele disse alguma coisa? Algo que não deveria ter dito?

– Não quero falar sobre isso.

– Ok. Não precisa me contar.

Tomei outro gole de cerveja e fiz uma careta.

– Às vezes, as pessoas se aproveitam de mim porque tenho problema para entender as intenções delas.

– Ele magoou você?

Não sei por que decidi contar a ele, mas o fiz, colocando toda a história para fora aos trancos e barrancos. Eu me balançava e estalava os dedos, expulsando deles coisas imaginárias.

– Pensei que ele gostasse de mim, mas não gostava de verdade. Não gosto nem de pensar no que poderia ter acontecido se Janice não tivesse aparecido.

Não vou chorar.

Jonathan colocou a mão no meu braço, e me surpreendeu o quanto esse pequeno gesto me acalmou. Parei de balançar e pousei as mãos no meu colo.

– É por isso que você queria que eu a conhecesse?

Ainda incapaz de olhar para ele, assenti.

– Eu nunca faria algo assim a você.

– Não gosto de bares, Jonathan. Não gosto de multidões, sons altos ou fumaça de cigarro. Sou péssima em encontros, porque este é o primeiro que tive.

– Você nunca teve um encontro antes?

– Não.

– Eu também não gosto de bares. Passo muito tempo trabalhando em um, por isso, não tenho vontade de ir a um bar no meu tempo livre. Mas gostei de ser visto no Kam's com você.

Nem se vivesse cem anos eu seria capaz de compreender o que ele queria dizer com isso. Durante toda a minha vida, fui uma vergonha para mim mesma. Como ele poderia querer que outras pessoas o vissem comigo, principalmente depois da maneira como eu tinha agido?

– Por quê?

– Porque sabia quando a busquei que você estava animada em me ver. E isso me fez sentir muito bem, porque tenho certeza de que, se não estivesse interessada, teria sido franca. É difícil definir ao certo, mas ter uma garota bonita acompanhando-o de braços dados e saber que ela gosta de você faz a gente ter vontade de exibi-la.

– Eu não sabia disso – falei.

– Qual parte? Ser bonita ou eu querer exibir você?

– Eu sei que sou bonita. Meu rosto é esteticamente agradável. Não sabia da outra coisa.

– Nunca conheci alguém como você.

– Sinceramente, não sei o que quer dizer com isso. É uma coisa boa ou ruim?

– É boa, Annika.

Envolvi meus ombros com os braços em uma espécie de abraço.

– Está muito frio aqui.

– Desculpe por isso. Os apartamentos não têm termostato próprio, então, não consigo controlar a temperatura. E estou começando a me perguntar se esta casa algum dia já teve algum tipo de isolamento. Acho que é bem antiga. O inverno pode ser difícil, mas pelo menos não vou precisar morar aqui no próximo ano.

O apartamento dele parecia mesmo ter uma corrente de ar, como se a casa tivesse sido mal construída ou apenas mostrasse, enfim, os sinais da idade. Aconcheguei-me mais nas almofadas do sofá em uma tentativa de me aquecer.

Jonathan saiu da sala e retornou com um moletom com a palavra "Northwestern" estampada.

– Por que não coloca isto?

Peguei o moletom e o enfiei pela cabeça, mas soube em segundos que não conseguiria usá-lo. Jonathan entrou na cozinha para pegar outra cerveja e, quando voltou ao quarto, viu que eu o havia dobrado e colocado ao meu lado no sofá.

– Não quer usá-lo?

– Estou bem. Não está tão frio.

– Tenho certeza de que está limpo – ele o pegou e deu uma fungada. – Está com cheiro de roupa limpa para mim.

– Gosto do cheiro dele, mas tem uma etiqueta. Etiquetas me incomodam.

– Você corta as etiquetas de todas as suas roupas?

– É a primeira coisa que faço quando as trago para casa.

Jonathan foi de novo até a cozinha e, quando retornou, estava com uma tesoura na mão. Ele cortou a etiqueta e disse:

– Pronto. Experimente agora.

Foi uma das coisas mais delicadas que alguém já havia feito por mim. Talvez nem sempre eu entenda o que as pessoas estão dizendo, mas sei quando estão sendo gentis.

– Obrigada – falei, puxando o moletom sobre minha cabeça.

– De nada.

Meia hora depois, eu tinha conseguido engolir um terço da cerveja antes de desistir dela de vez. Jonathan se ofereceu para trocar minha lata por uma nova, mas admiti que realmente não apreciava o gosto. Depois que ele terminou a segunda, também não bebeu mais. Agora que havíamos saído do bar, o encontro estava indo melhor do que eu esperava, e falar sobre nossos seriados e bandas preferidos me deixara em um estado bastante confortável. Sabia o suficiente sobre ambos para poder falar a respeito deles com Jonathan. Além disso, conversar com ele era muito fácil. Talvez tenha sido esse o motivo pelo qual enfim pude chegar tão longe com um cara.

– Quais são seus planos para depois da formatura? – ele perguntou. Jonathan já sabia que eu estava concluindo o curso de bacharel em Língua Inglesa porque havíamos trocado informações sobre nossas especializações universitárias no trajeto para St. Louis. Ele estava se formando em Administração e me disse que começaria a fazer um MBA assim que fosse contratado por uma empresa que pagasse por isso.

– Quero trabalhar em uma biblioteca um dia – falei. – Quero passar todos os dias da minha vida adulta cercada por livros – também planejava obter um mestrado em Biblioteconomia, para seguir a carreira que cobiçava desde o primeiro ano, e planejava começá-lo assim que terminasse meu curso de graduação.

– Sério? Que legal. Nunca conheci alguém que gostasse tanto de livros a ponto de querer estar cercado por eles. Quero me mudar para Nova York e trabalhar no distrito financeiro. Quero ganhar muito dinheiro e não precisar me preocupar mais com o preço das coisas – seu olhar correu pela sala. – Nunca mais quero morar em um apartamento velho, frio e de baixa qualidade.

– Sua família não tem muito dinheiro? – perguntei.

– Somos apenas minha mãe e eu. Meu pai morreu quando eu tinha 6 anos e desde então tem sido uma luta. Ele não deixou seguro de vida nem nada do gênero. Um dia ganharei dinheiro suficiente para cuidar de mim e de minha mãe.

– É você mesmo que banca seus estudos? – eu tive sorte, porque meus pais haviam economizado o suficiente para que eu e meu irmão fôssemos para a faculdade. Estaríamos por conta própria na pós-graduação, mas haviam nos garantido um excelente ponto de partida nos estudos.

– Tinha uma bolsa de estudos considerável na Northwestern. Subsídios e empréstimos cobriam o restante. Foi a única forma de obter a educação e a vida que eu queria.

Lembrei-me de que Jonathan dissera que fora transferido para Illinois e me agradecera por não perguntar sobre isso. Mas por quê?

Talvez eu devesse? Talvez fosse mais uma deixa social que havia passado despercebido e tivesse sido rude da minha parte não mostrar interesse no assunto. Por que havia tantas coisas em que se pensar? Tantas coisas para se lembrar? Por que não percebia nada na hora, mas só dias ou semanas depois?

– Você não gostava da Northwestern?

– Gostava. Senti como se pertencesse àquele lugar. Não fui eu que... Estava dando duro para pagar a faculdade, e prometi a mim mesmo que só faria aquilo uma ou duas vezes. Mas fazer os trabalhos dos outros era um dinheiro tão fácil, e estava adquirindo tanta dívida com os empréstimos para estudantes. Tive que me humilhar por dias, mas o comitê de ética da universidade concordou por fim em não incluir isso no meu histórico permanente se eu fizesse a gentileza de dar o fora de lá.

– Você fez trabalhos para outras pessoas? Isso é trapaça.

– Sim, mas... Bem, não era eu que pedia às pessoas que fizessem o trabalho por mim. Eu é que os fazia para elas.

– Mas trapacear é errado – eu disse.

Jonathan desviou o olhar.

– Tem razão. É, sim. E esta porcaria de apartamento gelado deve ser mais do que eu mereço. Só estou tentando deixar essa coisa toda para trás.

Jonathan não falou muito depois disso, e por volta das dez horas comecei a bocejar.

– Não está se divertindo? – ele perguntou.

– Estou me divertindo muito, mas estou bem cansada.

– Quer que eu leve você para casa?

– Ok.

Jonathan desligou a caminhonete e me acompanhou até a entrada do prédio. Tive de me concentrar bastante para me lembrar de tudo o que Janice havia me dito.

– Obrigada, eu me diverti bastante e gostei de verdade de estar com você. O jantar foi muito bom – saiu tudo de uma vez e, quando cheguei ao final dessa longa e quase desconexa declaração, tive de tomar ar.

– Também me diverti muito.

– Sério mesmo?

Ele pegou minha mão e a reteve com delicadeza em sua grande palma.

– Sim.

– Você vai me beijar?

Ele riu.

– Estava planejando fazer isso, sim.

– Ok. Estou pronta.

Ele riu de novo, mas não era uma risada do tipo cruel; pelo menos, não achei que fosse. Jonathan segurou meu queixo em suas mãos e pressionou seus lábios contra os meus. Fechou os olhos, o que foi bom, porque poderia deixar os meus abertos para não perder nada. Senti o mesmo calor que sentira quando Jake me beijou pela primeira vez, mas foi muito melhor com Jonathan. Ele abriu os olhos, e eu desviei o olhar o mais rápido que pude.

– Já foi beijada antes? – ele perguntou.

– Só por Jake, mas não conta, porque ele só fez isso para me enganar. Não fiz direito?

– Fez direito, sim – ele assegurou.

Queria acreditar nele.

– Beije-me de novo.

Ele o fez.

Janice me esperava acordada. Mal passei pela porta, e nem ao menos tirara o casaco, quando as perguntas começaram.

– Como foi seu encontro? Gostou dele? Onde vocês foram? Quero saber de tudo.

– A maior parte do encontro foi boa. Gostei dos sanduíches de almôndega, mas ainda odeio bares. Fomos ao Kam's e Jake estava lá. Quando eu o vi, surtei. Quase fui atropelada por um carro porque corri direto para a rua. Só queria me afastar dele. Jonathan correu atrás de mim e fomos para a casa dele. Foi agradável. Silencioso. Contei a ele o que tinha acontecido com Jake e ele foi legal quanto a isso. Eu me senti confortável com ele. Como se pudesse contar coisas para ele que só consegui contar para você. Bebi um pouco da minha cerveja, mas não consegui terminá-la. Quando ele me acompanhou até a porta, disse que tinha me divertido muito e gostado de estar com ele, aí ele me beijou. Foi incrível!

Janice fez um ruído parecido com um suspiro.

– Não tem nada igual a um primeiro beijo. O que mais você fez?

– Conversamos na maior parte do tempo. Ele quer se mudar para Nova York um dia e ganhar muito dinheiro. Descobri que ele teve que se transferir para cá porque aceitou fazer os trabalhos de outros alunos na Northwestern pois estava sem dinheiro.

Janice colocou a mão no meu braço.

– Annika. O que você disse a Jonathan depois que ele lhe contou sobre isso?

– Falei que trapacear é errado, porque é mesmo. É horrível.

– E que cara ele fez depois disso?

— Não sei. Ele não disse nada por um tempo, eu acho. Mas não me importei. Às vezes, é bom ficar sentada em silêncio com alguém.

— Às vezes, é importante que as pessoas com quem nos preocupamos saibam que um único incidente não as define necessariamente. Ele não deveria ter feito o que fez, não estou dizendo que foi correto. Mas parece que ele cometeu um erro de julgamento devido às circunstâncias dele. Isso acontece. É assim que aprendemos com os erros e não os cometemos de novo.

— Agi mal, não foi? Disse a coisa errada, e ele nunca mais vai querer me ver. Você acha que magoei os sentimentos dele? – pensar nisso me fez querer chorar, porque Jonathan sempre fora tão cuidadoso com os meus sentimentos.

— Acho que ele só queria que você compreendesse o lado dele. Você contou sobre Jake, uma coisa bem pessoal para se compartilhar. Ele deve ter sentido que também poderia lhe contar algo pessoal, e mencionou essa história porque foi uma situação difícil para ele.

— Como sabe essas coisas? Você nem estava lá!

— Simplesmente sei. E vou ajudá-la para que, da próxima vez que o encontrar, diga todas as coisas certas.

Mas será que eu era capaz disso? Agora, ficaria constantemente preocupada com a próxima coisa idiota que poderia sair da minha boca.

— O que não consigo entender é: por que Jonathan gostaria de mim? E não diga que é porque sou bonita.

— Acho que você tem muitas qualidades maravilhosas a oferecer às pessoas, se elas lhe derem uma chance. Aprendi isso no nosso primeiro ano. Outros também podem aprender.

— Eu gosto dele. Gosto muito, muito mesmo.

Era a primeira vez na minha vida que me sentia assim em relação a alguém.

16

Annika

UNIVERSIDADE DE ILLINOIS EM URBANA-CHAMPAIGN
1991

Jonathan havia me dito ao telefone que passaria no meu dormitório depois do almoço para me acompanhar à aula. Ele me ligara quase todas as noites desde o nosso encontro, e em duas ocasiões fomos almoçar juntos. Senti uma emoção incrível quando ele segurou minha mão enquanto caminhávamos para a aula depois, porque ninguém jamais havia feito isso. Sempre que eu andava sozinha no *campus*, olhava para os casais caminhando de mãos dadas, imaginando como seria a sensação, e agora eu sabia.

– Annika? – disse Janice – Jonathan está aqui.

Minha cama ficava no canto do quarto e eu estava deitada de lado, de frente para a parede, porque essa era minha posição favorita para leitura. Estava no meio de um capítulo e não queria interrompê-lo. De costas para Jonathan, não pude vê-lo quando se aproximou da cama, mas sabia que ele estava ali, porque podia sentir o cheiro de cloro.

– Está pronta? – ele perguntou.

– Não vou para a aula.

– Está doente?

– Não. Mas estou muito cansada.

– Ficou acordada até tarde estudando?

– Fiquei acordada até tarde lendo. Não terminei minha tarefa.

– Precisa de ajuda? – podia ouvir Jonathan juntando os papéis espalhados pela cama.

– Eu sabia como concluí-la, mas não estava com vontade de trabalhar nisso. É chato.

Mais ruído de papéis sendo revirados.

– Isto está... está em italiano?

– Sim – tinha passado cerca de uma hora na noite anterior traduzindo uma redação antiga que havia escrito, as sinapses no meu cérebro disparando em absoluta alegria com a tarefa. Era muito mais agradável do que minha lição de casa inacabada.

– O que vai fazer com isso?

– Sei lá. Guardar, provavelmente – continuava lendo meu livro enquanto respondia às perguntas dele.

– Pode se virar para que eu possa ver seu rosto?

– Claro.

Larguei o livro e virei para o outro lado.

– Oi – ele disse.

– Oi!

Permaneci deitada de lado. Jonathan se esticou na cama na mesma posição, de frente para mim. Olhar diretamente nos olhos dele – ou de qualquer outra pessoa, na verdade – me deixava desconfortável, por isso, encarei seu nariz.

– Quer me beijar? – durante muito tempo, invejei o afeto que outras pessoas pareciam trocar sem esforço. Dar as mãos e beijar alguém dava a sensação de enfim poder provar um bufê de iguarias que eu ainda não havia saboreado, e não via a hora de experimentar cada uma delas. Depois de anos de solidão e isolamento, receber atenção e carinho de outra pessoa elevava meu ânimo de um modo impensável. Era uma maneira infinitamente preferível de levar a vida.

– Queria beijá-la no minuto em que entrei no seu quarto.

– Então, por que não beijou? – não conseguia entender por que ele tinha esperado quando era óbvio que queria fazer isso. Devia haver um monte de regras sobre beijar que eu não compreendia e teria de descobrir a duras penas, o que me tirava um pouco da alegria da coisa toda, substituindo-a pela ansiedade, minha companheira emocional permanente.

– Porque pareceria rude fazer isso sem conversar com você ao menos um pouco antes. Quero que saiba que não sou como Jake.

– Nunca achei que você fosse como Jake. Eu gosto de você, e gostei de beijá-lo naquela noite. Assim que acabou, eu queria beijá-lo de novo o mais rápido possível.

– Também gostei de beijar você.

– Preciso lhe dizer uma coisa. Não fui muito compreensiva com aquela história da trapaça. Às vezes, eu não digo as coisas certas, mas você tem sido muito legal comigo e sei que é uma boa pessoa. Todo mundo faz algo pelo menos uma vez na vida de que se arrepende mais tarde. Lamento que tenha tido que se transferir para cá.

– Ah. Ok. Bem, obrigado por isso. Não foi assim *tão* ruim.

– Não foi? – para mim, tinha parecido bem ruim.

– Não.

– Tá. Você acha que já conversamos o suficiente?

Jonathan riu.

– Sim.

Ele me beijou, e foi diferente de antes, mas num bom sentido. O beijo de boa-noite na porta tinha sido mais breve, mas esses beijos eram mais demorados, e cada um deles parecia se fundir com o próximo. O gosto dele, de fato, era parecido com dropes de menta, e seus beijos não eram lânguidos nem muito brutos. Ele fazia pausas com frequência suficiente para que eu não sentisse que estava sufocando e tomava cuidado para não me esmagar com seu corpo. Jonathan deslizou o braço pela minha nuca, e a palma de sua mão descansou no meu quadril, mas, exceto por esses dois pontos de contato, não tentou me tocar.

– Você ainda vai para a aula? – perguntei.

– Não.

– Por que não?

– Hum, porque prefiro continuar fazendo isso.

– Eu também!

Jonathan soltou uma breve risada, mas minha intenção não era ser engraçada. Ele me beijou de novo, e pude estudar seu rosto, porque seus olhos estavam fechados. Os cílios dele eram tão longos quanto os meus, mas eram os ângulos e planos de seu rosto que me intrigavam. Simetria e equilíbrio perfeitos. Estendi a ponta do meu dedo indicador em direção à sua pele lisa e sem imperfeições, percorrendo de leve sua bochecha. Ele abriu os olhos um pouco, e tive de voltar a encarar seu nariz. Mas ele era reto e de proporções perfeitas, então, não me importei.

– Também estou cansado – disse ele. – Vamos tirar uma soneca.

– Ok – sussurrei. Como era estranho *querer* adormecer ao lado de alguém. Em geral, ficaria incomodada de ter alguém na minha cama, porque gostava de dormir de uma maneira muito específica, que não incluía outra pessoa compartilhando o espaço. Mas queria que Jonathan ficasse, e perceber que ele queria adormecer comigo proporcionou-me um tipo especial de emoção. Parecia ainda mais íntimo do que nos beijarmos. Mais adulto, de certa maneira. Janice costumava ter alguém compartilhando sua cama, mas essa era mais uma novidade para mim. Deleitei-me com as sensações que tomavam conta de mim e tentei não pensar em quanto sentiria falta delas se ele concluísse que eu não valia o esforço.

Seria uma pena, de verdade, se isso acontecesse, porque Jonathan me fazia sentir confortável e segura, de um modo que ninguém mais se importou em fazer – não que muitos já houvessem tentado.

17

Jonathan

CHICAGO
AGOSTO DE 2001

Annika está incrível quando abre a porta. Meu departamento está comemorando a aquisição de um novo cliente – para ser mais específico, a excelente carteira de investimentos desse novo cliente. Não pouparemos despesas para recebê-los, e o evento desta noite inclui um coquetel seguido de um jantar formal no salão de festas de um restaurante recém-inaugurado e caro. É o tipo de evento no qual não estar acompanhado pareceria descabido. Como um craque no time, esperam que eu me encaixe no papel o tempo todo e, embora ninguém nunca tenha dito isso de maneira franca, ter uma bela mulher ao meu lado com certeza faz parte do personagem. Tentei encontrar um bom motivo para não levar Annika, mas não consegui.

O vestido cor de vinho que ela usa acaba logo acima dos joelhos, mostrando as pernas na medida certa, mas as mangas são longas e trabalhadas em renda. É o traje ideal para um jantar corporativo. Annika tem o tipo de corpo que não é instantaneamente notável. Os seios parecem nunca atrair atenção imediata, mas fazem você se perguntar como são por sob as roupas. As pernas são apenas um pouco mais longas do que a média, mas bem torneadas. Ela é a mulher mais perfeitamente proporcional que já tive o prazer de ver nua, e tem a pele mais macia que minhas mãos já percorreram. Hoje à noite, está ao mesmo tempo *sexy* e discreta, e não vejo a hora de apresentá-la aos meus colegas de equipe. Já tinha levado duas outras mulheres para as festas de trabalho depois que Liz e eu nos separamos. Eram não apenas atraentes como também inteligentes e bem-sucedidas. Infelizmente, não houve química com nenhuma delas.

Eu não vinha sentindo química com muita coisa nos últimos tempos.

No táxi, a caminho do evento, dou a Annika o resumo sobre a pessoa a quem irei apresentá-la.

– Bradford é meu chefe. Conheço alguém que fez faculdade com ele quando era apenas Brad. Ele é casado com a empresa, mas também tem uma esposa de verdade que, segundo concluí, passa a maior parte do tempo criando os filhos sozinha. Ele é bem alto. – Brad parecia gostar de conversar em pé com os funcionários enquanto estes ficavam sentados, assim podia olhá-los ainda mais de cima. – Ele trabalha mais horas do que qualquer outro na empresa, e nunca perde a oportunidade de nos informar sobre isso. Também não entende por que ficar anunciando esse fato incomodaria alguém.

Entramos no restaurante e conduzo Annika em direção a um par de portas francesas abertas, onde meus colegas estão reunidos, cada qual com sua bebida nas mãos. Brad está sozinho no salão.

Observo quando ele se apercebe da presença de Annika. Ela está usando o cabelo preso no alto, o que chama minha atenção para o pescoço dela. Quero beijá-lo. Na verdade, quero chupá-lo do jeito que costumava fazer naquela cama velha e encaroçada do meu apartamento dos tempos de faculdade. Talvez Brad também queira fazê-lo, porque olha para a pele exposta um pouco mais do que deveria. É sutil, mas já o vi fazer isso dezenas de vezes com as esposas e namoradas dos meus colegas de trabalho. Brad sabe que nenhum homem sob sua chefia vai tirar satisfação com ele, e é por isso que nunca para de se comportar assim. Incomoda-me vê-lo fazer isso com Annika, por isso minha saudação é breve e meu aperto de mão, rápido e superficial. Se Brad percebe, não demonstra.

Deixe para lá, Jon.

– Esta é Annika – digo.

– Que nome exótico – observa Brad. – É um prazer conhecê-la.

– Obrigada. É um prazer conhecê-lo também. Jonathan comentou que você era bem alto – fico tenso por causa das outras coisas que disse. Às vezes, quando Annika repete o que digo a ela, nem sempre aplica as edições apropriadas. Mas minha preocupação é desnecessária, já que vejo Brad inflar-se um par de centímetros a mais quando aperta a mão de Annika e a retém por mais tempo que o necessário. Ele a estuda, conferindo os itens de uma lista imaginária, e sorri quando ela passa no teste. Ela retribui o sorriso, mantendo os olhos fixos nos dele por alguns segundos, antes de desviar o olhar.

Tomo o braço de Annika e a conduzo a um grupo de colegas que está próximo ao bar montado de improviso no salão. Annika lida com as apresentações com maestria, repetindo o nome de cada homem enquanto aperta a mão deles; sorri e fala sobre sua ocupação.

– O que gostaria de beber, senhorita? – pergunta o *barman*.

Por um minuto, penso que ela vai perguntar se eles servem refrigerantes italianos, mas Annika sorri e responde:

– Água tônica com limão, por favor – não que Annika não possa beber ou não beba, mas é que realmente não gosta da forma como a bebida alcóolica a faz se sentir. Com esse pedido, ela pode saborear a bebida sem álcool e ninguém vai questioná-la.

Quando o coquetel termina, dirigimo-nos para os nossos lugares em uma mesa para dez. Vários de meus colegas de trabalho e respectivos acompanhantes juntam-se a nós, e Annika lida com as apresentações com a mesma facilidade que demonstrou com Brad.

Existe uma rigidez sutil em sua postura, e é provável que eu seja o único a perceber a pequena pausa que ela faz antes de responder às perguntas deles ou com que diligência observa as outras mulheres e usa o comportamento delas como modelo para o seu próprio. Percebo também que alguns dos olhares lançados em sua direção pelas mulheres têm como objetivo analisá-la. Os sorrisos são um pouco largos e calculados demais, e a primeira vez que vi um deles em um ambiente corporativo foi no rosto de minha ex-esposa. Meus colegas de trabalho também reparam nela, mas por razões diferentes das esposas. Annika parece confiante, como se frequentasse esse tipo de reunião com regularidade e não estivesse impressionada. Isso lhe proporciona um quê de sofisticação, mesmo que eu saiba que Annika *não se sente* impressionada com esse tipo de coisa nem jamais se sentirá, portanto, não está fingindo coisa alguma.

– Amei seu vestido – diz a esposa de Jim, inclinando-se para Annika para tocar brevemente a renda.

– Obrigada. A renda fica muito confortável nos meus braços por causa do tecido que há por baixo. Caso contrário, jamais conseguiria usá-lo. – Annika diz isso com muita naturalidade, sorvendo um gole de sua água tônica com limão.

– Ah, entendo o que quer dizer. Eu tinha um vestido de renda que não era assim; era bem desconfortável. Acabei dando-o para outra pessoa – a esposa de Jim, Claudia, que é bastante quieta e costuma ser ignorada pelas outras esposas, mais ousadas, por fim descobrira pontos em comum com alguém ali, e estuda Annika com silenciosa reverência. O ar de tranquila indiferença de Annika, que é totalmente involuntário, proporciona-lhe uma leve vantagem, mas acho que ela sequer se dá conta disso. Porém, mesmo que o fizesse, Annika nunca tiraria proveito de algo assim para parecer mais importante. Isso jamais chegaria a lhe ocorrer.

– Deveria experimentar seda – sugere Annika. – Tenho uma blusa que transmite uma sensação absolutamente maravilhosa contra minha pele.

– Vou experimentar – diz Claudia. – Obrigada pela dica.

Os garçons servem duas diferentes combinações de vinhos com a refeição, e fico surpreso quando vejo Annika bebericando o branco. Ela toma apenas metade da taça, mas, como faz a refeição completa, o teor alcoólico não parece tê-la afetado. Mesmo assim, todos na mesa beberam o suficiente para que eu duvide de que estejam prestando atenção.

Brad me encontra quando estou retornando do banheiro.

– Gosto dela – diz ele, como se eu me importasse com sua opinião sobre qualquer aspecto da minha vida pessoal. Não me importo, e não esqueci o que ele me disse quando lhe contei que Liz e eu estávamos nos separando: "Lembre-se apenas disto: não há necessidade alguma de trazer sua vida pessoal para o trabalho", foi o que ele falou, apesar de, na tentativa de evitar ir para casa, para meu deprimente e vazio apartamento de solteiro, eu estar trabalhando mais horas do que já havia trabalhado.

Muito obrigado por ser solidário com o acontecimento pessoal que marcou minha vida, Brad.

Idiota.

– Também gosto dela – digo para Brad, odiando-me por dançar conforme a música. – Ela tem qualidades excelentes.

– Você foi maravilhosa esta noite – digo a Annika quando saímos do hotel e caminhamos de mãos dadas na noite quente de final de agosto. Ela sorri e aperta minha mão.

– Fico feliz por não estragar as coisas para você.

– Claro que não estragou. Não pense assim.

Uma das melhores coisas nesse reencontro com Annika é a naturalidade com que posso agir com ela. Parado na calçada, pergunto-me se ela ainda se lembra de como era estar apaixonada por mim.

Eu não me esqueci como era estar apaixonado por ela.

Assim que nos instalamos no banco de trás do táxi, ela se aconchega ao meu lado. Seu corpo relaxa, até que a sinto derreter em mim. Ela fica mole e adormece com a cabeça no meu peito. Não me importo nem um pouco, e a seguro até chegarmos em casa. Com meus braços envolvendo-a, a sensação é de que ela é minha novamente.

É só quando estamos dentro do apartamento de Annika que percebo que a noite – e a *performance* necessária para suportá-la – havia sugado todas as forças dela. Não restou absolutamente nada.

Ela está esgotada.

Annika entra no quarto e eu vou atrás. Ela tira uma camiseta da gaveta de uma cômoda e me dá as costas, não porque esteja chateada por eu tê-la seguido, mas para que eu possa abrir o zíper de seu vestido. Obedeço e, assim que o deslizo para baixo, o vestido escorrega até o chão. Seu sutiã e a calcinha são os próximos a cair, o que me diz que o pudor ainda é um conceito estranho para ela. Não vou devorá-la com os olhos como o estudante universitário de hormônios à flor da pele que um dia já fui, mas aprecio a visão de suas nádegas nuas mesmo assim. Ela se vira e, quando tenho a visão frontal, talvez a tenha devorado com os olhos um pouco.

Quero dizer, sou humano.

Ela veste a camiseta larga. Está escrito OQJF na frente, mas não há imagem nem um texto explicativo embaixo.

– "O que Jesus faria"? – não me recordo de Annika ter sido religiosa no passado, mas isso não significa que não possa sê-lo agora.

– "O que *Janice* faria." Ela me mandou isso alguns anos atrás, no meu aniversário. É uma piada, porque ela sempre teve que me dizer o que eu deveria fazer – ela se senta na beirada da cama, apanha um frasco de Tylenol na mesa de cabeceira e o chacoalha, deixando cair na palma da mão dois comprimidos, que ingere com um gole da garrafa de água ao lado.

Abro um sorriso.

– Sim, entendi – também percebo com repentina clareza que a razão pela qual Annika se saíra tão bem hoje à noite deve-se ao provável treinamento que ela ainda recebe de Janice. Como deve ter sido exaustivo para ela comparecer a um jantar como aquele! Não é à toa que está com dor de cabeça.

– Consegue ficar acordada por mais alguns minutos, Bela Adormecida? Preciso que me acompanhe para poder trancar a porta.

Na porta, eu digo:

– Eu me diverti muito esta noite. Ligo para você amanhã.

– Também me diverti muito – diz ela.

Dou um beijo em sua bochecha e vou para o corredor, esperando até que ela feche a porta atrás de mim e eu ouça o estalo da fechadura.

Ocorre-me a caminho de casa, quando estou sorrindo e pensando em Annika e na nossa noite, e também na camiseta que Janice enviou, que Jonathan também começa com "J".

18

Annika

UNIVERSIDADE DE ILLINOIS EM URBANA-CHAMPAIGN
1991

— Alguém ligou e disse que está doente, então vou ter que trabalhar hoje à noite — disse Jonathan enquanto voltávamos para casa das aulas da tarde.

— Tudo bem — meu bom humor murcha, porque começara a ansiar pelas sextas-feiras com Jonathan. Ele trabalhava de *barman* aos sábados e domingos, mas nas últimas duas semanas tínhamos ficado juntos na casa dele nas sextas à noite, jogando xadrez e nos beijando. Gostei do fato de ele aparentemente não se importar em levar as coisas devagar. Às vezes, líamos livros, minha cabeça em seu colo enquanto ele brincava com meus cabelos ou acariciava minha cabeça.

Jonathan começara a aliviar parte da solidão que eu enfrentava todos os dias, e o tempo que passava com ele evidenciou como era melhor experimentar coisas com alguém que se importava com você de um modo diferente da colega de quarto ou da família. Durante anos, pedi meus hambúrgueres simples, sem nada, e nunca considerei a possibilidade de comê-los de outra forma até Janice me dar um com *ketchup* e eu perceber como o sabor ficava melhor desse jeito.

– Você é o *ketchup* da minha vida – declarei a Jonathan uma noite no telefone e ele riu.

– Não sei ao certo o que significa, mas, se isso a faz feliz, sinto-me honrado em ser seu condimento.

Essa era outra coisa de que gostava muito nele. Ele nunca fazia eu me sentir idiota com as coisas estranhas que saíam da minha boca.

– Quer me esperar na minha casa? Poderíamos pegar alguma coisa para comer antes do meu turno e depois eu a deixo lá.

– Mas você não vai estar lá.

– Não, mas você estará lá quando eu chegar em casa, e isso vai me deixar em uma agradável expectativa. Pode ser meio tarde.

– Tudo bem – eu costumava tirar cochilos no fim da tarde, o que significava que passava muitas horas acordada de madrugada. Em geral, eu lia um livro até ficar cansada de novo.

– Legal. Vou buscá-la daqui a algumas horas e vamos jantar. Você devia preparar uma mala com suas coisas para poder passar a noite – ele me deu um beijo de despedida e eu corri para dentro, porque tinha muitas coisas para perguntar a Janice.

O apartamento de Jonathan emitia vários sons alarmantes. O chão rangia sempre que um dos outros inquilinos andava no andar de cima, e parecia que eles poderiam quebrar o teto a qualquer momento. O vento soprava forte, e as janelas balançavam nos antigos caixilhos. Passei a noite enrolada em um cobertor no sofá enquanto olhava para o relógio a cada cinco minutos.

Ele chegou em casa pouco depois da meia-noite. Eu tinha pegado no sono e quase dei um pulo de susto quando ele colocou a mão no meu ombro e disse:

– Annika – pisquei várias vezes porque tinha adormecido com todas as luzes acesas, e o brilho feriu meus olhos. – Não quis assustar você.

– Oi – eu disse.

Ele sorriu, como sempre fazia quando eu dizia isso.

– Oi. Estou indo tomar um banho. Serei rápido.

Eu odiava o cheiro com que Jonathan ficava depois de trabalhar no bar, especialmente a fumaça de cigarro que se grudava à sua pele. Ele também odiava e disse que sempre tomava banho logo que chegava em casa. Jonathan me beijou, e pude sentir pelo gosto que ele tomara uma ou duas cervejas durante seu turno, mas não me importei.

Ele trancou a porta e apagou as luzes da cozinha.

– Por que não me espera no quarto?

O banheiro ficava no fim do corredor. Ouvi a água correndo, pensando no fato de Jonathan estar nu. Sentia-me, em relação a seu corpo, da mesma forma que me sentia em relação a seu rosto: haveria ângulos e planos ali que também acharia agradáveis. Ele era forte, e eu gostava de ver os bíceps se pronunciando quando ele levantava algo pesado.

Estava sentada de pernas cruzadas na cama quando ele retornou para o quarto. Vestia uma camiseta e uma calça de moletom, e esfregava os cabelos molhados com uma toalha. Sentou-se na cama, inclinou-se e me beijou. O gosto de cerveja havia sido substituído por pasta de dente, e o cheiro dele estava muito bom.

– Está cansado? – perguntei.

– Não estou nem um pouco cansado. Você está?

— Dormi nas últimas três horas.

— O que quer fazer? — ele perguntou, acariciando meu pescoço de uma maneira que parecia diferente, mas diferente em um bom sentido. Não diferente em um mau sentido.

— Poderíamos jogar xadrez.

— Você quer jogar xadrez?

— Talvez só um pouco — nas últimas vezes em que Jonathan e eu havíamos nos beijado, suas mãos tinham percorrido lugares onde não haviam estado antes, e nossos corpos estavam pressionados com tanta firmeza um contra o outro, que nada teria cabido entre eles. Senti coisas que nunca havia sentido com ninguém. Sabia o que estava por vir e queria que acontecesse. Só não queria fazer nada errado. O xadrez me acalmaria, como sempre.

— Tudo bem. Podemos jogar xadrez — ele estava se inclinando em minha direção, um dos braços pendurado no meu colo, mas sentou-se rápido. Observei enquanto ele saía do quarto. Logo voltou com o tabuleiro de xadrez e o montamos entre nós, sobre a cama. A única luz no quarto provinha do abajur na mesinha de cabeceira, e me senti relaxada com o ambiente. O som do vento chacoalhando as janelas parecia ter desaparecido agora que Jonathan havia chegado, e os outros ocupantes da casa deviam estar dormindo, porque não havia sons vindos de cima. Um pouco do meu nervosismo se dissipou, sendo substituído por uma sensação de felicidade e cumplicidade.

Ele me dera as peças brancas, então fiz o primeiro movimento. Foram necessários anos para eu me dar conta de que o xadrez tinha se tornado nossas preliminares, e havíamos dado início àquela dança sedutora na primeira vez em que jogamos juntos no grêmio estudantil. Observá-lo se concentrar me entusiasmava, porque ele queria ganhar tanto quanto eu. Havia algo de implacável em nós dois quando jogávamos, e isso se traduzia em algo que nos colocava em pé de igualdade em uma partida. Nunca precisei me preocupar em dizer ou não a coisa errada quando jogávamos. De xadrez eu entendia.

Cometi um erro por descuido, pelo qual ficaria me culpando por vários dias, e Jonathan capturou minha torre e a colocou do seu lado do tabuleiro.

Ele adquirira o hábito de se inclinar e me beijar toda vez que capturava uma das minhas peças, e desta vez ele puxou a gola da minha blusa para o lado e depositou uma trilha de beijos que partiram da minha boca, desceram até o pescoço e, por fim, detiveram-se na minha clavícula.

– Tudo bem com você? – ele perguntou.

– Sim.

– Toda vez que perder uma jogada, vou fazer isso de novo.

– Eu não vou perder – falei, porque acreditava mesmo nisso. Mas então percebi que queria que Jonathan continuasse a fazer aquilo. Não o bastante para perder de propósito, porque o conceito de engano intencional não era algo que teria me ocorrido. Foi só no dia seguinte, quando contei tudo para Janice e ela me perguntou se eu estava tentando perder de propósito, que percebi que poderia ter fingido.

Ele também cometeu um erro descuidado, que não era característico dele, e, quando coloquei o bispo do meu lado do tabuleiro, ele disse:

– Agora, é *você* que me beija.

Inclinei-me para ele, tocando seus lábios suavemente com os meus. Foi tão bom que, estimulada pelas sensações, beijei-o com mais intensidade. Seus cabelos estavam úmidos e frios sob os meus dedos enquanto os deslizava por eles, mas sua boca estava cálida.

Na vez seguinte que capturou uma das minhas peças, ele executou de novo aquela trilha de beijos pelo meu pescoço. Depois, chupou-o. Foi uma sensação elétrica, e ofeguei. Queria mais, mas não sabia como dizer a ele. De alguma forma, ele entendeu, porque chupou com mais intensidade e puxou meu suéter folgado pela minha cabeça. Eu estava usando uma camiseta larga de mangas compridas por baixo, e ele também a retirou. Janice me ajudara a escolher o sutiã. Era feito de algodão, sem aro nem detalhes desconfortáveis, mas era rosa-claro e meio bojo, e Janice disse que Jonathan iria gostar muito. Não conseguia interpretar a expressão de Jonathan, porque ele parecia estar em uma espécie de transe.

– Você poderia... Pode ficar de pé ao lado da cama?

Fiz o que ele me pediu. Estava usando minha peça favorita entre as roupas aprovadas por Janice que não eram saias: uma calça *baggy* de algodão com um cordão que eu podia ajustar como desejasse, o que para mim significava deixá-lo bem frouxo. Havia amarrado o cordão em um laço, e ele segurou a ponta e a puxou com delicadeza. A calça imediatamente deslizou pelos meus quadris alguns centímetros, e, quando ele terminou de desamarrá-la, ela caiu e se acumulou aos meus pés. Minha calcinha rosa combinava com o sutiã. Jonathan ficou me olhando fixamente.

– Não fazia ideia de que seu corpo era assim. Quero muito mesmo tirar o restante de suas roupas.

– Vamos terminar o jogo?

– Vamos terminá-lo, se você quiser. Com certeza. Você quer?

Eu queria terminar, porque achava difícil abandonar qualquer partida que não tivesse sido disputada até o fim, mas as sensações que se espalhavam pelo meu corpo eram um pouco mais fortes do que meu desejo de voltar ao tabuleiro.

– Podemos terminar o jogo amanhã.

Ele colocou as mãos nos meus quadris e olhou nos meus olhos, e pela primeira vez eu encarei os dele por alguns momentos, antes de desviar o olhar para seu nariz.

– Então, tudo bem se eu tirá-las?

– Claro. Vá em frente.

Pudor era um conceito completamente estranho para mim. Quando era mais nova, minha mãe costumava me encontrar ao ar livre completamente nua. Ficar sem roupas era sinônimo de não ter tecidos ásperos em contato com minha pele, nenhum zíper me pressionando, e nada poderia se comparar à sensação de apenas ar contra o meu corpo. Uma vez, durante o primeiro ano de faculdade, saí da cama no meio da noite para beber um copo-d'água. O namorado de Janice passava a noite lá, e nós dois acordamos ao mesmo tempo e nos vimos parados em frente à pia do quarto para encher o copo. Eu tinha acendido a pequena luz ao lado da minha cama para não tropeçar, e ela lançava um brilho amarelado sobre nós. Eu estava nua; ele, de cueca. Ele não disse uma única palavra enquanto eu enchia o meu copo, bebia, voltava para a cama e deslizava para debaixo das cobertas.

Janice, no entanto, tinha *muito* a dizer sobre isso na manhã seguinte e me explicou que eu precisava comprar um roupão. "Você não pode andar pelo dormitório assim", ela dissera. "Mas eu moro aqui. Ele não." "Ainda assim, você tem que se cobrir", Janice tinha falado.

Permaneci imóvel quando Jonathan estendeu a mão e soltou o meu sutiã, deslizando as alças pelos ombros e deixando-o cair. Ele desceu a calcinha pelos meus quadris até ela escorregar para o chão. Os mesmos dedos que movimentavam as peças de xadrez com tanta determinação estavam hesitantes quando se estenderam e percorreram a sinuosidade da minha cintura. Janice havia me dito que, quando eu estivesse nessa situação, deveria dizer a Jonathan que era virgem. "Você não pode simplesmente revelar algo assim para ele, do nada." Ela não especificara o momento exato dessa revelação, mas, como eu estava de frente para Jonathan e sem roupas, imaginei que aquela era uma boa hora.

– Nunca fiz sexo antes.

Isso o tirou de seu transe.

– Ninguém nunca quis fazer – falei. – Você também não precisa.

– Annika, eu quero. Mais do que tudo.

Seu tom de voz me confundiu. Ele estava bravo? Frustrado? Detectei certa frustração, mas não sabia o que isso significava. Por que Janice não podia estar ali comigo?

– Demorei demais para lhe contar?

– Não. É que... Você não sabe mesmo o que eu sinto por você?

Meneei a cabeça.

– Na verdade, não.

– Eu acho você linda e inteligente. Há algo em você que faz eu me sentir bem quando estamos juntos.

– Você acha que vai doer?

Ele pegou minha mão e beijou o dorso dela.

– Não sei. Se doer, apenas me diga para parar que eu paro, ok?

– Ok.

– Alguém já a tocou antes?

– Não.

– Você já... Tem alguma ideia de qual é a sensação?

– Sim – ficara surpresa ao descobrir, certo dia, de modo bastante acidental, o que acontecia quando eu me tocava. Havia sentido a vibração inicial daquelas mesmas sensações quando Jonathan e eu nos beijávamos e pressionávamos o corpo um contra o outro.

Jonathan assentiu, suspirando profundamente.

– Ok, isso é bom.

Ele me puxou para a cama, um pouco trêmulo.

– Já fez isso antes? – perguntei.

– Já.

– Está nervoso? – quis saber.

– Não – ele assegurou, colocando os dedos sobre minha boca. E, talvez para me acalmar, ele substituiu os dedos pelos lábios. Eu adorava beijar Jonathan, e adorava seu toque, e essa devia ser a principal razão de termos chegado tão longe.

Ele se ergueu um pouco e tirou a camiseta. Fitou-me como se me esperasse dizer alguma coisa. Eu olhei para o peito dele, largo e liso. Os ombros pareciam fortes e bem definidos. *Deveria dizer isso a ele?*

– Você tem um peito bonito e ombros que parecem fortes – falei. Ele sorriu, então eu soube que tinha dito a coisa certa.

Ele nos ajeitou para ficarmos deitados mais na horizontal, e eu acabei deitando nas peças de xadrez e soltei um grito. Jonathan me levantou e empurrou o tabuleiro e todas as peças para o chão – não havia mais como terminarmos aquela partida.

Quando ele me puxou para ele, a sensação da pele contra pele foi tão estranha que fiquei tensa.

– Tudo bem? – ele perguntou.

– Sim – já estava me acostumando com a sensação dos meus seios roçando contra o peito dele. Então, Jonathan se afastou um pouco e acariciou meu mamilo com o polegar. Senti um formigamento entre as pernas, como se houvesse algum tipo de corrente direta que fluísse entre as duas partes do corpo. Quando estava me acostumando a isso, e realmente começando a gostar, Jonathan inclinou a cabeça e tomou meu mamilo com firmeza em sua boca, o que acrescentou um toque de alguma coisa que eu lutava para definir. Aquilo era dor? Prazer?

– Estou indo rápido demais? – ele perguntou. Sua respiração soou estranha e irregular, como se ele não fosse mais capaz de recuperar o fôlego.

– Está! – devo ter dito isso num tom muito alto, porque Jonathan deu um pulo repentino, como se eu o tivesse assustado.

– Por que não me disse para ir mais devagar? – ele questionou.

– Não sei como lhe dizer – confessei, meu corpo agora completamente rígido.

– Sabe sim – disse Jonathan. – Se eu estiver indo rápido demais, basta dizer a palavra "devagar", e eu entenderei o que quer dizer. Ok?

– Ok. – Jonathan repetiu tudo o que havia feito até então: beijar meus lábios, tocar e chupar os meus mamilos, e senti meu corpo relaxando. Ele me beijou de novo e colocou a mão na parte interna da minha coxa, acariciando-a. Interrompi o beijo, mas só porque de repente precisava de mais ar do que estava recebendo no momento. Os dedos de Jonathan moveram-se lentamente em direção ao meu ponto sensível e, quando o alcançou, concentrei-me o máximo que pude em bloquear todo o restante. Senti o primeiro despertar da excitação e sabia, por ter me tocado antes, que ficaria mais forte se os dedos de Jonathan continuassem me acariciando em círculos no mesmo ritmo. Mas então ele começou a mover seu corpo para baixo na cama, o que me confundiu. Quando senti sua língua em mim, levantei a cabeça e olhei entre as minhas pernas.

– O que está fazendo?!

Ele olhou para cima, as sobrancelhas unidas.

– Vou chupar você – disse ele.

– Por que faria isso?

Ele sorriu.

– Porque acho que vai gostar muito.

Afastei o rosto dele.

– Não, não vou.

– Não há nada do que se envergonhar – assegurou ele.

Por que eu ficaria envergonhada?

– Não estou envergonhada. É que é intenso demais para mim – nem sonhando eu conseguiria lidar com tamanho estímulo.

– Tem certeza?

– Absoluta.

– Então, não quer que eu faça isso?

– Não.

– O que você quer que eu faça?

– Basta fazer o que estava fazendo antes.

– Quer dizer, com os meus dedos?

– Sim. Aquilo estava bom.

Ele começou de novo pela terceira vez e fez tudo exatamente do jeito que eu precisava que fizesse. Quando ele me tocou, primeiro de maneira suave e depois com mais firmeza, senti minha excitação aumentando mais uma vez. Não achava que seria, mas a sensação de Jonathan me tocando era dez vezes melhor do que quando eu havia feito isso. Meu orgasmo era iminente, mas não sabia o que fazer. Deveria anunciar que estava chegando ao ápice ou apenas deixar rolar? Janice se esquecera de mencionar essa parte. Mas, faltando mais ou menos uns dez segundos para o clímax, parei de me preocupar com o modo correto ou não de agir, porque as sensações provocadas pelo toque de Jonathan não eram só toleráveis – eram absolutamente incríveis. Parei de pensar por completo e coloquei minha mão sobre a dele, segurando-a mais firme contra mim. Quando meu orgasmo chegou, eu gritei, não me importando com o fato de tê-lo feito alto demais. O prazer genuíno daquela sensação me invadiu em ondas, deixando-me totalmente desprovida de forças e fazendo-me sentir como se afundasse no colchão.

Jonathan se inclinou sobre mim e me beijou.

– Preciso estar dentro de você agora, Annika – ele saiu da cama e ouvi o som de uma gaveta se abrindo.

– O que está fazendo? – perguntei.

– Estou pegando uma camisinha – observei com interesse analítico enquanto Jonathan tirava as calças e a cueca e envolvia seu membro com a camisinha, desenrolando-a nele. Quando voltou para a cama, ele posicionou o corpo entre as minhas pernas. Apoiando-se nos braços, Jonathan começou a se empurrar para dentro de mim em investidas infinitesimais. Estava sendo cuidadoso e gentil, mas havia uma urgência que eu podia ouvir em sua respiração.

– Tudo bem? – ele perguntou. – Estou machucando você?

Não era desagradável, mas me senti esticada de uma maneira como nunca havia estado antes.

– Arde um pouco. Tudo bem. Continue.

Cerca de um minuto depois, ele começou a dar estocadas mais rápidas, penetrando mais fundo, e seu corpo começou a tremer e chacoalhar. Ele gemeu alto e depois desmoronou em cima de mim, sua bochecha descansando em meu peito. Podia sentir as batidas fortes do seu coração, sua pele quente. Ele ainda estava dentro de mim, e me perguntei por quanto tempo ainda planejava ficar lá.

– Foi incrível – disse ele.

– Fiz certo? – eu quis saber.

Jonathan emitiu um som. Mais ou menos como outro gemido, mas mais suave desta vez.

– Você foi perfeita.

– Acha que vai querer fazer isso de novo?

– Com certeza – garantiu ele, depositando um beijo no meu pescoço. – Você quer fazer de novo?

– Podemos descansar um pouco primeiro? – para conseguir lidar com mais carícias, eu precisaria de um descanso.

– Claro. O que você quiser – ele se retirou do meu corpo, causando-me uma sensação incrivelmente estranha, e saiu da cama. Enquanto se dirigia ao banheiro, ele falou: – Também vou precisar de alguns minutos.

Quando Jonathan retornou, deslizou para debaixo das cobertas e me puxou para os seus braços, aconchegando-me no espaço sob seu queixo, envolvendo-me em um abraço. Ele suspirou, acariciou minha bochecha e esfregou o pé ao longo da minha perna.

A sensação era como estar presa em uma jaula de aço quente. Preferiria afastar as cobertas e me esticar na cama, movendo os braços e as pernas como se fizesse um anjo na neve, a ser abraçada daquele jeito.

Mas eu já tinha visto isso em filmes e lido a respeito em livros.

Aquilo era dormir de conchinha.

Dormir de conchinha vinha logo depois do sexo.

Por isso, fiquei parada, deixando-o acariciar meu ombro e beijar minha orelha. Ele parecia sonolento, bocejando como se quisesse tirar uma soneca.

Depois de quinze minutos disso, fiz menção de sair da cama.

– Onde está indo? – ele quis saber.

– Estou com uma sensação pegajosa entre as pernas.

– Mas eu usei camis... Ah. Fique aqui. Vou pegar uma toalha.

Quando ele voltou, empurrei para baixo as cobertas e abri as pernas. Jonathan se inclinou para me examinar.

– Tem um pouco de sangue – disse ele. – Deve ter sido isso que você sentiu – ele devia ter passado a toalha embaixo da torneira, porque estava quente e úmida. Permaneci deitada enquanto ele a deslizava de leve sobre a parte interna das minhas coxas e em seguida entre as minhas pernas.

– Annika, acho que estou pronto de novo.

19

Annika

CHICAGO
AGOSTO DE 2001

Estou ansiosa para me encontrar com Tina hoje. Sinto que há muitas coisas que posso compartilhar e das quais me orgulho e quero que ela se orgulhe delas também. Além disso, Audrey faltou hoje por motivo de doença, então eu tive um ótimo dia no trabalho.

— Jonathan me levou a uma festa do trabalho — conto depois que Tina me conduz ao seu consultório e nos sentamos. — Não disse nenhuma bobagem, pelo menos acho que não. Conheci o chefe dele e a maioria dos colegas de trabalho. Foi cansativo e tive uma dor de cabeça de rachar o crânio depois, mas consegui.

Tina sabe que um dos meus mecanismos de enfrentamento é imitar o comportamento dos outros. Ela disse que é uma ferramenta útil e que eu deveria lançar mão do que mais me ajudasse.

— Como se sente quando sai com Jonathan?

— Sinto-me bem. Ele sempre foi uma pessoa com quem me sinto confortável. Foi parecido com o que era quando estávamos na faculdade.

– Vocês dois já estabeleceram o tipo de relacionamento com o qual se sentem à vontade para ter agora?

– Jonathan disse que queria ir devagar. Estamos fazendo isso. Mas temos passado bastante tempo juntos, o que me deixa feliz.

– Já conversaram sobre o passado?

Na verdade, eu não andava pensando sobre o passado ultimamente porque o presente estava sendo bem mais satisfatório.

– Não.

– Você acha que está evitando de propósito as coisas que considera desagradáveis porque prefere quando a vida corre sem problemas?

– Sim. Quero dizer, talvez não evitando coisas desagradáveis, mas aproveitando nosso tempo juntos e o fato de termos nos reencontrado. Eu sentia falta dele.

Tina faz aquele lance de apoiar o queixo sobre os dedos indicadores unidos. Demorei quase um ano para descobrir que isso significa que ela está pensando. E, que está esperando que eu chegue a algum tipo de conclusão por conta própria.

– Vai chegar uma hora em que seu passado poderá influenciar o progresso desse relacionamento. Eu acho que você deve considerar conversar a respeito disso, mesmo que seja um assunto sobre o qual não queira falar.

– Tudo está indo tão bem.

– É por isso que agora pode ser um bom momento.

Não admito para Tina que parte de mim espera que Jonathan tenha parado de pensar nisso. Parado de se perguntar o que aconteceu do meu lado, agora que lhe mostrei que estou pronta para recomeçar de onde paramos. Mas há outra parte de mim que entende que é a coisa certa a fazer. Devo a ele uma explicação.

– Realmente gosto de estar com ele.

— Então, tem ainda mais motivos para ter essa conversa com ele. Algo me diz que será melhor do que você pensa.

Depois da minha consulta com Tina, janto e leio cinquenta páginas de um livro. A terapia sempre me deixa cansada e estou pensando em tomar um banho para matar o tempo até as nove da noite, que é o mais cedo que posso ir para a cama se não quiser acordar às quatro da manhã. A campainha me assusta, porque não recebo muitas visitas, mas, quando ouço a voz de Jonathan, esqueço toda a história de estar cansada. Destranco a entrada pelo interfone e, quando abro a porta do apartamento, bato palmas, porque esta é a melhor surpresa que já tive. Em geral, não gosto quando as pessoas aparecem em casa sem avisar antes, mas com Jonathan não me importo.

— Desculpe não ter ligado primeiro. Já comeu? Trouxe o jantar — ele diz, segurando uma sacola de comida para viagem. — Tenho tempo suficiente para comer com você antes de voltar para o escritório.

— Eu comi, sim. Mas tudo bem. Faço companhia a você — gesticulo para Jonathan entrar antes que ele possa mudar de ideia. — Você vai voltar para o trabalho?

Ele afrouxa a gravata.

— Preciso voltar. Ainda não encerramos. Brad planeja dormir no sofá em seu escritório. Afinal, ele é o campeão.

— Campeão de quê? — estou genuinamente curiosa, pois não tenho ideia de que tipo de concurso eles estariam realizando no local de trabalho de Jonathan.

— Ah, não, de nada, na verdade. Só quis dizer que ele quer ter certeza de que saibamos como ele está trabalhando mais que todo mundo.

Jonathan poderia passar horas me explicando isso, mas duvido de que algum dia eu entenda o mundo dos investimentos bancários. E, mesmo que entendesse, parece algo horrível.

– Não vai ficar cansado amanhã?

– Sim. Ultimamente, ando sempre cansado.

Sentamos à minha mesa da cozinha e ele tira a comida da sacola. Jonathan trouxe hambúrguer e batatas fritas. Ele coloca uma das batatas fritas na minha boca.

– Meu amigo Nate... aquele que comentei que se divorciou recentemente, ele está com uma nova namorada e perguntou se você e eu queríamos sair com eles para jantar.

– Quer que eu vá jantar com você e seus amigos?

– Claro.

Os únicos encontros duplos em que já estivera tinham sido com Janice acompanhada de quem quer que fosse seu par na época, e com o melhor amigo de Ryan e sua esposa alcoólatra. Tinha gostado do encontro duplo com Janice, ainda mais depois que ela enfim largou Joe e começou a namorar um cara bonito que estudava com ela, mas não tinha gostado nada quando Ryan e eu fizemos isso. Bom, no fim das contas, descobri que não gostava de Ryan. Gostava de Jonathan, então talvez gostasse do seu amigo também. E ele queria que eu o acompanhasse! Isso tinha que significar alguma coisa.

– Por mim, tudo bem.

– Vou combinar algo. Sábado está bom para você?

– Claro. Não tenho planos.

– Imagino que você não consiga ver Janice com a frequência que costumava, mas há outras pessoas com quem você faz coisas?

– Na verdade, não – odiava admitir a Jonathan que ainda tinha dificuldades nessa área.

– Deve haver algumas pessoas com as quais costuma se encontrar, não?

– Não tenho muitos amigos.

– E os colegas de trabalho?

– Audrey não gosta de mim. Tem uma outra garota... o nome dela é Stacy. Ela parece legal, mas, sempre que tento conversar com ela, geralmente ela acaba indo embora – nunca entendi o porquê, exceto que o que quer que eu tenha dito deve ter sido a coisa errada. Quando era mais jovem, preferia a companhia de meninos à de meninas. O que eles diziam não costumava dar margem a interpretações, eram diretos. Meu papel como namorada de alguém parecia de certa forma mais claro; na maioria das vezes, compreendia como aquilo funcionava. Mas ser amiga de alguém me aflige. Durante toda a minha vida, apesar da boa intenção, sempre acabava me comportando da maneira errada. As mulheres diziam tantas coisas, muitas vezes bem na minha cara, que depois eu compreendia que não queriam dizer de verdade. Em alguns casos, a intenção era dizer o contrário. Elas eram rudes quando eu era capaz de acompanhar e agradáveis quando eu parecia perdida.

Evitar a companhia de outras pessoas, manter-me onde sabia o que esperar, era muitas vezes bem mais fácil.

– Você se sente sozinha? – Jonathan pergunta.

Como eu poderia dizer a ele que minha solidão era dilacerante? Como era horrível a sensação de estar sozinha, de não saber como me comunicar com as pessoas e preencher o tempo que sempre tinha de sobra? Não que eu não gostasse de ficar sozinha, porque eu gostava, e podia passar horas em atividades solitárias, como ler ou fazer longas caminhadas, sem jamais desejar companhia humana. Podia visitar os animais no abrigo ou escrever outra peça para as crianças. Mas, às vezes, eu ansiava pela presença de outra pessoa, principalmente alguém com quem eu pudesse ser eu mesma. Um pai solteiro morava no meu prédio e, vez por outra, quando sua filha de 6 anos passava o fim de semana com ele e acontecia algo inesperado, que exigia sua presença em outro lugar, eu tomava conta dela. Apreciava demais aquilo e, no meu íntimo, desejava que ele precisasse de mim para tomar conta dela mais vezes. Da última vez em que ela esteve aqui, passamos duas horas confeccionando bonecas de papel, e foi uma das tardes mais gratificantes que tive em muito tempo.

Logo depois que Ryan e eu terminamos, voltei à solidão que normalmente apreciava, aproveitando a simplicidade da minha vida porque não precisava mais pisar em ovos ao redor de um homem. Mas, agora que o tempo havia passado, a solidão começara a reaparecer como uma onda que se avolumava a distância. Podia senti-la crescer e, quando me alcançava, eu passava o restante do dia ou da noite agitada e lutando para conter as lágrimas. Uma hora acabaria passando, mas os episódios vinham se tornando mais frequentes. Tentei preencher meus dias com mais interação social, mas isso só me deixou sobrecarregada e exausta. Uma relação pessoal com alguém era o que eu mais almejava. Alguém que compreendesse minhas necessidades e estivesse disposto a falar minha língua.

Alguém como Jonathan.

Desvio os olhos enquanto lhe respondo.

– Não me importo de passar um tempo sozinha, mas às vezes me sinto muito solitária.

Jonathan se inclina e coloca o braço em volta dos meus ombros, puxando-me para perto enquanto luto contra as lágrimas.

– Nem todo mundo consegue enxergar além das próprias dificuldades para ver o que eu vejo. Eles não sabem o que estão perdendo.

Quando Jonathan me dizia coisas desse tipo, isso me confortava e afastava um pouco da dor causada pelas pessoas que haviam tentado me arrasar ou me fazer sentir como uma cidadã de segunda classe porque eu via o mundo de um jeito diferente. Dez anos atrás, poderia não ter entendido direito o que Jonathan me dizia agora, mas isso havia mudado. Tina tinha me ensinado que era importante me cercar de pessoas que me compreendessem. Pessoas que tivessem segurança quanto ao próprio lugar no mundo. Nem sempre era fácil identificar quem eram elas, mas eu era muito melhor nisso neste momento do que fora no passado.

Por volta das nove, Jonathan me diz que é melhor voltar para o trabalho. Bocejo, porque agora estou cansada de verdade. Jamais teria condições de trabalhar até tarde com a frequência que Jonathan trabalhava.

– Quer que eu a leve para a cama antes de voltar para o trabalho?

– Sexo, você quer dizer? – deixo escapar sem pensar.

Ele ri.

– Bem, seria uma despedida fantástica, mas realmente preciso voltar.

Meu rosto está em chamas, e baixo a cabeça. Tinha certeza de que havia interpretado certo.

– Estou tão envergonhada.

– Não deveria. Você parecia muito aberta à possibilidade.

Quando chegamos à porta, ele leva a mão a minha nuca e deposita um beijo suave na minha boca. Depois, pressiona-me contra a parede e me beija de novo, desta vez com mais intensidade. Jamais os beijos de outros me afetaram como os de Jonathan. Há uma doçura neles que me dá segurança, mas há algo mais agora, uma urgência. Ele afunda os dedos nos meus cabelos e nos beijamos durante um tempo. Estou sem fôlego quando terminamos.

– Ryan não beijava muito bem. Nem Monte. Não como você.

Jonathan sorri como se o que eu disse o tivesse deixado feliz.

– O que isso significa? – pergunto. Não quero ter muitas esperanças, porque talvez o beijo não signifique nada.

– Significa que eu senti sua falta. Significa que estou esperando há muito tempo para fazer isso.

– Ainda estamos indo devagar?

Ele me olha nos olhos e sustento o olhar o máximo que posso, antes de desviá-lo para o chão.

– Não sei. Talvez eu não queira mais ir devagar.

– Vou ficar pensando nesse beijo pelo resto da noite – eu digo.

– Eu também – ele confessa. Assim que sai, tranco a porta atrás dele.

20

Annika

UNIVERSIDADE DE ILLINOIS EM URBANA-CHAMPAIGN
1991

Vários voluntários estavam conversando quando cheguei para o meu turno na Clínica de Animais Silvestres. Sue estava com eles.

– Ei, Annika. Posso falar com você?

– Oi, Sue. Só posso conversar um segundo porque quero verificar o Charlie – eles haviam removido a tala do gambá e começado a planejar sua reintegração à natureza. Tinha me apegado muito e sentiria bastante falta dele.

Sue colocou a mão no meu braço, o que não me incomodou, porque eu gostava dela e ela só a deixou ali por um instante.

– Sinto muito, mas o Charlie morreu. Ele ficou doente da noite para o dia, muito rápido. Sei que ele era especial para você.

Eu não podia ficar lá, não conseguia suportar a ideia de uma criatura tão pequenina sofrendo do jeito que Charlie devia ter sofrido antes de morrer. Dei meia-volta e passei pela porta correndo, para o ar frio da noite. Será que Charlie tinha dados seus últimos suspiros na gaiola ou alguém o segurava quando aconteceu? Não pensara em fazer essas perguntas a Sue, e elas me assombravam agora. Imaginei a pata machucada em sua minúscula tala e caí em prantos.

Era a primeira vez em quatro anos que eu faltaria a um dos meus turnos.

– Annika? – disse Janice. – Jonathan está aqui. Eu o chamei. Tudo bem se ele entrar?

Não respondi. Não conseguia. Estava deitada de lado, de frente para a parede, mas embaixo do cobertor, e o havia puxado parcialmente sobre a cabeça.

A cama afundou um pouco; sabia que ele tinha se sentado ao meu lado. Senti sua mão no meu ombro.

– Oi. Tem alguma coisa que eu possa fazer?

Eu queria responder, mas já havia me recolhido e podia sentir o sono chegando; não desejava nada além de ser levada por ele para longe. Minha mãe havia me contado que, no dia em que ela e meu pai tinham me tirado da escola no meio da sétima série, eu dormira por quase dezessete horas seguidas. O sono era minha tática de autopreservação em resposta à dor. Jonathan falou de novo o meu nome, e Janice também, mas não respondi nada e adormeci.

Estava escuro como breu no meu quarto quando acordei, o relógio marcando cinco e meia da manhã. Com uma sede daquelas após ter dormido até a manhã seguinte, fui à cozinha e enchi um copo na pia depois de fazer uma rápida parada no banheiro. Meu estômago roncou e eu peguei alguns biscoitos no armário. Foi então que me lembrei de que Charlie havia morrido, e os biscoitos ficaram entalados na minha garganta quando tentei engolir.

Voltei para o quarto com a intenção de ler até a hora de me arrumar para a aula, mas parei quando passei pela sala. Jonathan dormia no sofá, vestido com um jeans e um moletom, e, embora eu não fizesse ideia do motivo de estar ali, fiquei feliz em vê-lo.

Deitei a seu lado, e ele se mexeu.

– Você ainda está aqui – falei.

– Notei que queria ficar sozinha, mas precisava ter certeza de que estaria bem quando acordasse – envolveu-me em seus braços, sonolento, e pressionei meu rosto contra seu peito.

– Não gosto quando pequenos seres vivos morrem. Machuca o meu coração.

Ele acariciou os meus cabelos. Essa foi outra coisa que descobri a respeito de Jonathan. Não havia nenhum tipo de toque dele que eu não gostasse, e foi tão calmante para mim quanto esperava que o meu houvesse sido para Charlie. Ficamos ali deitados no sofá, Jonathan me abraçando, enquanto o sol nascia e inundava a sala de luz.

– Sinto falta do Charlie.

Jonathan beijou o topo da minha cabeça.

– Eu sei.

≽ 21 ≼

Annika

UNIVERSIDADE DE ILLINOIS EM URBANA-CHAMPAIGN

1991

Eu vinha de uma cidade chamada Downers Grove, e Jonathan residia em Waukegan, cerca de oitenta quilômetros ao norte. Nas férias de inverno, Jonathan me levou para casa no dia seguinte aos exames finais. Tínhamos comemorado o final do semestre na noite anterior, saindo para uma pizza com cerveja na companhia de Janice e Joe. Foi melhor do que eu achava que seria. A pizzaria que Janice sugeriu ficava fora do *campus*, e a maior parte de sua clientela era composta por famílias com crianças pequenas. Achei a escolha bem superior em comparação com as opções barulhentas e apinhadas de estudantes mais próximas do *campus*. Jonathan e Joe se davam muito bem, segundo Janice, devido à capacidade de Jonathan de se enturmar com praticamente qualquer pessoa e à quantidade de cervejas que Joe ingeria.

– Chegue mais perto – Jonathan disse quando entrou na I-57 para iniciar o trajeto de duas horas até minha casa. A caminhonete tinha um assento único ao longo de toda a cabine, e era exatamente como nos filmes que eu havia assistido, onde o cara queria que a garota se aproximasse do centro do banco para que ele pudesse abraçá-la. Foi isso o que Jonathan fez depois de me pedir que apertasse o cinto de segurança central. Recostei minha cabeça em seu ombro e de vez em quando ele estreitava o abraço. Não sabia por que ele gostava de mim, o que via em mim que os outros não viam. Mas eu era grata e feliz por isso.

Quando ele manobrou para a entrada da casa dos meus pais, eles já estavam lá, abrigados em seus casacos, esperando por nós. Quando os vi, bati palmas, toda animada, e pulei da caminhonete de Jonathan no segundo em que ele terminou de estacioná-la.

– Annika! – disse minha mãe, envolvendo-me em seus braços. Eu me senti como sempre me sentia quando ela estava por perto: tranquila, segura, protegida. E quase sem ar, porque ela me apertava com muita força.

Meu pai e eu compartilhamos um abraço rígido. Ele não era muito dado a afeto físico, mas nunca duvidei de seu amor por mim. Desde que eu tinha idade suficiente para entender o que essa palavra significava, minha mãe sempre me dizia quanto meu pai me amava. Ele era engenheiro de sistemas e, quando não estava no trabalho, estava lendo ou fabricando algo para Will ou para mim na garagem. Tinha passado um verão inteiro construindo para nós aquela casa na árvore no imponente carvalho do quintal. Will acabara se cansando dela e preferira andar de bicicleta com os amigos do bairro, mas meu pai e eu costumávamos nos esticar no chão liso de pinho e ler por horas. Nós dois éramos almas gêmeas; pelo menos, era o que as pessoas sempre nos diziam.

– Olá – disse minha mãe, estendendo a mão para Jonathan. – Eu me chamo Linda.

Havia esquecido por completo que Jonathan estava lá. Meu pai também não devia tê-lo notado, mas, quando minha mãe disse:

– Ron, não vai dizer olá ao amigo de Annika? – meu pai estendeu-lhe a mão.

– Olá – ele entrou na casa depois disso.

– Espero que possa ficar um tempo conosco antes de vocês dois voltarem para o torneio – disse minha mãe. A equipe de xadrez conquistara uma vaga no Campeonato Intercolegial Pan-Americano de Equipes de Xadrez, que seria realizado no centro de Chicago e começaria alguns dias depois do Natal. O Pan-Americano era uma escalação fixa de seis rodadas, com equipes de quatro jogadores e dois reservas. Eu desempenharia um dos papéis de reserva, o que significava que havia uma boa chance de não participar de nenhum dos jogos, a menos que algo desastroso ocorresse com um dos outros quatro.

– Poderia voltar no dia seguinte ao Natal – sugeriu Jonathan. – Depois, pensei em levar Annika lá em casa para conhecer minha mãe no caminho para nos juntarmos ao restante da equipe no hotel.

– Ideia adorável. E aí você poderia almoçar com a gente? O irmão de Annika estará em casa também.

– Ok. Vou planejar isso.

– Gostaria de entrar?

– Claro – Jonathan pegou minha mala e seguimos minha mãe para dentro de casa.

Uma vez lá dentro, sentei-me no chão da sala para brincar com meu gato, o Sr. Bojangles, de quem eu sentia muita falta, e fiquei absorta em nossa brincadeira favorita, que consistia em ele rolar uma bola que costumava ter um sino dentro, mas que eu havia removido porque achava o tinido incrivelmente irritante. Will dissera que o sino devia ser a parte favorita do brinquedo do Sr. Bojangles, mas eu não aguentava. Jonathan e minha mãe ficaram parados perto de mim, conversando. Surpreendeu-me o fato de que pudessem conversar com tanta facilidade tendo acabado de se conhecer.

– Bem, preciso ir andando – disse Jonathan. – Minha mãe está me esperando.

– Por que não acompanha Jonathan, Annika?

– Ok – rolei a bola na direção do Sr. Bojangles e ele lhe deu uma patada, atirando-a pelo chão da sala. Assim que Jonathan fosse embora, eu voltaria ao gato e provavelmente passaria a próxima hora entretida nessa brincadeira com ele.

– Eu ligo para você – disse Jonathan quando chegamos à sua caminhonete.

Não era muito fã de falar ao telefone, mas seria a única maneira de Jonathan e eu ficarmos em contato durante o recesso.

– Ok.

Ele foi até a carroceria da caminhonete, levantou a lona que protegia nossas malas e retirou algo da dele.

– Comprei isso para você. Mas tem que prometer não abrir até o Natal.

Era uma pequena caixa retangular embrulhada em papel vermelho e amarrada com uma fita dourada.

Recordei-me de Janice me lembrando de comprar um presente para Jonathan algumas semanas antes, e disse a ela que compraria um suéter para ele, porque tinha visto um azul-marinho no *shopping* e pensara comigo mesma: *Jonathan fica muito bem de azul*. Havia esquecido minha carteira em casa naquele dia, por isso fiz uma anotação mental de voltar e comprá-lo, mas depois me esquecera por completo.

– Não comprei nada para você.

— Tudo bem. É apenas uma pequena lembrança; achei que poderia gostar.

Ainda me sentia uma idiota, mas Jonathan me beijou, e não parecia que se importava de eu ter esquecido.

— Feliz Natal.

— Feliz Natal.

Ele relanceou o olhar pela casa e me beijou de novo. Dormíamos juntos quase todos os dias desde a primeira vez que fizéramos sexo, e era difícil para mim descrever os sentimentos que eu tinha no momento por ele. Pensava nele o tempo todo. Descobri que gostava *muito* de dormir de conchinha com Jonathan depois que me acostumei, e que a sensação de seus braços me envolvendo era algo de que nunca me cansava. Ficava ansiosa quando ele não estava por perto e em paz quando estava. Conversei com Janice sobre isso, e ela disse que isso significava que eu estava me apaixonando por Jonathan. Precisei acreditar na palavra dela, porque não tinha uma referência para isso.

Tudo que eu sabia enquanto o observava se afastar com o veículo era que já começava a sentir sua falta antes mesmo de ele chegar na metade da entrada da garagem.

— O que é isso? – minha mãe perguntou quando voltei para dentro de casa.

— É um presente de Natal de Jonathan. Ele disse que tenho que esperar até o Natal para abri-lo.

— Ah, Annika. Foi tão gentil da parte dele. Ele parece ser um jovem muito bom.

— Ele nunca foi mau comigo, mãe. Nem uma vez.

Minha mãe não disse nada logo de cara. Mas piscou várias vezes como se houvesse algo em seus olhos, depois me abraçou de novo. Eu me afastei o mais rápido que pude, porque aquele abraço em especial fora tão apertado que eu mal conseguia respirar.

Tive meus pais somente para mim por quase duas semanas até que meu irmão voltasse de Nova York para se juntar a nós. Will trabalhava em Wall Street e estava sempre tentando entreter meus pais e a mim com seus relatos sobre morar e trabalhar na cidade grande, como se não fôssemos capazes de entender isso sozinhos. Achava difícil prestar atenção, porque não conhecia meu irmão direito. Durante a maior parte da minha vida, Will havia me ignorado. Ele saíra de casa assim que se formara na faculdade, e ouvi minha mãe reclamando que a única maneira de conseguir fazê-lo voltar para casa era usar a carta na manga do Natal, que tinha algo a ver com culpa e nada a ver com os cartões reais que ela enviava para a nossa família e amigos.

Agora que estava em casa, recaíra nos velhos padrões familiares de ficar acordada até tarde e dormir até meio-dia. Ficava à toa pela casa e brincava com o Sr. Bojangles. Meu pai e eu passávamos horas na sala lendo nossos livros em agradável silêncio enquanto minha mãe preparava fornadas de comida e embrulhava presentes. Meu pai e eu montamos a árvore e decidimos colocar as luzes no sentido vertical em vez de envolvê-las ao redor dela, agrupamos os enfeites por categoria, com todas as bolas na metade superior da árvore e qualquer coisa que não fosse uma bola na metade inferior. Quando Will entrou na sala dois dias antes do Natal, a primeira coisa que disse foi:

– Caramba, o que aconteceu com a árvore?

Minha mãe respondeu.

– Acho que ficou bem original e, se não gostar dela, pode voltar para casa mais cedo no próximo ano e ajudar papai e Annika a montá-la – então, ela lhe ofereceu um biscoito de açúcar com glacê e uma cerveja, e ele parou de reclamar. Quase vomitei pensando no gosto que teria tal combinação.

Na véspera de Natal, depois que os outros familiares nossos pegaram seus presentes, despediram-se e foram para suas casas, sentei-me ao lado da árvore para abrir o presente de Jonathan. Minha mãe se juntou a mim.

– Acho que estou mais empolgada que você, Annika.

Eu estava mais curiosa do que empolgada, porque fizera um jogo comigo mesma no qual tinha de inventar um palpite diferente todas as noites antes de dormir sobre o que havia dentro da caixa. Escrevi todos eles em um velho caderno que encontrei no meu quarto. E se estivesse cheio de pequenas conchas brancas do Taiti? Ou vidro do mar verde-floresta do oceano Atlântico? Meu palpite favorito era que ele havia me comprado uma flor fossilizada em âmbar laranja-queimado.

Rasguei o papel de embrulho, mas não era uma flor fossilizada em âmbar, nem conchas ou vidro do mar.

Era um frasco de perfume Dune, de Christian Dior, e, embora Janice soltasse um gritinho quando lhe contei sobre isso mais tarde, a marca não significava nada para mim, porque nunca o usaria. Perfumes me pareciam uma nuvem de veneno quando se assentavam na minha pele. Certo dia, no *shopping*, quando eu tinha 12 anos, uma mulher borrifara perfume em mim enquanto eu passava com minha mãe. Aquilo me deixou transtornada a ponto de eu desandar a chorar e, quando minha mãe me tirou do *shopping* e levou para o carro, arranquei a maior parte das minhas roupas. Em casa, corri para o chuveiro e fiquei lá por quase quarenta e cinco minutos.

– Que lindo frasco – minha mãe disse. Era rosa-claro com uma tampa brilhante. Passei os dedos sobre o frasco liso, mas não o destampei nem borrifei um pouquinho no ar para sentir o cheiro. – O que conta é a intenção – disse ela. – Não deixe de agradecer a Jonathan.

– Vou agradecer – respondi.

Embora o presente fosse algo que eu nunca usaria, adorei a fita que ele utilizara para embrulhá-lo e passei o restante da noite passando os dedos distraidamente pelos fios ondulados. Minha mãe estava certa, no entanto. O frasco era realmente bonito, e o perfume acabou em um local especial na minha cômoda, onde permaneceria, tampado e sem uso, durante todo o recesso de inverno.

22

Annika

UNIVERSIDADE DE ILLINOIS EM URBANA-CHAMPAIGN
1991

Jonathan chegou no dia seguinte ao Natal. Minha mãe passou a manhã na cozinha preparando uma refeição totalmente nova, embora meu pai quisesse saber por que não podíamos comer as sobras do dia anterior. Pareceu-me um plano lógico, mas minha mãe insistiu que seria errado fazer isso, mesmo que mal conseguíssemos fechar a porta da geladeira porque já havia muita comida lá.

Nós cinco nos sentamos para almoçar bem cedo o cardápio de frango assado com batatas gratinadas.

– A equipe está pronta para a competição? – minha mãe perguntou.

– Acho que sim – disse Jonathan. – Estamos bem fortes este ano. Há vários bons jogadores, incluindo Annika.

– Qual é sua especialização, Jonathan? – Will perguntou.

– Administração.

– Eu me formei em Administração na Illinois em 1985. Obtive meu mestrado dois anos depois. Curso noturno na NYU.

– Espero seguir exatamente o mesmo caminho.

– Sério? – Will fez uma careta em minha direção. – Por que não me disse isso, Annika?

– Você nunca perguntou – respondi. – Além disso, não falo com você desde o verão passado.

– Talvez eu possa falar bem de você quando suas entrevistas começarem – ofereceu Will.

– Eu agradeceria por isso. Obrigado.

– Como está o frango? – minha mãe perguntou.

– Está muito bom – disse Jonathan.

– Você se superou, mãe – falou Will.

Meu pai e eu ficamos em silêncio. Já havíamos comido o frango da minha mãe umas mil vezes, e ela já sabia que gostávamos dele.

Enquanto ajudava minha mãe a tirar a mesa, Will se aproximou e disse:

– Eu gosto desse cara. Você realmente deveria segurá-lo.

– Vou tentar segurá-lo – falei. Não sabia exatamente como fazer isso, mas Will estava sendo gentil pela primeira vez e a última coisa que eu queria era perder o único namorado que já tivera. Teria sido uma promessa mais fácil de cumprir se eu soubesse como conseguira arranjar um namorado, para começo de conversa.

Jonathan subiu as escadas comigo quando fui pegar minhas coisas.

– Obrigada pelo perfume – agradeci, apontando para seu lugar de honra na minha cômoda. – Foi um presente muito atencioso, e eu o adorei – as palavras saíram sem problemas, porque minha mãe me fizera praticar o que eu diria a Jonathan até acertar.

Ele sorriu.

– De nada.

Joguei mais algumas coisas na minha mala e a fechei.

– Só isso? – Jonathan perguntou.

– Sim.

– Não precisa de mais nada?

– Não. Isso é tudo – ele pegou minha mala e se dirigiu para a porta.

Eu o segui, mas, ao sair do meu quarto, peguei a fita dourada que estava próxima ao perfume na minha cômoda e a enfiei na bolsa.

Jonathan morava em uma pequena casa no estilo rancho, no fim de uma rua sem saída. Era arrumada e sóbria por dentro, ao contrário do sobrado desorganizado dos meus pais, com sua abundância de bugigangas, brinquedos para gatos e livros. A mãe dele esperava por nós e, depois de abraçar Jonathan e beijar sua bochecha, virou-se para mim e falou:

– Você deve ser Katherine. Eu sou Cheryl.

– Mãe, esta é Annika. Já disse o nome dela umas mil vezes.

– Ah. Claro, Annika. Sinto muito. Não sei por que falei isso.

– Está tudo bem – respondi.

Ela apertou minha mão.

– Prazer em conhecê-la. Jonathan fala sobre você o tempo todo.

– Mãe... – disse Jonathan.

– Desculpe – a mãe dele sorriu e piscou para mim. Não fazia ideia do que isso significava, mas retribuí o sorriso. A mãe dele parecia legal e, por algum motivo, senti-me confortável perto dela logo de cara. Havia algo de pouco ameaçador em seu comportamento. Às vezes, era assim quando eu conhecia pessoas novas. Talvez fosse a vibração delas ou algum tipo de aura, mas, qualquer que fosse o motivo, sempre me deixava feliz quando as encontrava.

– Quando pretendem partir? – ela perguntou.

— Daqui a uns vinte minutos. Só preciso pegar o restante das minhas coisas lá em cima.

Depois que entramos no quarto de Jonathan, ele falou:

— Desculpe por minha mãe chamá-la pelo nome errado. Katherine era minha namorada do ensino médio. Talvez ela tenha se confundido por um instante. Vocês duas têm cabelos loiros.

— Tudo bem — respondi, porque não havia me incomodado mesmo. Eu não era boa com rostos e nomes também.

O quarto de Jonathan parecia muito com o meu, embora fosse muito menos atulhado. Ele guardava várias recordações do ensino médio, principalmente troféus de natação e fotos da equipe dele ao lado de uma piscina. Havia uma pilha de anuários no chão, ao lado da cômoda, e na parede pendia uma flâmula da Waukegan High School com a imagem de um buldogue. Senti-me uma arqueóloga desenterrando relíquias de um lugar que nunca havia visitado. Achei fascinante.

— Você tem tantas coisas do ensino médio...

— Pois é. Todo mundo tem, não é?

— Eu não tenho. Estudei em casa.

— Tipo, sempre?

— Fui para uma escola regular até meus pais me tirarem no meio da sétima série.

— Eles tiraram você? Por quê?

— Minha mãe disse que era para me manter em segurança.

Sentei-me na cama e Jonathan sentou-se ao meu lado.

— O que ela quis dizer com isso? — ele perguntou.

Recusara-me a conversar sobre aquele dia com alguém que não fossem os meus pais, e o psicólogo que a escola me arranjou com rapidez disse que era possível que eu tivesse bloqueado o acontecimento. Mas não era verdade. Lembrava-me do dia em que Maria e três outras meninas tinham vindo atrás de mim como se fosse ontem mesmo. Contei a Jonathan como elas me chutaram e me esmurraram, fazendo o meu nariz sangrar, além de puxarem meus cabelos. Também como me levaram para um banheiro no vestiário, apagaram as luzes e engancharam uma cadeira sob a maçaneta do lado de fora para que eu não pudesse sair. Chorei tanto e gritei por tanto tempo que, quando um professor me encontrou, os lábios intumescidos e um olho quase fechado de tão inchado, estava rouca a ponto de não conseguir emitir um som sequer.

– Annika – Jonathan murmurou.

– Janice é a única pessoa para quem já contei isso. Mas estou feliz por ter lhe contado.

Contar a ele parecia certo, da mesma maneira que quando lhe contara sobre Jake. Era como deixar escapar um segredo sombrio e empoeirado, e gostei do modo como me senti depois. Aliviada. Mais leve. Não compreendia isso na época, mas anos depois percebi que compartilhar coisas dolorosas que haviam acontecido comigo era uma maneira de fortalecer meu vínculo com Jonathan.

Ele me abraçou apertado.

– Não sei o que dizer.

Isso me surpreendeu, porque Jonathan parecia nunca ficar sem palavras.

– Tudo bem – ele deve ter precisado de um minuto ou algo assim, porque me apertou ainda mais. Quando enfim me soltou, afastou-se um pouco e estudou meu rosto, percorrendo com suavidade minha sobrancelha e a boca com seu polegar, como se precisasse de uma prova de que eu havia me curado de fato. – Foi há muito tempo – falei.

Ele olhou nos meus olhos e assentiu. Eu me virei, e um dourado e brilhante tubo de batom em sua cômoda chamou minha atenção. Apontando para ele, questionei:

– O que é isso?

– Não pertence a outra garota – ele apressou-se em responder, embora essa possibilidade não tivesse me ocorrido até que ele dissesse isso. – A vendedora deve ter jogado na sacola quando comprei seu perfume. Não me dei conta dele até o momento de embrulhar seu presente. Não sabia o que fazer com ele, então o trouxe para casa.

Peguei o batom e retirei a tampa, logo ficando fascinada pela cor vermelho-vivo e, em especial, pelo formato: curvo, liso e imaculado, como um lápis de cera novinho em folha.

– Gostou? – ele perguntou, e eu assenti.

– Você deixou o perfume em casa.

Olhei para baixo, envergonhada por não ter percebido que deveria levar o perfume comigo depois de lhe dizer quanto havia gostado dele.

– A maioria dos cheiros é forte demais para eu conseguir suportar.

– Deveria ter lhe dado o batom em vez do perfume. Não sabia. Agora eu sei – ele apontou a porta com um gesto de mão. – O banheiro fica do outro lado do corredor. Vá experimentar.

Entrei no banheiro e olhei no espelho. Esperava que o batom não fosse como o brilho labial pegajoso que eu detestava. Deveria colorir os lábios ou contorná-los primeiro? Essa era a especialidade de Janice, não a minha, e me sentiria tola se tivesse de admitir a Jonathan que não sabia o que estava fazendo. Coloquei a tampa de volta e depositei o batom na bancada da pia. Talvez fosse melhor esperar até voltar para a faculdade e pedir a Janice que me desse uma aula. O rosto de Jonathan apareceu no espelho ao meu lado, e eu me virei.

– Não vai passar?

– Nunca usei batom antes.

– Eu também nunca usei – devo ter parecido confusa, porque ele riu. – Foi uma piada, Annika.

– Ah!

– Sente-se aqui – disse ele, dando tapinhas na bancada da pia. Depois de me elevar sobre ela, Jonathan ficou entre as minhas pernas. – Aposto que é como um livro de colorir.

Usando o lado pontudo, Jonathan traçou a linha dos meus lábios com a precisão de um cirurgião. Em seguida, aplicou como breves pinceladas para preencher meus lábios por completo. Eu os fechei, apreciando o som de estalo quando os abri de novo.

– Veja como ficou – disse ele.

Olhei por cima do ombro, encarando admirada a garota no espelho.

– Uau – exclamei. A cor viva intensificara os meus traços e me deixara curiosa para saber se um pouco de rímel poderia equilibrar o efeito e melhorá-lo ainda mais. Janice ficaria *animadíssima* quando eu pedisse isso a ela.

Virei-me, e Jonathan segurou meu queixo em suas mãos, movendo meu rosto para a direita e depois devagar para a esquerda, estudando minha boca.

– Gostei bastante – olhou nos meus olhos ao dizer isso, e, no exato momento em que teria sido impossível para mim continuar encarando-o por mais tempo, ele fechou os olhos dele e pressionou sua testa contra a minha. Talvez outras pessoas sentissem o mesmo que eu ao olhar fixamente nos olhos uma da outra, mas, quando Jonathan e eu passamos a ter intimidade sem que eu me sentisse desconfortável, soube como era estar profundamente conectada a alguém.

Anos depois, na terapia, quando Tina me ajudou a entender que ele havia feito isso de caso pensado, a tristeza que senti por tê-lo perdido foi profunda. Naquele momento, senti mais a falta dele do que qualquer outra coisa na vida, e a possibilidade de vê-lo outra vez algum dia parecia bastante improvável. Mas, naquele dia no banheiro dele, na casa de sua mãe em Waukegan, sabia que Janice tinha razão quando dissera que eu estava me apaixonando por Jonathan, mesmo que eu própria ainda não pudesse identificar tal sentimento com clareza.

– Jamais deixarei alguém machucá-la do jeito que aquelas meninas fizeram – assegurou ele.

– Tudo bem – respondi, pois não duvidei nem por um minuto de que ele falava a verdade.

Então, Jonathan se concentrou em tirar meu batom com um beijo.

Jonathan queria partir por volta das quatro da tarde para que pudéssemos fazer o *check-in* no hotel e encontrar o restante da equipe para uma conversa motivacional no quarto de Eric.

– Mãe, por que seu carro está na entrada em vez de na garagem? Está congelando lá fora e deve nevar esta noite. Dê-me suas chaves que eu o guardo para você.

– Acho que esqueci onde as deixei.

– Bem, então me dê a chave reserva.

– Aquela *era* a reserva. Perdi a outra um mês atrás. Pensei que já teria aparecido a esta altura.

– Quando foi a última vez que esteve com ela?

– Fui ao mercado ontem e, quando cheguei em casa, pensei tê-la colocado naquela pequena tigela de cerâmica em cima do balcão. Aquela que minha irmã trouxe de Paris.

Jonathan foi até a cozinha e, quando retornou, segurava a chave.

– Colocou mesmo, mãe. Estava na tigela.

Ela riu e meneou a cabeça.

– Oh, santo Deus. Acho que as festas me afetaram este ano. Obrigada, querido – ela deu um beijo na bochecha de Jonathan e pegou a chave da mão dele. – Vou colocá-la de volta na tigela agora mesmo. Ainda não consegui encontrar a outra – disse ela ao sair da sala.

A mãe de Jonathan ficou na calçada acenando enquanto dávamos ré com o carro. Acenei com entusiasmo em resposta.

– Isso foi estranho – comentou Jonathan. – Minha mãe nunca perde nada.

– Eu perco tudo – falei. – Talvez seja por isso que gosto tanto da sua mãe.

Ele desviou os olhos da rua por um segundo e sorriu para mim.

– Gostou dela?

– Sim. Ela foi muito legal comigo.

– Ela me disse que também gostou de você. E a chamou de Katherine de novo, mas e daí? Ela gostou de você.

Também ri.

– Sim – *ela gosta de mim.*

23

Annika

UNIVERSIDADE DE ILLINOIS EM URBANA-CHAMPAIGN
1991

O Palmer House Hotel era o palco do Campeonato Pan-Americano. Minha mãe insistiu em pagar nossa estada de quatro noites, uma vez que Jonathan estava sendo o responsável por nossa locomoção em sua caminhonete, e havia me dado seu cartão de crédito, advertindo-me para não o perder. Eu contara a minha família sobre a morte do pai de Jonathan, seu emprego de meio período e como ele se esforçava para bancar a própria faculdade. Will havia dito que ele devia estar apertado financeiramente, o que me fez sentir ainda pior com o dinheiro que ele havia gasto no perfume. Eu tinha economizado um pouco de grana e decidi que levaria Jonathan para jantar em um lugar legal para compensá-lo pelo presente de Natal. Minha mãe achou ótimo. Jonathan não gostou da ideia de me deixar pagar, mas, quando protestou, eu falei: "Eu insisto!", com o mesmo tom de voz que minha mãe havia usado comigo.

 Deixamos a bagagem no quarto e descemos dois andares pelo elevador para encontrar o restante da equipe no quarto de Eric. Os participantes do torneio haviam lotado o hotel e, enquanto caminhávamos pelo corredor, os estudantes entravam e saíam dos quartos carregando baldes de gelo, engradados de refrigerante e pilhas de cinco caixas de pizza. "One Night in Bangkok", do álbum com o elenco original do musical *Chess*, tocava alto em um aparelho de som portátil, através de uma porta aberta. Quando chegamos ao quarto de Eric, o restante da equipe estava espalhado despreocupadamente pelas camas, bebendo latas de Coca-Cola.

– E aí, Jonathan? Annika? – disse Eric. – Prontos para amanhã?

– Com certeza – garantiu Jonathan.

– Com certeza – repeti. Muitas vezes eu formulava mentalmente as respostas para perguntas antes de dizê-las em voz alta, mas era difícil para mim pensar em algo de improviso, e é por isso que eu preferia, se possível, não dizer nada, por receio de que não fosse a coisa certa. Ninguém parecia estar prestando muita atenção às respostas que Jonathan e eu havíamos dado, e depois percebi que a pergunta era praticamente retórica. Reunidos naquele quarto de hotel estavam os melhores jogadores de xadrez que a Universidade de Illinois tinha a oferecer. É claro que estávamos prontos.

– Querem pizza? Temos bastante.

– Claro – disse Jonathan. – Obrigado.

– Obrigada – eu disse.

Sentamo-nos no único espaço que havia sobrado em uma das camas para comer a pizza. Era de calabresa, e eu não gostava de outro recheio na minha pizza que não fosse queijo, por isso escondi as rodelas de calabresa no guardanapo e, quando terminei de comer, fiz uma bolinha com ele e o joguei fora.

Eric repassou as informações para o torneio do dia seguinte.

– Vamos nos encontrar lá embaixo logo pela manhã – disse Eric.

– Ótimo – respondeu Jonathan. Ele se levantou, e eu também. – Vejo vocês amanhã.

– Vamos confraternizar com alguns competidores de Nebraska no fim do corredor. Você e Annika querem vir?

– Obrigado, mas vamos nos recolher. Estou muito cansado – não era muito tarde, mas talvez dirigir tivesse esgotado Jonathan.

Caminhamos de mãos dadas de volta ao quarto. Era tão estranho ficar em um quarto de hotel com Jonathan, como se estivéssemos brincando de casinha em uma versão universitária. Eu passava muitas noites no apartamento de Jonathan, mas isso era diferente. Era *nossa* cama e *nossa* cômoda. Poderíamos tomar banho juntos em *nosso* banheiro todas as manhãs, se quiséssemos, e sabia por experiência própria que o faríamos.

– Não sabia que estava tão cansado. Você precisa dormir? – perguntei quando Jonathan enfiou o cartão na porta.

– Não estou cansado.

– Mas você disse a Eric que estava.

Jonathan abriu a porta, fechou-a assim que passamos por ela e deslizou a corrente do trinco. Respondeu a minha afirmação com um beijo longo e intenso, que me pegou meio de surpresa.

– Não queria anunciar a todos que queria ficar sozinho com você. Faz quase quatro semanas. Senti sua falta. Sentiu a minha?

– Ah – eu disse, percebendo por fim aonde ele queria chegar com aquilo. – Sim! – houve tantas noites em que eu ficara deitada na cama pensando em quanto sentia falta de ser beijada e tocada por ele. Atirei-me em seus braços, o que o fez rir. Ele me levantou e eu envolvi a cintura dele com minhas pernas, beijando-o enquanto ele se encaminhava para a cama. Caímos nela, e não me importei que ele tivesse aterrissado em mim, porque o colchão amorteceu parte do seu peso e o impediu de me esmagar. Beijamo-nos por alguns minutos e depois ele tirou minhas roupas.

Jonathan sabia exatamente como me tocar. Passou as palmas das mãos sobre minha pele com um toque firme, porque qualquer coisa mais leve me fazia sentir cócegas – uma sensação que eu não podia suportar. Seus dedos eram ousados, buscando meus pontos mais íntimos. Jonathan sempre me levava ao orgasmo com os dedos, então, ele me penetrava e chegava ao orgasmo, depois ficávamos aconchegados um no outro de conchinha. Por isso, fiquei alarmada e confusa quando ele afastou a mão, tirou todas as roupas dele, menos a cueca, e disse:

– Toque-me, Annika.

– Não sei como fazer – passei a depender do padrão exato e previsível que sempre havíamos seguido, e não queria nem precisava de variedade.

– Vou ensiná-la – ele pegou a minha mão e a posicionou entre suas pernas, e pude sentir como ele já estava rígido. Ele engoliu em seco. – Por favor.

Não que eu não estivesse acostumada ao pênis de Jonathan. Ele estava tão à vontade com a nudez quanto eu, e eu conhecia o tamanho e o formato dele o suficiente para desenhá-lo, se quisesse. Estivera dentro de mim muitas vezes. Eu o vi colocar preservativos e o vi descartá-los. Parecia estar sempre duro, sem esforço algum, e, como nunca tive de tocá-lo para deixá-lo dessa maneira, nunca me ocorreu que ele quisesse que eu o fizesse.

– O que faço agora?

– Friccione para cima e para baixo com a palma da sua mão.

Eu o fiz com gentileza, o tecido da cueca proporcionando uma fina barreira ao meu toque que ajudou a facilitar o meu progresso neste próximo passo.

– Assim?

– Um pouco mais forte – quando obedeci, ele disse: – Sim. Assim mesmo.

– O que tenho que fazer agora?

– Tire minha cueca.

Eu deveria saber disso, porque Jonathan estava sempre tirando a minha calcinha. Puxei para baixo sua cueca *boxer* preta e, assim que ela deixou seus quadris, Jonathan pegou a minha mão e posicionou meus dedos em volta da base de seu pênis. Colocou a mão dele sobre a minha e me mostrou o que fazer. Embora seu pênis estivesse duro como uma rocha, a pele que o cobria era macia e muito mais sedosa do que qualquer outra parte do seu corpo que eu havia tocado.

Ele colocou a mão entre as minhas pernas de novo e a sensação foi tão boa que parei de tocá-lo, não porque eu não queria que ele se sentisse bem também, mas porque era muito semelhante a tentar dar tapinhas na minha cabeça com uma mão e esfregar a barriga em círculos com a outra ao mesmo tempo: eu só conseguia fazer uma dessas coisas de cada vez. Ele pressionou minha mão de novo para baixo sobre ele e voltei a acariciá-lo, tentando o máximo possível agradá-lo e aproveitar o modo como ele tentava me agradar.

Mas, então, ele parou de me tocar quando eu estava muito perto de atingir o orgasmo.

– O que aconteceu? – perguntei, abrindo os olhos e correndo o olhar pelo entorno, para ver o que o fizera parar.

Jonathan estava de joelhos, colocando uma camisinha.

– Abra suas pernas.

Fiz o que ele me pediu e ele entrou em mim. Foi melhor, porque eu só tinha que me concentrar em uma coisa, mas não consegui retornar às sensações crescentes. Jonathan gemeu, então deve ter sido bom para ele, mas não sabia como encontrar meu ritmo novamente e tudo parecia um pouco errado. Senti que precisava começar de novo desde o princípio, mas Jonathan parecia mais perto do fim.

– Não consigo segurar por muito mais tempo – ele ofegou.

Não sabia o que fazer. A sensação dele dentro de mim ainda era boa, mas não havia a menor chance de eu ter um orgasmo.

– Annika, é sério. Não consigo.

– Tudo bem – eu disse. Mal havia pronunciado tais palavras quando ele gemeu e estremeceu de uma maneira que nunca havia feito antes. Estava sem fôlego, arfando no meu pescoço e me apertando com força, e podia senti-lo pulsando dentro de mim.

– Meu Deus – disse ele, e a última palavra saiu suave, como um sussurro. A sensação parecia ter sido boa demais para ele e fiquei feliz com isso, porque estava preocupada com o fato de ter estragado tudo de alguma forma. Ele beijou minha testa, minha bochecha, minha boca.

– Não foi bom para você?

– Foi sim – falei.

– Você não gozou. Gozou?

– Não.

– Por quê?

– Não sei!

– Posso tocá-la de novo. Posso começar do início e fazê-la se sentir bem.

– Está tudo bem.

Ele ficou calado.

– Ah.

Ele se levantou e foi até o banheiro. Quando voltou, deslizou sob as cobertas e colocou os braços levemente em volta de mim.

– Sinto muito.

– Também sinto muito – eu disse. Não sabia ao certo o que havia feito de errado, mas sabia que havia feito alguma coisa.

– Não tem que se desculpar por nada. A culpa foi minha.

Não tinha ideia de como deveria responder a isso, então, em vez de me arriscar a dizer a coisa errada, não falei nada. Jonathan se virou e ficou de costas. No fim, acabamos adormecendo, embora parecesse que nós dois levamos um tempo extra para fazê-lo.

Acordei algumas horas depois e não consegui voltar a dormir porque estava preocupada que, o que quer que tivesse acontecido antes, convenceria Jonathan de que havia algo errado comigo e que eu era a pior namorada do mundo. Repassei na minha cabeça inúmeras vezes o que havia ocorrido, até o ponto em que ele se desviou de nossa rotina habitual. Então, algo engraçado aconteceu. De repente, o desejo que eu não tinha conseguido manter voltou de repente, e de forma violenta. Não tinha experiência suficiente para saber que isso às vezes funcionava assim – ele poderia ser imprevisivelmente arredio e retornar quando eu menos esperava.

Nenhum de nós vestia roupa. Jonathan estava deitado de lado – não me abraçando de fato, porque, embora eu tivesse passado a adorar que dormíssemos de conchinha após o sexo, admitira que era difícil adormecer com os braços dele em volta de mim, mas o queria perto o bastante para poder sentir sua presença quando me movesse. Virei-me para ficar de frente para ele e pressionei meu corpo contra o dele. Havia algo emocionante em sentir sua nudez, o calor de sua pele e o fato de que ele não sabia o que eu estava fazendo. Pressionei meu corpo contra o dele com um pouco mais de força, e ele se mexeu, mas ainda assim não acordou. Senti que ele ficava duro contra mim, o que achei desconcertante.

Como isso funciona? O que acontecerá se eu tocá-lo?

Depositei beijos em seu pescoço e, mais ousada, estiquei a mão entre suas pernas e fechei os dedos ao redor de seu membro, lembrando-me do que ele havia me ensinado. Ele acordou com um gemido tão alto que me assustou.

– Tudo bem eu ter feito isso? – afastei a mão, caso a resposta fosse não. Ele a agarrou, colocando-a de volta.

– Sim, está melhor do que tudo bem. Está uma maravilha. Só me pegou de surpresa – as palavras saíram aos trancos e barrancos, como se ele estivesse tendo problemas para controlar a respiração. Ele me beijou com avidez e eu retribuí seu beijo com a mesma intensidade.

Jonathan sempre quis que as luzes ficassem acesas quando fazíamos sexo. Janice disse que era porque os homens eram mais visuais que as mulheres. Nunca me importei, mas tinha dificuldade com o aspecto cara a cara de ter intimidade com alguém. Quando Jonathan me tocava, ele quase sempre olhava fixamente em meus olhos, mas eu precisava semicerrar os meus para me concentrar. O breu total do quarto do hotel não permitia contato visual, e isso desencadeou algo em mim que nunca havia experimentado antes. Senti-me confiante, desinibida, no controle. Éramos um borrão de mãos e bocas, cada um de nós tentando dar mais do que recebíamos. Ele beijou meu corpo de cima a baixo e, quando colocou o rosto entre as minhas pernas, não o detive, porque queria que ele fizesse aquilo. Foi muito intenso, mas não além do intolerável, no fim das contas. Enquanto sensações incríveis fluíam pelo meu corpo, enfiei meus dedos em seus cabelos e fiz tanto barulho que esperei jamais encontrar as pessoas do quarto ao lado.

Jonathan pegou uma camisinha na mesinha de cabeceira e a colocou.

– Caramba, o que está acontecendo? – Jonathan exclamou quando subi em cima dele. Ele começou a rir, e eu também, porque, pela primeira vez, entendi. Compreendi que fazia exatamente o que ele esperava antes. Não necessariamente o sexo, embora isso estivesse acontecendo também, mas minha vontade de me libertar de padrões familiares e tentar algo diferente.

Foi tão bom que eu não queria que terminasse. Não achei que fosse possível me sentir mais próxima de Jonathan do que já era, mas, naquela noite, em nosso quarto de hotel, aprendi que a intimidade entre duas pessoas não conhecia limites.

De todas as primeiras experiências que tive com Jonathan, essa foi a que mais valorizei.

24

Annika

UNIVERSIDADE DE ILLINOIS EM URBANA-CHAMPAIGN
1991

Quando entramos no salão de festas, minhas mãos ficaram úmidas. O burburinho das conversas dos jogadores enchia a área, e minha pulsação se acelerou. Éramos uma das únicas equipes universitárias lideradas por estudantes e não tínhamos um treinador, então estávamos por conta própria e precisávamos confiar uns nos outros para orientação e apoio. Se um dos integrantes da equipe de repente não conseguisse competir e eu precisasse substituí-lo, não tinha certeza de que seria capaz.

– Está nervoso? – perguntei a Jonathan. – Eu estou muito nervosa.

Ele sorriu e agarrou minha mão, balançando-a como se não tivesse nenhuma preocupação no mundo.

– Não estou nervoso. Sinto-me pronto. Temos uma equipe excelente. Tenho um bom pressentimento sobre o torneio – além de Eric e Jonathan, um estudante de pós-graduação em Física chamado Vivek Rao e um calouro talentosíssimo do Wisconsin, chamado Casey Baumgartner, também completariam a equipe.

Assisti Jonathan jogar naquele dia, admirada com seu talento e muito orgulhosa de que aquele cara inteligente e gentil estivesse comigo... Ficou claro desde o início que a equipe de Illinois era uma séria candidata a chegar à final e, à medida que os dias da competição passavam, ela continuava vencendo.

Eu cuidava de Jonathan da maneira que ele costumava cuidar de mim. Certificava-me de ter algo para ele comer ou beber entre suas partidas. Acompanhava quem seria seu adversário, e quando e onde. Ajudava-o a relaxar, e parecia um pouco que Jonathan e eu brincávamos de casinha quando voltávamos ao quarto de hotel no final do dia. Embora não fosse o tipo de pessoa que imaginava coisas como propostas de casamento e que tipo de casa compraríamos, adorava a sensação de compartilhar um espaço de vida com Jonathan, mesmo que em um arranjo temporário.

Isso fazia eu me sentir segura, feliz e tranquila.

No último dia do torneio, Vivek Rao derrotou Gata Kamsky em 73 jogadas no jogo da quarta rodada, conquistando o campeonato para Illinois. O que mais me surpreendeu quando nos reunimos ao redor de Vivek, gritando e aplaudindo-o, foi o ligeiro pesar que senti por não ter sido chamada para jogar.

Invadimos o bar, inebriados pela vitória, cercados por uma horda de concorrentes. Jonathan caminhava diante de mim, abrindo caminho com o corpo, segurando minha mão com firmeza enquanto me puxava por entre a multidão até uma pequena mesa nos fundos. Depois que chegamos a ela, ele me acomodou em um assento encostado à parede.

– Tudo bem? – ele perguntou. Havia muito barulho e ele teve de gritar, mas, para minha surpresa, estava tudo bem. Por causa da maneira como me posicionara, eu podia ver tudo o que acontecia sem me preocupar com alguém me empurrando ou invadindo meu espaço. Tinha uma parede à esquerda e Jonathan à mesa a minha direita, proporcionando-me a impressão de estar em um cantinho protegido. Ele pediu uma cerveja e me perguntou o que eu queria.

– Eles têm *coolers* de vinho? – perguntei.

– Aposto que sim. Qual sabor?

– Cereja – eram desse tipo os que Janice sempre trazia para casa do mercado.

Foi bom ficar ali sentada comendo nachos e bebendo meu *cooler* de vinho, mas, pouco tempo depois, a banda que estava se aprontando a um canto começou a tocar. Os acordes estridentes da guitarra e o estrondo da bateria pareciam facas cortando os meus tímpanos. Coloquei as mãos sobre os ouvidos e fechei os olhos, tentando barrar o terrível ruído.

Jonathan puxou minhas mãos dos ouvidos, gritando:

– Annika, o que foi?

– Muito alto – coloquei as mãos nos ouvidos de novo, porque meu cérebro parecia prestes a explodir e vazar pelas minhas orelhas. Jonathan pôs o braço em volta do meu ombro e me tirou do bar. No saguão, ele me acomodou em um banco e se agachou na minha frente.

– Tudo bem com você?

– Estava tão alto!

– Sim, estava alto – ele agarrou minhas mãos e as segurou. – Quer voltar para o nosso quarto?

– Podemos?

– Claro. Fique aqui. Pagarei nossa parte da conta e depois eu volto.

Quando chegamos ao feliz silêncio do quarto, a quietude me acalmou e aliviou o zumbido nos meus ouvidos. Jonathan me envolveu em seus braços.

– Sente-se melhor?

Não respondi à pergunta dele. Em vez disso, sussurrei:

– Eu o amo, Jonathan.

– Também amo você. Estava pensando em como iria lhe falar.

– Se estava pensando nisso, por que não disse?

– Porque na primeira vez em que você diz isso a alguém, espera que a pessoa diga o mesmo de volta. E, se não tiver certeza de que ouvirá o mesmo...

– Por que eu não responderia o mesmo? *Acabei* de falar. Agora – eu achava que era a única pessoa confusa a respeito de relacionamentos e tudo o que os acompanhava.

– Talvez tivesse uma pequena parte de mim preocupada com que você não correspondesse. Nem sempre sei o que está acontecendo aqui – disse ele, batendo de leve em minha têmpora.

– Nunca sei o que as pessoas estão pensando. É como visitar um país em que você não fala o idioma e se esforça muito para entendê-lo, mas, não importa quantas vezes você peça suco, continuam lhe trazendo leite. E eu odeio isso.

Ele sorriu.

– Eu a amo, Annika. Muito.

– Também amo você.

Quando relembro o tempo que passamos no Palmer House Hotel, percebo que foram alguns dos melhores dias da minha vida.

25

Annika

UNIVERSIDADE DE ILLINOIS EM URBANA-CHAMPAIGN
1992

– Está nervosa? – Janice perguntou quando nos sentamos na pequena área de espera do centro de saúde estudantil.

– Por que estaria nervosa? Você não me disse que havia algo para me preocupar.

– Não, é que acho que você nunca fez um exame pélvico antes.

– Não fiz – minha mãe me levou para fazer um exame físico antes de eu ir para a faculdade. O médico perguntou se eu era sexualmente ativa e eu disse que não, e isso foi tudo. – Por quê? Dói?

– Não. Pode ser um pouco desconfortável, mas apenas por um segundo. Vai dar tudo certo.

Preenchi o formulário que a recepcionista havia me dado e o devolvi.

– Foi aqui que você veio? – perguntei a Janice quando me sentei.

– Sim. É para cá que todo mundo vem. Ou procuram a Paternidade Planejada.

A enfermeira chamou meu nome.

– Vou esperar aqui – disse Janice, folheando uma revista. – Volte aqui quando terminar.

A enfermeira me pesou e mediu minha pressão arterial. Deu-me um avental descartável e me disse para tirar toda a roupa. Levantei-me e comecei a me despir ali mesmo.

– Ah, eu só vou... deixe-me lhe dar um pouco de privacidade.

Tudo o que estava vestindo àquela altura era minha calcinha, e a puxei para baixo, deixando-a cair na pilha crescente no chão. O avental descartável era um pouco complicado, por isso, ela me mostrou como colocá-lo para que ele se abrisse na frente. Então, entregou-me um lençol de papel para eu cobrir meu colo.

– Bem, acho que vou avisar o médico de que está pronta.

– Ok.

O médico parecia um pouco com o meu pai e, quando mencionei o fato a Janice mais tarde, ela disse que isso a faria surtar, mas não pensei muito nisso na ocasião. O médico pareceu-me sobretudo gentil, e não ameaçador. Tive uma introdução básica à saúde reprodutiva na quinta série, mas não era um tema sobre o qual minha mãe se ocupasse muito, exceto pela orientação quando ocorreu minha primeira menstruação. Tudo o que aprendi sobre a mecânica real do sexo fora com Jonathan, principalmente com base em experiência prática.

Fiz muitas perguntas para o médico enquanto ele me examinava, começando pelo exame de mama. O que ele estava fazendo? Como deveriam ser as coisas? Qual era o propósito de tudo aquilo?

– Não são muitas as mulheres hoje em dia que se interessam tanto quanto você. Acho admirável que esteja tão ansiosa para entender o processo.

– É o meu corpo. É bom saber como funciona – não entendi como isso não seria do interesse de todas.

Quando o exame terminou, o médico me disse que eu poderia voltar para a mesa.

– Sua ficha indica que está interessada em tomar anticoncepcional e que atualmente é sexualmente ativa.

– Sim. Com meu namorado Jonathan. Nós nos amamos.

O médico sorriu.

– É sempre bom saber que um casal está apaixonado.

Estivera tão empolgada em voltar para a faculdade depois das férias de inverno para poder contar a Janice que Jonathan e eu havíamos dito "amo você" um para o outro! Mas, quando revelei a ela como aconteceu, a primeira coisa que Janice disse foi "Oh".

Quando alguém me dizia essa palavra, sabia o que significava.

– Fiz errado? – perguntei, minha voz assumindo um tom de pânico. Claro que sim. Por que isso seria diferente de todas as outras coisas que já tinha estragado?

– Não, de jeito nenhum. É que geralmente o cara diz primeiro.

– Depois que percebi que o amava, quis dizer logo a ele. Não sabia que havia regras sobre isso!

Janice segurou minhas mãos.

– Quer saber? É uma regra estúpida. Nem é uma regra de verdade. Não importa quem disse primeiro. O que importa é que você o ama e ele a ama também.

Queria acreditar nela. Desde que tínhamos voltado à faculdade, Jonathan dissera que me amava mais sete vezes e sempre dizia primeiro.

– Que método contraceptivo você está usando atualmente? – perguntou o médico.

– Preservativos. Mas minha colega de quarto, Janice, acha que estou pronta para tomar pílula.

– Você está?

– Acho que sim.

O médico explicou a importância de tomar as pílulas com regularidade, de preferência na mesma hora do dia.

– Vai precisar fazer isso por trinta dias antes de estar totalmente protegida. Se pular uma pílula, use um método contraceptivo alternativo até terminar a caixa. – Janice mantinha a embalagem na mesa de cabeceira e a primeira coisa que fazia todas as manhãs era tomar um comprimido, mas decidi que guardaria a embalagem na bolsa. Passava muitas noites na casa de Jonathan, mas às vezes ele passava a noite no meu dormitório. Se mantivesse os comprimidos na bolsa, sempre os teria comigo, não importa onde decidíssemos dormir.

Conversamos sobre sexo seguro e que eu poderia me proteger certificando-me de que a pessoa com quem eu me envolvesse intimamente fosse testada para doenças sexualmente transmissíveis. O médico perguntou se eu tinha alguma dúvida, mas eu não tinha. Sentia-me tão adulta e responsável! Janice tomava pílula desde o último ano do ensino médio, mas tudo aquilo ainda era um território desconhecido para mim. Conseguira entrar em um clube feminino especial e sentia-me orgulhosa de ser membro, porque estava cansada de ficar para trás em tudo o tempo todo.

Até agora, meu último ano de faculdade fora o melhor da minha vida. Eu tinha um namorado firme, participara de um torneio de xadrez e, embora não tivesse contribuído diretamente para a vitória da equipe, meu nível de habilidade me valera o direito de fazer parte dela. Demonstrava um nível de responsabilidade por minha saúde sexual que me dava imensa satisfação pessoal, e todos os dias eu ficava um passo mais perto da carreira que cobiçara por tanto tempo.

A vida estava cada vez melhor, e começava a acreditar que meu futuro haveria de ser tão brilhante quanto Janice sempre prometera que seria.

Mais tarde naquele dia, Jonathan passou para me buscar para a aula.

– Fui ao centro de saúde estudantil esta manhã – falei, enquanto pegava minha blusa e mochila, e trancava a porta atrás de nós.

– Está doente?

– Fui lá para tomar pílula.

Ele parou de andar.

– Pílula anticoncepcional?

– Existe outro tipo de pílula que chamem apenas de pílula?

– Não. Quero dizer, não que eu saiba. Verdade? Começou a tomar pílula?

– É o que as mulheres que têm relacionamentos monogâmicos fazem. Janice disse que isso tornaria as coisas mais fáceis e que provavelmente você gostaria.

– Bem, sim. Gostei muito.

– Não será seguro até eu tomar o anticoncepcional por trinta dias. E o médico disse que você precisa fazer o teste. Eu fui testada. Não posso fazer sexo sem camisinha a menos que saiba que você está livre de doenças sexualmente transmissíveis.

– Garanto que não tenho DSTs.

– O médico disse que você poderia dizer isso.

– Annika, vou fazer o teste. Prometo – ele apertou minha mão e me beijou. – Isso vai ser ótimo.

26

Annika

UNIVERSIDADE DE ILLINOIS EM URBANA-CHAMPAIGN
1992

Um amigo de Jonathan estava dando uma festa e ele queria que a gente fosse. Mencionou-a naquela manhã enquanto tomávamos café da manhã, mas eu não tinha guardado os detalhes na memória, porque não estava interessada de verdade. Sentia-me cansada, com um pouco de cólica, e minhas costas doíam. Além disso, o tempo melancólico não ajudava em nada. Fazia muito mais frio do que o normal no início de abril e estivera chovendo o dia todo, o tipo de chuva gelada que cai durante aquele período intermediário quando o inverno acabou, mas a primavera ainda não chegou por completo. Fiquei o dia todo enfiada na cama de Jonathan com ele e um livro, e passar o início da noite assim parecia bem mais atraente do que qualquer coisa que pudéssemos encontrar além das quatro paredes daquele quarto.

– Estou enlouquecendo preso aqui dentro – disse ele depois do jantar. – Não precisamos ficar muito tempo, mas quero mesmo apresentar você a alguns dos meus amigos.

Janice havia me dito que Jonathan sempre parecera orgulhoso de estar comigo. Isso fazia eu me sentir bem, porque, até conhecê-lo, nunca pensei que seria o tipo de garota com quem alguém ficaria orgulhoso de ser visto. E Janice estava sempre me lembrando que a coisa mais importante em um relacionamento era fazer algumas concessões.

– Como quando você disse que Joe não beijava tão bem, mas tinha um pênis maior do que a média?

– Eu disse isso?

– Disse. Depois de sete *coolers* de vinho. – Joe havia sido substituído há algumas semanas por um aluno da pós-graduação que andava de bicicleta por toda parte e cujo pênis, de acordo com Janice, era apenas mediano. "Mas as mãos dele são mágicas", acrescentara ela.

Jonathan fazia muitas concessões por mim, e eu não precisava que Janice me dissesse isso. Ele me afastava de ruídos altos antes que pudessem me sobrecarregar. Sempre era gentil – com as pessoas, os animais, com estranhos. Sempre fazia eu me sentir especial e inteligente.

Jonathan queria ir à festa, e eu queria ser o tipo de namorada que sabia ceder de vez em quando, que fazia concessões. Então, às nove e meia da noite, vestimos nossas blusas, saímos na chuva e fomos para a festa.

Tinha gostado mais do que imaginara. O nome do anfitrião era Lincoln, e só falei com ele brevemente, quando Jonathan nos apresentou. Por alguma razão, caí nas boas graças da namorada de Lincoln quando ela me encontrou sentada no fim do corredor, brincando com o gato mais gordo que eu já tinha visto. O nome dela era Lily, e o gato – cujo nome era Tigre, apesar de não ter uma única listra – pertencia a ela. Acabei descobrindo que ela gostava de gatos quase tanto quanto eu.

Contei-lhe sobre o Sr. Bojangles e sugeri que ela comprasse para Tigre uma daquelas bolas com um sininho dentro.

– Mas tire o sininho, porque você vai odiar o barulho que ele faz; isso a deixará maluca – adverti.

– O Tigre odeia bolas, mas adora barbantes – ela saiu abruptamente e, quando retornou um momento depois, trazia uma vareta com um pedaço de barbante amarrado na ponta. Tigre ficou louco, e nos revezamos segurando a vareta e arrastando-a para lá e para cá para ele perseguir o barbante.

Não sabia se a simpatia dela era genuína. Ainda tinha dificuldade com isso, porque aprendi que às vezes as pessoas eram simpáticas apenas porque queriam alguma coisa.

– Você não gosta de festas? – perguntei por fim. Se o namorado dela era o anfitrião, surpreendeu-me que ela quisesse passar um tempo sentada no corredor com uma estranha.

– Gosto delas, mas não bebo, e Linc e os amigos dele tendem a ficar bem barulhentos depois de algumas cervejas.

– Também não bebo muito. Quero dizer, um dia vou beber, mas é um gosto adquirido e ainda não terminei de adquiri-lo.

Jonathan enfiou a cabeça no corredor.

– Ei, aí está você – disse ele. Agachou-se ao lado de Lily e de mim. –Parece que está fazendo amizade.

– Está falando de Lily ou do gato? – perguntei.

– Dos dois – respondeu Lily. Jonathan abriu um grande sorriso quando ela falou aquilo.

– Tudo bem com você? – ele quis saber.

– Claro – respondi, porque queria mostrar a ele que poderia me levar a festas e que eu poderia me enturmar. A mim não incomodava que, até agora, minha única interação fosse com uma garota e seu gato.

Lily estava certa, no entanto, porque mais tarde ficou bem barulhento. Tigre desapareceu por volta das onze e meia, quando o corredor ficou lotado de pessoas entrando e saindo de quartos e banheiro. Encontrei um pequeno local perto da lavanderia, próximo à cozinha, e fiquei ali um tempo sozinha. A sala estava entupida de gente e eu não queria de modo algum abrir caminho através daquela multidão para procurar Jonathan. Em vez disso, ele me encontrou quinze minutos depois.

– Onde você se meteu? Estive procurando você por toda parte. Estava preocupado.

– Tem muita gente na sala de estar. Pensei em me esconder aqui até a hora de irmos embora.

– Vamos embora agora. Estou pronto para voltar para a cama. Só quero me despedir de Lincoln rapidinho.

Jonathan segurou minha mão com firmeza e me conduziu pela multidão. Lincoln estava sentado no sofá com Lily em seu colo. Havia vários caras sentados ao seu lado e alguns de pé a sua frente, conversando com eles.

– Esta é a minha namorada, Annika – disse Jonathan.

– Oi, Annika – disseram eles. Todo mundo sorriu para mim, e fiquei muito contente de termos ido à festa.

– Então, estamos indo – comunicou Jonathan. – Obrigado pela festa. Foi ótima.

– Foi legal conversar com você, Annika – disse Lily. Eu me senti tão travada para falar que tudo o que consegui fazer foi assentir e sorrir.

Um cara superalto, de cabelos loiros e barba falhada, piscou para mim.

– Quando se cansar de Jonathan, ligue pra mim. Posso não ser tão inteligente, bonito, ou um ás do xadrez, mas vou tratá-la bem.

Todo mundo olhou para mim, mas ninguém disse nada. Eu também não falei nada, porque amava Jonathan e jamais me cansaria dele, e com certeza não ligaria para aquele cara que havia acabado de encontrar pela primeira vez e mal conhecia. Lily, no entanto, parecia ser alguém com quem eu poderia realmente querer me encontrar algum dia. Infelizmente, não era muito boa em fazer esse tipo de coisa acontecer.

– Não esperaria ao lado do telefone se fosse você – disse Jonathan, passando o braço por cima do meu ombro. Todos riram, e Jonathan me puxou para mais perto e perguntou se eu estava pronta para ir embora.

Eu disse que sim, porque Lily estava certa. Estava muito barulhento ali. Além disso, não via Tigre há um tempo e minhas costas estavam doendo de novo.

A caminho de casa, observei os limpadores do para-brisa varrerem a chuva, desfrutando de seus movimentos rítmicos e do silêncio dentro da caminhonete. Achei aquilo muito reconfortante. Tentei contar a Jonathan sobre Lily e seu gato, mas ele mantinha os olhos à frente e só respondia quando eu fazia uma pergunta direta. Sabia que tinha feito algo errado, mas não tinha ideia do que era.

Eu me arrumei para dormir e deslizei para baixo das cobertas, mas Jonathan não se juntou a mim. Li durante um tempo e depois fui para a sala para ver o que ele estava fazendo. Ele zapeava os canais de TV, com uma cerveja na mesa de centro diante dele.

– Você não vem para a cama?

Ele continuou mudando os canais da TV.

– Uma hora eu vou.

– Não entendo por que está com raiva de mim – queria saber o que havia feito, para não fazer de novo.

— Não estou com raiva — disse ele. Mas estava, e eu não era tão estúpida a ponto de não conseguir distingui-la em sua voz.

— Sim, você está. Não entendo por que está aborrecido. Não sei o que eu fiz!

Ele soltou o controle remoto.

— Você precisa me dar algo a que me agarrar, Annika. Você me transformou neste... neste *idiota* apaixonado e tudo o que recebo em troca dos meus gestos românticos é um olhar vazio. Quando alguém dá em cima de você, principalmente quando faz isso na frente dos outros e menciona seu atual namorado, seria bom ouvir você dizer que nunca se interessaria por tal pessoa porque já está com alguém. Alguém que você afirma amar. Então, me dá uma ajuda aí, me joga umas *migalhas* de vez em quando.

Não entendi nada daquele negócio de migalhas, mas me dei conta de que todo mundo esperava que eu fizesse algum tipo de declaração sobre como eu me sentia em relação a Jonathan. Fechei os olhos com força, com muita, muita raiva de mim mesma. Meus olhos se encheram de lágrimas de frustração.

— Pensei isso! Passou pela minha cabeça, mas tive medo de que, se dissesse em voz alta, estragaria tudo de alguma forma e todo mundo pensaria que eu era burra. Nunca me apaixonei antes; não tenho certeza do que devo fazer. Do que devo dizer. Mas, quando você chega, meu corpo inteiro relaxa porque eu penso "Jonathan está aqui". E nunca quero que vá embora, mesmo quando é só para ir para a aula, para o trabalho ou para a piscina. Quero que fique comigo. Então, quando vamos a lugares ou você me apresenta às pessoas, fico tão feliz por ter alguém como você segurando a minha mão ou ao meu lado, que não penso nessas coisas. Só vejo você e penso "Jonathan quer estar comigo". Eu o amo mais do que amei qualquer outra coisa em toda a minha vida, exceto talvez o Sr. Bojangles, mas isso porque ele não é amado por muita gente. Talvez só por mim, minha mãe e quem sabe o veterinário, o que não é muito, e isso me deixa bastante triste.

A essa altura, já estava chorando, e Jonathan me puxou para o seu colo e me abraçou.

– Sinto muito, Annika. Sinto muito mesmo. Não quis fazer você chorar. Sei que me ama. Você me demonstra isso o tempo todo, da sua maneira especial. Estou sendo um babaca – ele pressionou a testa na minha e ficamos assim, os olhos fechados, até que parei de chorar.

– Você está bem? – ele perguntou.

Eu estava enrolada em uma bolinha no colo dele e não queria mais sair dali.

– Sim.

– Eu amo você, Annika Rose – ele enxugou minhas lágrimas e beijou minha testa, minha bochecha, meus lábios.

– Eu o amo, Jonathan Hoffman.

Ele começou a rir.

– Você me colocou na mesma categoria de amor que o seu *gato*.

– Mas eu amo o Sr. Bojangles!

– Sei que ama. Você o ama tanto quanto me ama. E isso é engraçado, porque você não tenta esconder esse fato.

– Mas *por que* isso é engraçado?

– Porque a maioria das pessoas gosta do namorado um pouco mais do que do animal de estimação. E, se não o fazem, não dizem isso em voz alta.

– É possível amar os dois da mesma forma.

– Sim, é possível. – Jonathan me beijou de novo e logo já não conversávamos muito. Janice mencionou ter feito mais sexo de pazes com Joe do que com qualquer outro cara com quem já namorara. Ela me disse que o sexo nessas circunstâncias fazia as brigas valerem a pena, e, levando em conta como me senti naquela noite, quando fizemos as pazes no sofá de Jonathan, tive de concordar, mesmo o sofá não sendo tão confortável quanto a cama dele.

– Quero que fiquemos juntos depois de nos formarmos – disse Jonathan mais tarde. – Existem muitas bibliotecas em Nova York. Conseguiremos um emprego por lá e faremos pós-graduação à noite. Talvez tenhamos que morar em um apartamento horrível, ainda menor do que este, mas um dia ganharei dinheiro suficiente para morarmos onde quisermos. Diga que irá comigo, Annika.

Falei de novo que o amava, e depois respondi que iria.

27

Jonathan

CHICAGO
AGOSTO DE 2001

Nate e sua nova namorada estão esperando no bar quando Annika e eu chegamos ao restaurante. A mulher faz bem o tipo de Nate, ou pelo menos o tipo que ele vem mostrando apreciar desde o divórcio: vinte e tantos anos, roupa de balada, bonita. Não dá para saber até que estejamos sentados e conversando se ela é um avanço em relação à última, que falara sem parar sobre o *reality show Survivor* e bebera vários daiquiris de morango trincando de gelados, que lhe provocaram "o mais terrível congelamento cerebral".

Nate e eu apertamos as mãos.

– Esta é Sherry – apresenta ele.

– Jonathan – eu digo. – Prazer em conhecê-la. Esta é Annika.

Annika sorri, aperta a mão de ambos e mantém um breve contato visual com os dois. Está usando uma saia rodada longa que faz um contraste imediato com o vestido curtíssimo de Sherry e seus saltos altos tamanho arranha-céu, mas a blusa de Annika é ligeiramente justa nos lugares certos, e tenho olhado com deleite seu profundo decote em V desde que cheguei ao seu apartamento. Nate a avalia e me lança um olhar rápido de aprovação, que ignoro, porque não temos mais 22 anos. Além disso, ele não pode ler minha mente, então não sabe o que penso a respeito do decote de Annika, que revela o contorno de seus seios.

Nossa mesa está pronta e, depois que nos sentamos, dou uma olhada no menu de bebidas. Nate pergunta a Sherry o que ela gostaria de beber e ela responde "Chardonnay", como se tivesse tido o tipo de dia que somente esse vinho poderia consertar.

– Gostaria de uma taça de vinho ou prefere isto? – pergunto a Annika, apontando para a única opção não alcoólica que o restaurante oferece, uma mistura de sucos de manga, *cranberry* e laranja, com um toque de *ginger ale*.

– Vou pedir o Chardonnay – diz Annika.

– Jonathan me disse que você é bibliotecária – comenta Nate.

– Sim.

Nate espera que Annika forneça detalhes, mas só obtém silêncio em resposta.

– Onde? – ele pergunta por fim.

– Na Biblioteca Harold Washington.

– Há quanto tempo está lá?

– Seis anos, três meses e treze dias. Há quanto tempo você trabalha no seu emprego?

Nate ri.

– Não tenho certeza de que consigo responder com tanta precisão quanto você. Você me deixou numa sinuca agora.

Annika me lança um olhar rápido enquanto tenta decifrar se ele está brincando, então sorrio para ela.

– Não dê ouvidos a ele. Aposto que pode lhe dizer com exatidão quanto falta para a aposentadoria, inclusive os minutos.

– Você me pegou nessa – diz Nate.

– O que você faz, Sherry? – pergunto.

– Sou cientista.

Ok. Por essa eu não esperava.

Nate nem se dá o trabalho de ocultar seu sorriso triunfante, e é provável que estava quase explodindo por guardar esse pequeno detalhe. A garota-daiquiri estava desempregada e não parecia muito interessada em remediar a situação tão cedo. Nate terminou com ela pouco tempo depois.

A garçonete traz nossas bebidas, e Annika sorve um gole de seu vinho com certa hesitação.

– Gostou? – pergunto a ela.

– É muito bom – ela esprime um pouco os lábios, porque deve ser um pouco mais seco do que ela esperava.

– Preciso usar o banheiro – anuncia Sherry. Ela olha para Annika. – Gostaria de vir comigo?

– Não – diz Annika, fazendo uma careta e usando o mesmo tom que alguém usaria para recusar um tratamento de canal desnecessário.

Sherry a encara, confusa.

– Não?

Annika faz uma pausa. Remove o guardanapo do colo e sorri.

– Na verdade, sim. Provavelmente deveria ir agora também.

Mantenho minha expressão neutra, mas por dentro estou rindo. A resposta franca de Annika ao que é em essência uma das mais comuns convenções femininas não tem preço, mas ela diz isso de maneira tão doce – sem nenhum vestígio de sarcasmo –, que talvez eu seja o único a perceber que ela não mudou de ideia arbitrariamente. Só levou alguns segundos extras para vasculhar o cérebro em busca da resposta social apropriada. Não é à toa que estivesse tão cansada depois que a levei ao jantar da minha empresa. Deve ser exaustivo, e isso faz eu me sentir ainda mais protetor para com ela.

– Ela sempre diz o que pensa? – Nate pergunta depois que elas saem da mesa.

Tomo um gole da minha bebida.

– Sempre. É totalmente autêntica. Se Annika gostar de você, você ficará sabendo – solto uma risada. – E ela também deixará claro se não gostar.

– Nada de joguinhos, nada de mentiras. Aposto que é legal. E você tinha razão. Ela é linda.

– Por dentro também – mesmo com sua franqueza, não consigo imaginar Annika dizendo algo cruel a respeito de alguém. Ela já experimentou na própria pele *bullying* e abusos demais para fazer alguém se sentir mal de propósito.

– Imagino que ela queria reatar.

– Nós dois queríamos – nunca direi a Nate ou a Annika como estive a ponto de excluir a possibilidade de nos dar uma segunda chance. Não importa agora.

Sherry e Annika retornam do banheiro. Sherry toma um grande gole de vinho e Annika a imita, engasgando um pouco.

– Este vinho é incrível, exatamente o que eu precisava depois do dia que tive – comenta Sherry.

– Eu também – diz Annika com um suspiro.

– Este é o meu Chardonnay favorito, mas às vezes prefiro um bom e ácido Sauvignon Blanc. E há momentos que não pedem outra coisa senão uma taça gigante de Cabernet – diz Sherry. – E quanto a você? Tem algum favorito?

– Para mim, na verdade, não importa. Eu tomava *coolers* de vinho na faculdade, mas ninguém mais os pede.

Faço uma pausa com minha bebida, a meio caminho dos meus lábios, enquanto espero a resposta de Sherry.

– Sim! Ah... isso me traz recordações. Eu *adorava* os de melancia.

– Eu gostava dos de cereja. Eles deixavam meus lábios vermelhos – diz Annika.

– Mas são doces demais. Jamais conseguiria beber um hoje.

– Ah, eu também não – diz Annika com um pequeno atraso, estremecendo como se não pudesse imaginar uma coisa dessas.

Ela está tão adorável agora. Além disso, tenho certeza de que ela tomaria um *cooler* de vinho de cereja neste exato momento se eu colocasse um na frente dela.

Ela e Sherry terminam o vinho e, quando a garçonete pergunta se querem outra taça, as duas dizem que sim.

– Você deve gostar de livros para trabalhar em uma biblioteca – diz Sherry.

– Gosto mais de livros do que da maioria das pessoas – diz Annika.

Nate e Sherry reprimem uma risada educada, mas não há nada de condescendente na reação deles. É realmente bom estar com uma mulher que sabe o que quer. Houve momentos em que o comportamento de Liz era de natureza tão camaleônica como o de Annika, mas, no caso de minha ex-esposa, tratava-se menos de se encaixar e mais de manipular seu rival comercial. Não é justo de minha parte desculpar uma enquanto julgo a outra, mas o faço mesmo assim.

Nosso jantar prossegue sem intercorrências. Quando terminamos de comer, ninguém aceita a oferta da garçonete para sobremesa, então Nate pede uma terceira rodada de bebidas para a mesa. Annika não terminou nem a segunda. Suas bochechas estão coradas e ela está recostada na cadeira, em vez de exibir a postura rígida habitual em situações sociais. Nate, Sherry e eu estamos um pouco altos, mas o tamanho de Annika e sua baixa tolerância ao álcool colocaram-na muito mais perto da extremidade do espectro da embriaguez. É o máximo que já a vi beber, e, quando ela termina a segunda taça, olha com cautela para a terceira.

– Tudo bem se não quiser beber – digo a Annika, apontando para a taça.

– Não quero – o jeito franco com que ela me diz isso me lembra de que eu não deveria presumir automaticamente que ela precisa que eu vá em seu socorro.

Ela pode não querer mais vinho, mas o que já consumiu ainda está agindo em sua corrente sanguínea. Faço algumas perguntas a Sherry sobre seu trabalho e ela menciona um financiamento para o qual espera obter aprovação.

– Estou tendo problemas para convencer meu chefe.

– Nunca permita que uma pessoa lhe diga não se ela não tem o poder de dizer sim – diz Annika. Em teoria, sim, mas, neste caso, tenho certeza de que o chefe de Sherry tem o poder de dizer as duas coisas.

– O que é isso? – Sherry quer saber. Seu tom de voz é hesitante, como se não tivesse certeza do rumo desta conversa.

– É uma citação de Eleanor Roosevelt – esclarece Annika. – Está familiarizada com elas?

– Conheço algumas – diz Sherry.

– Minha melhor amiga me comprou um livro com citações dela. "Todos os dias faça alguma coisa de que tenha medo" foi a que me ajudou a atravessar a década dos vinte anos. "Faça o que seu coração achar certo, porque de qualquer maneira você será criticado."

Ela estava indo muito bem e poderia ter passado despercebido se tivesse compartilhado apenas uma ou duas das citações. Mas, quando Annika começa a falar de um tópico que lhe interessa, é difícil para ela parar. Ela compartilha uma citação atrás da outra, as bochechas rosadas pelo vinho e pelo seu entusiasmo com o assunto. Annika fala com as mãos, e os gestos se tornam mais efusivos a cada segundo. Sherry e Nate estão sendo tão educados quanto foram ao longo do jantar, mas Annika para de falar abruptamente e o rubor em suas faces se intensifica, mudando do entusiasmo para a vergonha, quando se dá conta de que baixou a guarda e saiu totalmente do roteiro.

Ninguém sabe o que dizer, inclusive eu.

Enquanto tento decidir a melhor maneira de lidar com isso, Sherry se inclina para Annika e aperta a mão dela.

– Está tudo bem, tenho um sobrinho muito parecido com você.

Possivelmente pela primeira vez em nossas vidas, Annika e eu compartilhamos a mesma expressão de choque. A dela logo dá lugar a um embaraço mortificante, e ela se levanta da mesa e sai correndo do salão de jantar.

– Sinto muito – diz Sherry. – Talvez não devesse ter tomado essa última taça também. Não estava pensando com clareza.

– Tudo bem. Não é algo de que ela fale muito, só isso.

Nem mesmo para mim.

– Avise-me quanto devo pela conta – digo a Nate. – Amanhã acerto com você. Foi um prazer conhecê-la, Sherry.

Empurro minha cadeira para trás, pego a bolsa de Annika e saio apressado atrás dela.

Ela está parada do lado de fora, na calçada, andando de um lado para o outro e balançando o corpo. Não tento acalmá-la. Quero confortá-la e enxugar as lágrimas que escorrem pelo seu rosto, mas, em vez disso, chamo um táxi e, quando ele para no meio-fio, eu a conduzo rápido para dentro e dou o endereço ao motorista.

28

Jonathan

CHICAGO
AGOSTO DE 2001

Quando o táxi para em frente ao prédio, suas lágrimas já diminuíram e a respiração é uma sucessão de suspiros lentos e profundos. Ao entrarmos em seu apartamento, ela se senta no sofá e se enrola como uma bolinha. Não olha para mim. Sento-me ao lado dela e aguardo. Passam-se cinco minutos completos até ela falar.

– Tudo o que eu queria era mostrar que mudei. Que não sou a mesma pessoa que era na faculdade – seu tom é de fracasso.

– Bem, adivinhe só? Você não mudou muito. Continua sendo a mesma garota por quem me apaixonei aos 22 anos. E eis uma novidade para você: gosto e sempre gostei dessa garota; nunca disse que *queria* que ela mudasse.

Annika vira ligeiramente a cabeça para mim, curiosa.

– Sherry não deveria ter feito aquele comentário – eu digo. – Foi inacreditavelmente pretensioso, e não era a hora nem o lugar. Mas achou mesmo que eu não soubesse?

O rosto dela se contrai. Ah, droga. Ela achava que eu não sabia.

– Esforço-me tanto para me encaixar. Passo horas estudando os *comportamentos apropriados* – ela faz aspas no ar para as duas últimas palavras. – Nunca vou fazer direito! Faz ideia de como é isso? É a coisa mais frustrante do mundo.

– Não posso nem imaginar como deve ser – admito.

– É como se todos ao redor tivessem uma cópia do roteiro da vida, mas, como ninguém lhe deu um, você precisa andar às cegas e seguir em frente despreparada. E com a certeza de que agirá da forma errada na maior parte do tempo.

– Minha ex-esposa poderia ter escrito o roteiro. Ela era especialista em navegar por situações sociais *e* de negócios. Se fosse uma mistura das duas coisas, era ainda melhor, porque ela era uma maldita superestrela nesse jogo e não estava disposta a ser ofuscada por ninguém, nem mesmo pelo marido.

Principalmente pelo marido.

– Mas sabe de uma coisa? Liz passaria reto por um animal ferido na beira da estrada se parar interferisse, mesmo que de longe, no que estivesse fazendo naquele momento. Não. Quer saber? Ela jamais pararia, nem mesmo que tivesse todo o tempo do mundo.

– O quê? – Annika exclama. Por causa da minha analogia insensível, tudo em que ela está pensando agora é em hipotéticos animais feridos.

– O que quero dizer é que a maneira como você navega pelo mundo nunca será mais importante do que o tipo de pessoa que você é.

– Como pode querer estar com alguém como eu? Como se apaixonou por alguém que age da maneira como eu ajo?

– Foi mais fácil do que você pensa.

Ela faz uma careta, como se não acreditasse em mim.

Annika compartilhou tantas verdades dolorosas comigo. Talvez seja a hora de admitir algumas das minhas.

— Estar com você sempre me passou a sensação de me sentir melhor comigo mesmo.

— Por que, pelo menos, você não é como eu?

— Não, mas quando nos conhecemos eu não estava no meu melhor momento de autoconfiança. Achei que pelo menos tinha uma chance com você — ela parece chocada. Passo as mãos pelos cabelos enquanto solto um suspiro. — Mas não demorou muito tempo para eu perceber que havia superestimado em muito minhas chances e que teria que trabalhar duro se quisesse conquistá-la, porque não havia *nada* fácil com relação a você. Mas isso tornou tudo muito mais especial quando você permitiu que eu me aproximasse. Eu a assisti sair da sua concha e descobri tantas coisas formidáveis em você, entre elas, com que intensidade você me amava. Nunca questionei sua lealdade, mesmo quando desejava que você mostrasse às pessoas como se sentia de verdade em relação a mim. Sabia que jamais a magoaria.

Ela se virou para não me encarar.

— E se houver uma mulher por aí que esteja entre o que sou e o que Liz é? — a pergunta dela me atinge com força, porque é algo em que já pensei. Odeio tê-lo feito, mas ela está certa.

— Talvez haja. Mas não é certo que eu vá encontrá-la e com certeza não há garantia alguma de que ela se apaixonaria por mim, também.

— Você pode ter a mulher que quiser.

— Isso não significa que eu possa fazê-las ficar. Liz me traiu. Foi quando ainda tentávamos fazer as coisas darem certo entre a gente, antes de desistirmos do aconselhamento matrimonial, que não estava ajudando, e os advogados entrarem em cena. Não foi, tipo, eu descobrir um e-mail que não era para ler ou algo assim. Ela me contou cara a cara sobre a traição. Era um sujeito com quem ela trabalhava, e a única razão pela qual Liz admitiu o caso foi porque sabia que aquilo me magoaria. E surtiu o exato efeito que ela pretendia. Essa é uma coisa que eu sempre soube que você nunca faria. Sabia que, se nos reconciliássemos, havia uma chance de eu perdê-la de novo algum dia, mas, se o fizesse, não seria porque a perderia para outro homem. Seria porque eu a perderia para você mesma. Para as coisas que se passam na sua cabeça. Você pode se abrir comigo? Pode me dizer com sinceridade com o que está lidando, o que está sentindo? Descobri grande parte e quero que saiba que não me importo se precisar de ajuda algumas vezes.

— Tina disse que é provável que eu esteja dentro do espectro autista. Altamente funcional, mas ainda assim dentro dele. Posso realizar alguns testes para descobrir com certeza, mas para quê? Não vai mudar coisa alguma.

— Não sei realmente que bem isso faria. Ela disse o que você poderia ganhar com isso?

— Disse que pode me ajudar a encontrar paz.

— Então, acho que deveria fazer esses testes.

Ela hesita.

— E se, depois de eu passar pela avaliação, descobrir que não estou nesse espectro? Que na verdade sou apenas esquisita. Não sei se vou conseguir lidar com isso.

— Você não é esquisita.

— Qual é, Jonathan. Durante toda a minha vida fui a personificação da esquisitice. Não que pessoas como eu não saibam como as outras pessoas nos veem. Mas, para nós, *vocês* é que são esquisitos, porém somos nós que temos que mudar se quisermos nos enquadrar.

– Você superou muitas dificuldades para chegar onde está hoje. O *bullying*. As pessoas que tentaram se aproveitar de você. É desolador saber que as pessoas tratam os outros de maneira tão horrível.

– Não quero que fique comigo porque sente pena de mim.

– Não sinto pena de você. Eu a admiro. É preciso uma força incrível para fazer o que fez e você merece toda a felicidade que surgir no seu caminho.

– É hereditário – ela diz isso em voz baixa.

– Sei disso desde o dia em que me apresentou para o seu pai.

– Você vai se arrepender. Uma vida inteira comigo. Uma família comigo. Terá que lidar com mais do que poderia esperar, assim como aconteceu com a minha mãe.

Talvez esta tenha sido a coisa mais intuitiva que ela já me dissera. Annika pode ter de se esforçar para *identificar* o que estou sentindo, para sentir empatia, mas é bastante capaz de entender o que isso significa.

– A única coisa de que irei me arrepender é se deixar passar outra oportunidade de descobrir se temos o que é necessário para irmos até o fim. Pensei que fôssemos construir uma vida juntos depois da faculdade, mas você mudou de ideia. Não acha que é hora de conversarmos sobre isso? Porque, se vai evitar o que é difícil, por mais desagradáveis que sejam as lembranças, não tenho certeza de como faremos isso. E quero fazer. Muito mesmo. Você quer?

Ela assente.

– Sei que não lidei com a coisa toda da maneira certa, mas estava tão arrasada.

– Eu sei. Eu também estava – eu a puxo para mais perto e pressiono minha testa contra a dela, como costumava fazer tantos anos atrás. Nossos olhos estão fechados e continuamos assim até que a respiração dela se acalme e eu a sinta soltar um suspiro de alívio. – Mas... Sou eu, Annika.

– Sempre foi você – diz ela enquanto pressiona seus lábios contra os meus.

Podemos conversar mais tarde. *Com certeza* conversaremos mais tarde. Mas agora só há uma coisa que quero fazer. Estou aguardando há dez anos e não posso mais esperar.

Abrimos a boca e nos beijamos para valer. Os beijos são daquele tipo que não se troca em público, e há uma crueza neles que não existia na faculdade. Naquela época, tudo o que eu fazia em relação a Annika era conduzido com cuidado e cautela, como se ela fosse de vidro e pudesse se quebrar. Ela é mais forte agora. Pode achar que não, mas é. Posso constatar essa força de várias maneiras. Posso *senti-la* quando suas mãos seguram meus braços.

Mudamos de posição e nos deitamos. O sofá pequeno não é ideal para nenhum tipo de exercício sexual, mas isso não nos faz reduzir o ritmo nem um pouco. Aspiro vezes seguidas o cheiro de Annika enterrando o rosto em seu pescoço enquanto o beijo. O beijo se transforma em sucção e Annika arqueia as costas quando tiro sua blusa e o sutiã. Deslizo os polegares por seus mamilos com um toque firme e ela geme. A saia rodada tem uma cintura elástica, por isso é fácil removê-la com um movimento rápido. O mesmo vale para a calcinha. Vou ter que fazer esse sofá funcionar, porque, agora que ela está nua, não quero parar nem por um minuto. Existe uma total ausência de timidez quando Annika abre as pernas e eu sorrio, não apenas por causa da vista, mas porque essa é a garota de que me lembro. Amo o jeito como ela se entrega para mim tão completamente. Quando éramos mais jovens, demorou um tempo para chegarmos ao estágio em que ela se sentia confortável o suficiente para se soltar, mas, assim que o fez, despertou-me o sentimento de que ela confiava em mim mais do que em qualquer outra pessoa no mundo. E com razão, porque eu nunca lhe daria motivo para mudar de ideia.

Annika tenta me despir sem interromper o contato com minha boca e dentro dos limites de uma superfície que é mais curta que nossos corpos estendidos. É cômico. Ela continua, porque está determinada a fazer esse sofá funcionar tanto quanto eu. Ela envolve meu membro com sua mão, e sorrio novamente, porque ela também não esqueceu a maneira como gosto de ser tocado.

Tateando o chão, tiro a carteira do bolso da calça jeans. Poderia perguntar a Annika se está usando algum método contraceptivo, mas usaria o preservativo de qualquer maneira, e não apenas em nome do sexo seguro. E, se tem alguém capaz de entender meus motivos, esse alguém é Annika.

Há de fato apenas uma posição que vai funcionar, e, quando me sento e a retomo nos braços, ela monta em mim como se tivesse lido minha mente, coxa pressionada de cada lado do meu corpo enquanto se abaixa com tanta rapidez que chego a gemer, mas não porque dói.

Solto uma risada sem fôlego.

– E você ainda fala que nunca sabe o que estou pensando – ela ri também, mas nossas risadas desaparecem, substituídas por palavras sussurradas por mim sobre como é bom fazer aquilo com ela, quanto tempo faz e o quanto sentira sua falta.

🏵 29 🏵

Annika

UNIVERSIDADE DE ILINOIS EM URBANA-CHAMPAIGN
1992

Despertei de vez de um sono agitado por volta das seis da manhã. Jonathan dormia profundamente a meu lado, um dos pés tocando o meu. Eu vinha acordando de vez em quando desde a meia-noite, porque uma dor persistente em meu abdômen não me deixava dormir. Mudei de posição, fechei os olhos e fiz tudo o que pude para aliviar o desconforto, mas nada havia ajudado. Minha menstruação viera na semana anterior, menos densa do que o normal e com uma cor um pouco mais escura, mas a dor nas costas enfim desaparecera. O desconforto que senti pela dor nas costas empalidecera em comparação com o que estava acontecendo no meu ventre agora, e a dor parecia ter se intensificado de maneira significativa nos últimos quinze minutos.

Por volta das sete, fui ao banheiro, esperando que isso pudesse resolver o problema, embora não sentisse de verdade que precisava ir. Meu ombro doía e me senti estranha enquanto caminhava, tonta, quase como se eu pudesse desmaiar. Apoiei-me na parede e agarrei o batente da porta com força enquanto acendia a luz do banheiro. Estava usando uma calcinha de algodão tipo biquíni e uma camiseta de Jonathan da qual eu me apropriara. Agora que estava de pé, a gravidade assumira o controle e o sangue encharcou minha calcinha, escorrendo por entre as pernas. Talvez estivesse menstruando de novo, e a dor fosse ocasionada por cólica. Manchas escuras apareceram diante dos meus olhos, e ainda pude gritar o nome de Jonathan quando o chão se levantou para me encontrar.

Achei que não apagara por mais que alguns segundos, mas, quando voltei a mim, Jonathan estava a meu lado no chão.

– O que foi? O que aconteceu? – ele gritou. Tentou me ajudar a sentar, e o senti mover um pouco minhas pernas enquanto me amparava em seus braços, minhas costas contra seu peito. – Ai, Jesus. Annika, diga o que há de errado!

Não pude responder com palavras porque a dor que rasgava o meu abdômen me impedia de falar. Em vez disso, gritei.

Jonathan me deitou no chão e correu.

Recuperei a consciência quando os paramédicos colocavam a máscara de oxigênio em mim.

– Annika, estou bem aqui. Tudo vai dar certo – Jonathan disse de algum lugar distante. Virei a cabeça em direção a sua voz e o vi ao lado da porta, as mãos cobertas de sangue. Ele vestia um *shorts* e suas pernas estavam ensanguentadas também. Tinha certeza de que me deixariam cair enquanto carregavam a maca pela escada externa da casa de Jonathan, e senti o baque quando as rodas bateram na calçada e eles me empurraram para a ambulância que aguardava com as portas traseiras abertas. Uma onda de dor me atingiu, tão intensa que comecei a chorar histericamente. Enquanto me colocavam para dentro, tentei dizer a alguém que achava que estava morrendo. Tentei dizer como estava com frio, porque parecia que meu sangue havia sido substituído por água gelada, correndo em minhas veias em um ciclo terrivelmente congelante, mas devo apenas ter pensado que falei, porque ninguém me respondeu. Uma vez que a maca entrou no veículo, bateram as portas e partimos, as sirenes soando.

No hospital, uma enfermeira ficava perguntando se eu sabia de quanto tempo estava. Estava tendo dificuldade para me concentrar e havia tantas pessoas ao redor, cortando minha camiseta e a calcinha, tirando minha pressão arterial. Tentei dizer que não, que não estava grávida porque estava tomando pílula e recentemente tivera meu período menstrual, mas meu foco ia e vinha enquanto traziam um aparelho e passavam um bastão sobre o meu abdômen. Mais tarde, descobri que o ultrassom fora inconclusivo porque havia tanto sangue na cavidade abdominal que eles não tinham visto nada.

Todo mundo parecia gritar. As enfermeiras davam instruções e Jonathan tentava dar as informações que elas queriam. Perdi e recobrei a consciência enquanto meu pulso e minha pressão arterial caíam a níveis perigosamente baixos. Então, fizeram Jonathan sair e eu tentei gritar, dizendo que queria que ele ficasse, mas estava com muito frio e também muito cansada.

Fui levada ao centro cirúrgico, onde realizaram uma operação de emergência para me impedir de sangrar até a morte. Com certeza, eu estava grávida, e o que pensei ser menstruação fora na verdade o primeiro sinal de que as coisas tinham começado a dar errado. O embrião havia se implantado na minha tuba uterina e, quando cresceu muito, a tuba rompeu, muito provavelmente antes de me colocarem na ambulância.

Os médicos não conseguiram salvá-lo.

30

Annika

UNIVERSIDADE DE ILLINOIS EM URBANA-CHAMPAIGN
1992

Meus pais e Jonathan estavam ao meu lado quando acordei. Passara muito mal e havia precisado de uma transfusão de sangue, mas, quando os meus pais chegaram ao hospital, minha condição havia se estabilizado. Como minha tuba tinha rompido, passei por um procedimento mais invasivo do que se a gravidez ectópica tivesse sido detectada mais cedo. Os médicos tiveram de me abrir em vez de realizar uma laparoscopia e, por causa disso, disseram que eu precisaria ficar no hospital por vários dias e que levaria seis semanas para me recuperar por completo.

Janice também estava lá. Ela me envolveu em seus braços e chorou tanto que eu perguntei se ela estava bem.

– Fiquei tão preocupada quando recebi a ligação de Jonathan. Sinto muito – ela repetiu isso várias vezes.

Não entendi por que ela estava assim, se fora eu quem havia causado aquilo. Jonathan tivera a prudência de pegar minha bolsa antes de seguir os paramédicos escada abaixo. Presumira que o cartão do meu plano de saúde estivesse guardado na carteira, e estava. Mas minhas pílulas anticoncepcionais também estavam lá, e a equipe do hospital não demorou muito para perceber que eu havia deixado de tomar algumas delas. Tinha quase certeza de que tomava uma por dia, porque minha intenção era tomá-las exatamente da maneira como eu deveria. Não havia esquecido de propósito e não queria um bebê, porque mal conseguia dar conta de mim mesma. Apenas me esquecera, da mesma forma como às vezes me esquecia de escovar os cabelos, tomar café da manhã ou levar o lixo para fora quando era a minha vez de fazê-lo.

No caso das pílulas, tinha esquecido o suficiente para engravidar.

Meus pais ficavam no hospital do nascer ao pôr do sol e depois se recolhiam em um hotel próximo, em vez de fazer a viagem de ida e volta diária de quatro horas para casa. Jonathan ficou ao meu lado e só saía por breves momentos, quando corria até em casa para tomar banho e se trocar. Passou as noites dormindo em uma poltrona ao lado da minha cama enquanto eu entrava e saía de uma névoa induzida por analgésicos. Na primeira noite, depois que meus pais enfim foram embora, após receberem do médico garantias suficientes de que eu estava fora de perigo, ele apertou minha mão com firmeza e havia lágrimas em seus olhos.

– Fiquei com tanto medo, Annika.

– Eu também – sussurrei. Mas o que eu não contei a ele foi que minha tristeza pelo que havia acontecido superava o medo do que não havia acontecido. Durante os momentos de maior lucidez, pensava no bebê crescendo na minha tuba uterina. O médico me dissera que, com uma gravidez ectópica, não havia como salvar o bebê, e era verdade que não estava nem um pouco preparada para ter um.

Mas isso não impediu que meu coração se partisse por aquela vidinha que nunca tivera sequer uma chance.

Janice me levou um pijama e me ajudou a vesti-lo no banheiro, deixando meus pais e Jonathan conversando no quarto.

– Sei que deve odiar usar isso – disse Janice enquanto tirava a camisola do hospital dos meus ombros e a substituía pela blusa de manga comprida do pijama. Ela manteve aberta a cintura da calça, e eu entrei nela com cuidado, porque mesmo o menor movimento causava uma sensação dolorosa, repuxando minha incisão.

Na verdade, não me importava com a camisola do hospital. Ela era folgada e de tecido mole, provavelmente devido às repetidas lavagens. O que mais odiava em estar no hospital eram os barulhos e os cheiros. O forte odor de antisséptico e os repetidos anúncios do sistema de comunicação interferiam em qualquer aparência de tranquilidade que eu fosse capaz de alcançar. Tudo o que queria era ficar dormindo, escapar daquele pesadelo da única maneira que sabia. Mas isso não impedia que as enfermeiras aparecessem de hora em hora para me cutucar e me espetar, para medir minha temperatura e a pressão arterial. Meu curativo precisava de cuidados específicos para garantir que não houvesse infecção. Tinha vislumbrado a linha feia de pontos quando a enfermeira me ajudou a ir ao banheiro pela primeira vez, depois que removeram a sonda, e me certifiquei de nunca mais olhar para baixo de novo.

Janice abriu a porta e colocou o braço em volta dos meus ombros para me ajudar a sair do banheiro. Ainda estava tonta, e as enfermeiras avisaram que eu não deveria sair da cama, a menos que alguém estivesse ao meu lado para assegurar que eu não caísse.

– Disse a sua mãe que iria conversar com todos os seus professores e ver o que podiam fazer para manter você informada sobre estas últimas semanas de aulas – disse ela. – Tenho certeza de que vão permitir que entregue o trabalho depois e fazer outras concessões para as provas finais.

Não falei nada, porque só conseguia me concentrar em uma coisa de cada vez, e no momento tudo o que queria de verdade era que Janice me colocasse de volta na cama.

– Partirei assim que as aulas terminarem na sexta-feira – disse Jonathan, no dia em que me deixaram ir para casa.

– Partirá para onde?

– Para a sua casa. Quero ficar com você.

– Tudo bem – falei. Ainda estava cansada e fraca, e tudo o que queria fazer quando chegasse em casa era voltar a dormir, mas seria bom ter Jonathan comigo.

Meus pais chegaram e, enquanto esperávamos a papelada da alta, Jonathan disse:

– Tudo bem se eu visitar Annika neste fim de semana?

– Claro – disse minha mãe.

Quando a enfermeira falou que estava tudo em ordem para eu ir embora, meu pai saiu para pegar o carro.

– Vou estar no corredor – minha mãe avisou.

Jonathan me puxou para perto, esmagando-me em seu abraço. Não me importei. Quando ele me soltou, beijou minha testa.

– Amo você. Vai dar tudo certo.

– Também amo você – falei. Não mencionei a segunda parte de sua declaração, porque não acreditava que tudo daria certo.

Fui para o banco de trás do carro dos meus pais, deitei-me nele e dormi.

– O que eu posso fazer por você? – minha mãe perguntou depois que me colocou na cama como uma criança. O perfume que Jonathan havia me dado no Natal e eu insensivelmente deixara para trás estava bem no meu campo de visão, e lhe pedi que o pegasse para mim.

Agarrei o frasco de perfume e chorei até dormir, com a tristeza do que tinha feito apertando meu peito, e pelo bebê que Jonathan e eu havíamos gerado e perdido.

Ele veio na sexta-feira, como havia prometido, e estava lá quando acordei de um dos meus muitos cochilos. Ele afastou os cabelos do meu rosto.

– Como está minha Bela Adormecida?

Eu sorri, porque seu rosto era uma das poucas coisas que ainda me traziam alegria. Ele puxou as cobertas e se ajeitou na minha cama, e descansei a cabeça na pequena curvatura entre seu pescoço e ombro.

– Estou bem – respondi, embora nunca tivesse mentido antes para ele.

A primeira mentira tornou as seguintes muito mais fáceis de proferir.

A porta se abriu tarde da noite no sábado.

– Annika? – chamou Jonathan, sua voz apenas um pouco mais alta que um sussurro.

– Estou acordada – eu disse. Minha mãe havia colocado as coisas de Jonathan no quarto de Will quando ele tinha chegado, mas meus pais não eram muito rigorosos com relação a esse tipo de coisa, e eu sabia que minha mãe não se importaria se nos encontrasse juntos na minha cama ou na de Will. A razão de eu estar acordada quando Jonathan entrou era porque tinha dormido tanto o dia todo que, pela primeira vez, não conseguia adormecer. Em vez disso, fiquei deitada na cama remoendo minha situação atual. Os erros de outras pessoas pareciam pequenos em comparação com os que eu cometia. Os meus pareciam estar ficando maiores e agora feriam outras pessoas.

Ele escorregou para debaixo das cobertas.

– Sei que não vai ser fácil recuperar o atraso, mas você consegue. Pode se formar e ainda pode ir para Nova York a tempo.

Jonathan tinha grandes planos e objetivos pelos quais trabalhava desde o ensino médio. Eu não era tão sem-noção e desatenta a ponto de não poder ver como meu envolvimento em sua vida poderia afetá-lo de maneira negativa. Mesmo que eu conseguisse colocar em dia os meus trabalhos da faculdade e me formasse a tempo, seria apenas um obstáculo para ele; jamais seria capaz de fazer minha parte em Nova York. E, para ser franca comigo mesma, parecia opressivamente exaustivo o simples fato de pensar nisso. Precisaria de muito mais tempo para me recuperar não apenas dos efeitos físicos do que acontecera, mas também dos emocionais.

Não tinha mais nada a oferecer, nem mesmo para Jonathan, a quem por fim percebi que amava muito mais do que jamais amaria o Sr. Bojangles.

O véu de depressão que desceu sobre mim era pesado, escuro e sufocante. Não saí do meu quarto a não ser para comparecer às consultas médicas de acompanhamento, e mesmo assim só porque minha mãe ameaçou fazer com que papai me carregasse literalmente para o carro. O hospital nos mandou para casa com um frasco de analgésicos e observei minha mãe guardá-los no armário quando disse que poderia lidar com minha dor sem eles. Eu poderia ir ao banheiro, abrir o armário e engolir todos eles. Um sono que superaria todos os outros. Permanente. Passei dois dias inteiros pensando nisso. Revolvendo a ideia na minha cabeça. Seria tão fácil! Talvez nem doesse.

Tinha avançado até o ponto de sair de baixo das cobertas para ir ao banheiro, quando meu pai entrou no meu quarto para ver como eu estava. Ele não era muito de conversar e, naquele dia, não disse coisa alguma. Mas arrastou a cadeira da minha mesa até a lateral da cama e pegou minha mão, segurando-a frouxamente em sua palma macia e seca, enquanto lágrimas deslizavam pelas minhas bochechas.

Ficou lá o dia todo.

Nunca contei a ninguém que foi meu pai quem me manteve agarrada a esta vida, mas disse a minha mãe que ela deveria descartar os comprimidos porque eu não precisava mais deles.

Jonathan por fim me confrontou quando ficou claro que eu não havia feito nada do que disse que faria.

– Sei que ainda está em fase de recuperação, mas não há como recuperar o atraso se você nunca começar – não respondi. – Annika, preciso que converse comigo.

– Eu quero que você vá para Nova York e comece no seu emprego. Vou voltar para a faculdade no próximo outono e, quando me formar em dezembro, prometo me encontrar com você.

Jamais o tinha visto com uma expressão tão derrotada.

– Quero acreditar em você – disse ele.

Então, em um lindo sábado de maio, Jonathan recebeu seu diploma. No dia seguinte, embarcou em um avião para Nova York, para dormir no sofá de um amigo enquanto começava em seu novo trabalho e procurava um lugar para morarmos. Ninguém leu meu nome em voz alta no dia da formatura. Teria de repetir o semestre para concluir a formação universitária. Janice me contou depois que havia falado com Jonathan após a cerimônia.

– Convidei-o e também a mãe dele para jantarem com minha família, mas ele recusou educadamente.

– Como ele estava? – perguntei.

– Não tão feliz quanto deveria estar.

Maio virou junho e depois julho. Eu poderia até ter decidido viver, mas minha mãe ficava cada vez mais frustrada comigo porque eu continuava dormindo demais.

– Você não pode ficar deitada nesta cama e deixar a vida passar por você – ela berrou.

– O que, esta vida? – berrei em resposta, apontando as quatro paredes. – Uma vida dentro deste quarto é a única vida para a qual estou equipada – apontei para a porta, as janelas. – Odeio tudo lá fora. Tudo lá fora é uma merda! Sabe por quê? Porque você nunca me disse o que esperar. Nunca me ajudou a desenvolver nenhuma habilidade de enfrentamento. Você só... só me deixou ficar nesta casa brincando de escola, isolada de todo o resto, e depois me mandou para a faculdade, completamente despreparada. Janice é a única pessoa que me ensinou alguma coisa sobre a vida real.

E Jonathan, uma vozinha soou dentro da minha cabeça.

– Não tive escolha. Não podia deixá-la ficar naquela escola, deixar aquelas vadias atormentá-la ou machucá-la de novo. Sétima série! – ela gritou. – Como as crianças podem ser tão cruéis em uma idade tão tenra? Precisei tirá-la de lá, mantê-la aqui comigo, onde sabia que estaria em segurança – minha mãe nunca tinha falado comigo usando esse tipo de linguajar antes, e ela estava errada, porque aquelas meninas eram piores do que vadias. Eram malignas.

Ela se sentou na beirada da minha cama.

— Seu pai me contou sobre o *bullying* e o abuso que sofreu quando era criança, e como ninguém fez nada a respeito porque meninos eram fortes e esperava-se que resistissem diante de uma situação difícil. Jurei que nunca deixaria isso acontecer com você. Um dia, quando tiver os seus filhos, você entenderá.

— Se é que vou poder tê-los — falei.

— Você ainda tem uma das tubas uterinas. Você os terá, se quiser tê-los — ela enxugou o canto do olho. — Comecei a prepará-la para a vida fora dessas quatro paredes desde o dia em que nasceu. Fiz o que achava ser certo e fiz até não poder mais, porque *não havia* mais. Você estava pronta e a única maneira de ajudá-la era mandá-la para o mundo lá fora. Acha que eu não fiquei com medo? Acha que eu queria colocar seu bem-estar nas mãos de uma garota de 18 anos? Alguém que no fundo era uma estranha para nós duas?

Não fazia ideia do que minha mãe estava falando.

— O que quer dizer?

— Eu liguei para a mãe de Janice um dia depois de recebermos a designação de colega de quarto da universidade. Minha mão tremia enquanto eu segurava o telefone, porque não sabia como ela responderia ao que estava prestes a lhe pedir. Só queria outro par de olhos vigiando-a. Era pedir demais a Janice, e queria ter certeza de que a mãe dela não se importava. Ela concordou, assim como Janice. Liguei para o seu dormitório depois que você nos pediu que a buscássemos naquele dia, após três semanas do seu primeiro ano, quando queria largar a faculdade. Felizmente, Janice atendeu ao telefone.

Lembrei-me daquele dia. O telefone tocando e Janice levando-o para o corredor. Depois, convidando-me para ir ao grêmio estudantil para tomar uma limonada. A descoberta do clube de xadrez.

— E, antes que comece a pensar que ela só era sua amiga porque pedi a ela que fosse, quero que saiba que Janice a ama como a irmã que ela nunca teve. Eu me lembro de que no fim do primeiro ano, quando liguei para ver se ela poderia considerar dividir o dormitório com você de novo, ela me falou: "Linda, não consigo me imaginar morando com mais ninguém. Annika é uma verdadeira amiga". Disse-me várias vezes quanto ela se importa com você e o que sua amizade significa para ela.

Agora minha mãe e eu enxugávamos os olhos. O nível de gratidão que sentia por Janice, pelo que havia feito para que eu suportasse a faculdade, era imensurável.

— Você tem dons maravilhosos para oferecer às pessoas, Annika. É sincera e leal. Nem todo mundo vai apreciar isso, e há pessoas que não vão gostar de você, claro. A vida não é fácil para ninguém. Todos nós temos desafios. Todos enfrentamos adversidades. É como as superamos que nos torna quem somos.

Ainda era jovem demais, egoísta demais, oprimida demais pelo trauma de perder o bebê e pela batalha diária de lutar para retornar à luz, para entender que minha mãe havia me dado o maior presente que progenitores poderiam dar ao filho. Mas anos mais tarde eu reconheceria e apreciaria o fato de que tudo o que minha mãe esperara só se havia concretizado *porque* ela tinha me expulsado do ninho, e isso havia funcionado em grande parte, apesar de alguns tropeços ao longo do percurso.

— Você sempre terá de fazer coisas que não quer fazer, e elas serão mais difíceis para você do que são para o seu irmão, ou Janice, ou Jonathan, ou para mim. Mas acredito de verdade que sempre haverá pessoas em sua vida que vão ajudá-la. Que vão amá-la do jeito que você é.

Foi só depois que ela saiu do quarto que percebi que ela não havia incluído meu pai naquela lista.

31

Annika

UNIVERSIDADE DE ILLINOIS EM URBANA-CHAMPAIGN
1992

Voltei ao *campus* da Universidade de Illinois para o semestre de outono, em agosto de 1992. Aluguei um apartamento menor do que aquele em que Janice e eu morávamos, mas no mesmo complexo. Jonathan foi a primeira pessoa a deixar uma mensagem na minha nova secretária eletrônica.

– Oi, sou eu. Espero que já esteja totalmente instalada. Tenho boas notícias. Encontrei um apartamento para nós. É um pardieiro, Annika. Não vou mentir. Mas eu lhe disse que provavelmente seria. Bom, pelo menos não teremos que compartilhar o sofá do meu amigo, então tem isso de bom. Quando chegar aqui, podemos arrumar o lugar juntos. De qualquer forma, não tenho muito tempo para fazer isso agora. Parece uma competição para ver quem consegue ser o primeiro a chegar aqui de manhã e o último a sair à noite. Fins de semana também. Tenho certeza de que nem sempre será desse jeito. Ligue para mim quando puder. Sinto tanto a sua falta... Amo você.

Olhei para o relógio e liguei de volta, mesmo sabendo que havia uma grande chance de ele não estar em casa.

– Oi, é a Annika. Já me mudei. O apartamento é legal. Parece bastante com o meu antigo. Fico feliz que tenha encontrado um lugar e não precise mais dormir no sofá. Também sinto sua falta. Amo você, Jonathan.

Ele ainda fazia planos para que me juntasse a ele, mas eu não podia pensar no futuro. Recuperar-me no presente consumia todas as minhas forças, e me mudar para Nova York significaria recomeçar mais uma vez. Mesmo que Jonathan estivesse ao meu lado para ajudar, o mero fato de pensar nisso já me esgotava. Só podia tratar do aqui e agora, e teria de me preocupar com o restante depois.

Estava saindo da sala de aula algumas semanas depois, quando vi Tim, um dos membros do clube de xadrez. Era tarde demais para dar meia-volta ou fingir que não o tinha visto – manobras às quais recorria para evitar as pessoas com quem não queria conversar.

– Oi, Annika – disse ele. – Pensei que tivesse se formado.

– Tenho algumas matérias pendentes.

– Parece que você sumiu da face da terra na primavera passada.

– Tive uns problemas de saúde – respondi, esperando que ele não perguntasse os detalhes. – Estou bem agora.

– Que bom. Fico feliz em ouvir isso – ele ajeitou a mochila sobre o ombro. – Bom, estou atrasado para a aula, mas espero vê-la no grêmio estudantil no domingo para o clube de xadrez. Você perdeu as duas primeiras reuniões. Precisamos de você.

– Tudo bem – falei. – Vejo você lá.

Mas não voltei para o clube de xadrez, e desta vez não havia ninguém por perto para me convencer a fazê-lo.

Certo dia, em outubro, voltei da biblioteca e descobri que havia algo errado com a fechadura da porta do meu apartamento. Quando inseri a minha chave, a tranca não emitiu o mesmo som que fazia antes. Ou será que tinha feito? Permaneci no corredor, revirando a pergunta várias vezes na mente enquanto trancava e destrancava a porta, os ouvidos atentos ao clique que nunca aconteceu. Não importava para que lado eu girasse a chave, a porta sempre se abria com facilidade.

Quando o sol se pôs naquela noite, a escuridão que preencheu meu apartamento aderiu em mim como uma trevosa película de ansiedade. Enfiei uma cadeira sob a maçaneta da porta da frente e na que levava ao meu quarto. Cochilei de maneira intermitente, com as luzes acesas, enterrada sob as cobertas como um animal em sua toca. Todo barulho parecia o de um intruso entrando sorrateiramente no apartamento.

Todos os dias daquela semana, quando eu saía do apartamento, mexia na fechadura, esperando ouvir o som do trinco encaixando no lugar. E, a cada dia que não ouvia, meu medo aumentava. Parei de abrir as cortinas pela manhã porque o pôr do sol e a inquietação que o acompanhava me enervavam a ponto de ser melhor mantê-las fechadas o tempo todo.

Não que eu não soubesse o que fazer, mas não sabia *como* fazer isso acontecer, e fiquei paralisada demais para perguntar a alguém. Janice sempre havia cuidado desse tipo de coisa. Certa vez, quando voltou para casa no fim de semana, descobriu que o aquecimento tinha parado de funcionar. Ela me encontrou debaixo dos cobertores na minha cama, vestindo três suéteres, minha touca de lã e um par de luvas sem dedos. As pontas dos meus dedos estavam geladas, mas achei difícil virar as páginas do livro com as luvas, por isso não tive escolha.

– Está onze graus no nosso apartamento!

– Por que está gritando comigo?

– Porque está onze graus no nosso apartamento.

– Você já disse isso.

– Já volto – disse ela. Quando retornou, falou que o zelador havia ligado para a empresa de reparos de caldeiras e, quando acordamos na manhã seguinte, o apartamento estava com a temperatura agradável de 22 graus. Nunca perguntei a ela o que havia feito para que aquilo acontecesse, porque, tão logo foi resolvido, esqueci o assunto.

Respirei fundo várias vezes e desci as escadas até o escritório do administrador, perto da entrada do prédio. E se eu não conseguisse explicar o problema da maneira correta? E se ele me dissesse que não havia nada errado com a fechadura e que eu era burra demais para saber como virar uma chave?

Havia uma inquilina à minha frente na fila, uma jovem que eu havia visto no corredor algumas vezes.

– Preciso solicitar um serviço de manutenção – disse ela. – A torneira da cozinha está vazando.

– Claro – disse o homem. – Basta preencher isto aqui – ele lhe entregou um formulário e ela rabiscou algo nele e o devolveu. Ele relanceou a vista sobre o papel e disse que alguém iria lá mais tarde naquele mesmo dia para dar uma olhada.

– Preciso solicitar um serviço de manutenção também – falei, as palavras se derramando numa pressa pouco coerente quando me aproximei da mesa.

Ele me entregou o mesmo formulário que entregara à jovem, e escrevi meu nome e o número do apartamento.

– Há algo errado com a fechadura da minha porta.

– Basta anotar isso na solicitação de serviço e resolveremos o problema imediatamente. Questões de segurança sempre têm prioridade.

Escrevi "tranca de porta quebrada" e lhe entreguei o formulário. Poucas horas depois, eu tinha uma fechadura totalmente funcional e muita paz. *Não foi nada difícil*, pensei, recriminando-me por agir de forma tão impotente em vez de enfrentar o problema de frente.

Na manhã seguinte, abri todas as cortinas e deixei o sol inundar o apartamento de luz.

A epifania de que o mundo estava cheio de pessoas que eu poderia imitar da forma como havia feito com Janice e Jonathan me deu uma esperança renovada. Depois que abri os olhos, percebi que tudo estava bem na minha cara: observar a pessoa à minha frente na fila comprando seu café. Prestar atenção na maneira como as pessoas estavam vestidas, para que nunca fosse pega de surpresa por mudanças no clima. Ouvir como as outras pessoas respondiam antes de imitar as respostas e os padrões de fala, a linguagem corporal e o comportamento delas. A vigilância constante e a intensa ansiedade proveniente do pensamento de que estragaria tudo me exauriam, mas eu perseverei.

Como estava sempre olhando, sempre observando, vi coisas que não queria ver. Alunas rindo e conversando a caminho da aula ou compartilhando uma refeição em um restaurante do jeito que Janice e eu costumávamos fazer. Casais andando de mãos dadas, parando para trocar um beijo antes de seguirem caminhos separados. Em um gramado, um jovem carregando nas costas uma garota, enquanto ela ria e aconchegava o rosto no pescoço dele. O cara de uma das minhas aulas que sempre dava um beijo carinhoso na testa da namorada antes de se separarem. *Eu costumava ter isso*, pensava. A dor do vazio que sentia devido à ausência de Jonathan fazia o meu lábio tremer, e piscava para conter as lágrimas.

Fazia listas intermináveis para me lembrar do que precisava fazer todos os dias. Eram coisas que Janice costumava fazer, na ordem em que sempre as fazia, e cujo exemplo, quando morávamos juntas, eu seguia. Como Janice não estava mais lá, conferia cada item da minha lista: depositar o cheque do aluguel na fenda da caixa de metal instalada do lado de fora do escritório de locação. Pagar as despesas básicas. Comprar mantimentos. Colocar o lixo para fora. Nas noites de domingo, eu enfileirava uma semana de canecas contendo um único saquinho de chá. Colocava colheres em tigelas de cereal e as empilhava em sete, tirando uma do topo todas as manhãs antes de despejar o cereal e adicionar leite. As segundas-feiras eram reservadas para lavagem de roupas. As quartas-feiras, para a limpeza. Com o tempo, aprendi a amar viver sozinha. Estava sempre silencioso. Minha rotina estava consolidada, e nada a interrompia.

Embora eu tivesse a maioria das coisas sob controle, a falta de companhia me enfurecia. Com Janice, eu podia falar pelo telefone, mas as ligações de Jonathan eram uma história bem diferente. Sempre retornava as ligações dele, mas agora eu me via fazendo isso quando sabia que ele não estaria lá. Com o tempo, passamos a nos comunicar mais com as secretárias eletrônicas do que um com o outro. Na época, disse a mim mesma que não queria interferir na vida dele e fazia isso em seu benefício, mas era mais uma mentira. Não que ainda tivesse medo de atravancar o progresso de Jonathan; a questão era do que eu precisava para eu mesma seguir progredindo.

Certa noite, o leite que eu havia retirado da geladeira para colocar no cereal que decidira comer como jantar estava com um cheiro azedo, porque, embora "comprar leite" constasse com clareza na lista de compras que eu levara para o mercado comigo no dia anterior, às vezes ainda assim me esquecia de comprá-lo. O sol havia se posto e eu não queria sair, mas o cereal já estava na tigela, então, vesti meu casaco e fui.

No caminho de casa até o mercado da esquina, passei por um homem que bebericava alguma coisa de uma garrafa que tirara do bolso de sua jaqueta jeans suja. Ele parecia mais velho que eu, talvez um funcionário de um dos bares próximos. Ele levantou a garrafa para mim e começou a caminhar em minha direção.

– Venha beber comigo, belezura – disse ele.

Apertei o passo, desesperada para colocar mais distância entre nós, mas isso apenas pareceu encorajá-lo ainda mais.

– Vamos lá, eu não mordo – ele gritou. – A menos que você goste desse tipo de coisa – sua voz soava mais próxima agora.

Eu usava um apito preso a uma corrente em volta do pescoço e, quando os passos ficaram mais altos, tirei-o de dentro da blusa e coloquei-o na boca. Era prateado, bonito, brilhante. Quase como um colar, embora nunca o usasse do lado de fora da roupa.

Senti um puxão na minha manga e, embora fosse suave, eu me virei, a explosão estridente do apito ressoando pela calçada antes silenciosa. Soprei o mais forte que pude, dando um passo em direção ao homem, detendo-me apenas para respirar fundo e poder assoprar mais uma vez. Observadores e transeuntes pararam o que faziam e alguns deles começaram a se aproximar. Mas não era o homem da garrafa. O homem que puxara minha manga não parecia mais velho que eu; ele levantou as mãos e gritou:

– Ei, desculpe! Pensei que você fosse outra pessoa.

– Não devia chegar de fininho assim por trás das pessoas! É muito grosseiro.

– Jesus Cristo, relaxe – ele deu meia-volta e se afastou como se estivesse enfurecido. Comigo! Olhei em volta e coloquei com calma meu apito por dentro da blusa. Depois, fui para casa e comi meu cereal.

Você pode achar que o apito tenha sido coisa de Janice, mas na verdade a ideia partiu da minha mãe. Foi a última coisa que ela me deu antes de ela e meu pai voltarem para o carro e irem para casa, depois de me ajudarem a fazer a mudança para o meu apartamento.

– Você deve se manifestar se acontecer algo que a assuste ou a coloque em perigo – disse ela. – Se não puder, deixe que isto seja a sua voz.

– Não quero esse negócio aí – falei, empurrando o apito da mão dela. Por que minha mãe insistia em me assustar daquele jeito? Dar-me um apito só enchia minha cabeça com um turbilhão de pensamentos de perigo à espreita em cada esquina, confirmando que o mundo era um lugar inseguro para pessoas como eu navegarem sozinhas. *Desta vez, Janice não estará lá para tomar conta de você, Annika. Então, tome, use um apito.*

– Pegue – disse ela, deslizando a corrente sobre minha cabeça. – Algum dia você pode precisar dele e ficará grata por tê-lo.

Minha mãe, como sempre, estava certa.

Jonathan deixou uma mensagem final na minha secretária eletrônica pouco antes do Natal. Adiei minha mudança para Nova York indefinidamente ao me matricular na pós-graduação. Sentia-me enfim no controle da minha vida e provei que poderia viver de forma independente. Partir naquele momento iria atrapalhar a rotina que me trazia tanta tranquilidade, balançar o barco que eu havia trabalhado tanto para estabilizar.

– Só preciso de mais tempo – falei na secretária eletrônica. – Acho que devo concluir os estudos antes de me mudar para qualquer lugar que seja.

Agora, ouvia a mensagem que ele havia deixado para mim, com lágrimas escorrendo pelas bochechas. Não deveria ter sido surpresa; até eu sabia que ele não esperaria para sempre.

Embora meu coração parecesse se partir em dois, não me arrependi da decisão. Mas paguei um preço alto pela minha independência; perder Jonathan foi mais difícil do que perder qualquer outra coisa que veio antes dele – combinadas.

32

Annika

UNIVERSIDADE DE ILLINOIS EM URBANA-CHAMPAIGN
1992

Will apareceu no meu apartamento para me levar para casa no Natal. Eu esperava meus pais, mas, quando abri a porta, dei de cara com meu irmão em vez deles.

– O que está fazendo aqui?

– Boas festas para você também, mana.

– Mamãe disse que ela e papai estavam vindo.

– Sim, pois é. Mamãe está ocupada cozinhando e papai está ocupado... sendo o papai. As estradas estão uma merda e eu estava entediado, então me ofereci.

– Você nunca vem pra casa assim tão cedo.

– Obviamente, neste ano eu vim.

Will pegou minha mala, eu tranquei o apartamento e o segui até o carro.

– Jonathan vai se juntar a nós no recesso? – Will perguntou quando pegou a estrada repleta de neve.

— Não. Terminamos — nunca havia dito isso em voz alta. Agora que dissera, significava que era real e foi muito dolorido. Reproduzi a última mensagem de Jonathan de novo na cabeça. *Definitivamente, terminamos.* — A propósito, caso esteja se perguntando, não porque não consegui segurar Jonathan. Foi por decidir deixá-lo livre.

Will nunca tinha conseguido chegar em casa a tempo de montar a árvore. Éramos meu pai e eu que geralmente a cortávamos e arrastávamos até o carro, mas o frio estava cruel e Will disse aos nossos pais para permanecerem em casa.

— Annika e eu daremos conta do recado.

Fomos à mesma fazenda de árvores em que compramos nossas árvores toda a minha vida e caminhamos por entre as fileiras até encontrar a árvore perfeita, um abeto de Canaã de mais de dois metros de altura. Esperei com paciência enquanto Will a cortava.

— Fui demitido — disse ele, enquanto observávamos a árvore cair.

— Oh.

— Não quer saber por quê?

Parecia uma pergunta capciosa.

— *Quer* que eu saiba por quê? — cada um pegou uma das extremidades da árvore e seguimos em direção ao estacionamento.

— Cometi um erro. Um erro feio. Custou muita grana à empresa. Não contei para a mamãe e o papai. Só disse que tinha me demitido porque não gostava do emprego.

Não comentei nada. Estava frio o suficiente para vermos nossa respiração enquanto ofegávamos e arrastávamos a pesada árvore pela neve.

— Tem alguma opinião sobre isso?

– Eu cometo erros o tempo todo, Will. Tenho cometido erros continuamente durante toda a minha vida.

– Sim, bem, quando você os comete em bancos de investimento, é um negócio sério – ele largou sua extremidade da árvore. Não podia carregá-la sem a ajuda dele, por isso soltei a minha também.

– Não tomei minhas pílulas anticoncepcionais como deveria e fiquei grávida.

– Sei disso. Achou que mamãe e papai não me contariam? Eles disseram que você poderia ter morrido. Fiquei preocupado com você.

– Você nunca me disse que ficou preocupado. Não me ligou. Nem veio para casa me visitar.

– Não. Não fiz nada disso e deveria ter feito. Sinto muito.

– Então, o que vai fazer agora? Desistir? – perguntei.

– O quê? Não. O que quer dizer com isso?

Peguei minha extremidade da árvore de novo.

– Significa apenas que a vida continua.

Depois que chegamos em casa, decoramos a árvore. Will não havia gostado da forma como papai e eu fizéramos no ano anterior e me convenceu a fazer do jeito antigo e sem graça.

– Não é muito criativo assim, mas tanto faz – era uma boa maneira de passar a tarde, mesmo assim. Eu gostava de pendurar os enfeites brilhantes, sentir a emoção de ligar na tomada um fio de luzes e testemunhar a explosão de cores resultante. Minha mãe aparecia a todo minuto oferecendo-se para jogar outro pedaço de lenha no fogo crepitante da lareira; para trazer chocolate quente; ou para perguntar se gostaríamos que ela colocasse alguma música natalina. Disse sim ao chocolate quente, mas não à música.

– Mamãe está tão feliz... – comentou Will.

– Como você sabe?

– Está brincando?

– Não – puxei uma cadeira para perto da árvore a fim de poder colocar o anjo no topo. – Mamãe não está feliz o tempo todo?

– Ninguém está feliz o tempo todo.

Quando terminamos de decorar a árvore, Will sentou-se ao meu lado no sofá. Cobri meu colo com o velho cobertor de lã que minha mãe sempre mantinha dobrado sobre as costas do sofá no inverno. Will equilibrou um prato de papel com biscoitos de Natal no joelho e abriu uma cerveja. Deu uma mordida no biscoito e bebericou a bebida, e meu estômago revirou.

– Parece nojento.

– Não julgue antes de experimentar. Tem mais cerveja na geladeira – ele me ofereceu o prato de biscoitos e eu peguei um.

– Só gosto de *coolers* de vinho – falei com a boca cheia de glacê. – De preferência, de cereja.

– Eu vi uma garrafa de vinho de pêssego na geladeira. Que me pareceu... horrível. Mas quem sabe você não goste? – Will se levantou e foi até a cozinha. Quando voltou, segurava uma taça de vinho cheia de um líquido âmbar.

Cheirei e era bom. Pêssego, com certeza. O primeiro gole desceu um pouco áspero, mas, quanto mais eu bebia, mais passava a gostar do sabor.

– Dê-me um pouco desse cobertor – pediu Will. Empurrei-o para ele, e Will o abriu um pouco mais para que cobrisse nós dois.

– O que você comprou de presente de Natal para mamãe e papai? – ele perguntou.

– Comprei um livro para o papai e alguns panos de prato para a mamãe.

– Não foi isso que comprou para os dois no ano passado?

Como Will se lembrava de algo assim? Eu tivera de quebrar a cabeça para me lembrar o que havia comprado a eles no ano anterior, quando tentava pensar em alguma coisa para lhes dar naquele ano.

– Sim, mas é uma escolha segura. Ambos pareceram gostar dos presentes no ano passado – na verdade, eu estava um pouco preocupada com isso e teria de pensar em algo diferente no ano seguinte. Os mesmos presentes durante três anos seguidos não seria forçar um pouco a barra?

– Deveria contar a Janice sobre este vinho.

Will bebeu o restinho de sua cerveja e entreguei-lhe minha taça vazia.

– Parece que alguém precisa de mais uma taça – disse ele.

Fizemos todas as coisas tipicamente natalinas nos dias que antecederam o feriado. Will tinha razão, porque minha mãe parecia mesmo feliz. Estava sempre sorrindo ou cantarolando e continuava entrando na sala sempre que Will e eu estávamos lá. Ficava parada em pé na porta, apenas *olhando* para nós, e Will ria e dizia:

– Mãe, pare com isso.

Nós quatro assistimos *A Felicidade não se Compra*, e foi difícil para mim ver George Bailey naquela ponte. Mas estava cercada pela minha família e, pela primeira vez, senti como se estivéssemos realmente todos juntos.

Quando o recesso terminou, Will se ofereceu para me levar de volta à faculdade.

– As estradas ainda não estão muito boas. Vou levar Annika – ele estava de bom humor, porque tinha uma entrevista com uma grande empresa em Nova York na próxima semana e voaria para casa no dia seguinte para se preparar. Ele me pediu para cruzar os dedos por ele e eu prometi que o faria, embora isso não tivesse nada a ver com ele de fato conseguir o emprego.

Minha mãe me apertou em seus braços.

– Este foi um Natal verdadeiramente maravilhoso. Tive tudo o que sempre desejei para este ano, Annika. Tudo.

Não sei por que havia me preocupado tanto, porque aqueles panos de prato deviam ter sido o presente perfeito, afinal.

– Por que tem sido tão legal comigo? – perguntei a Will no caminho de volta para o *campus*. Era tranquilizador não ter um relacionamento tão antagônico com meu irmão, mas não entendia como isso havia acontecido e queria que ele me explicasse.

– Talvez eu a entenda melhor agora. Não tenho certeza de se a entendia antes.

– Eu não entendo ninguém.

– Quero que saiba que estou aqui se precisar de mim, Annika. Um dia, quando mamãe e papai se forem, seremos apenas nós dois.

– Tudo bem, Will. Obrigada.

Não me lembrava de um dia ter abraçado meu irmão, mas, antes de Will partir, ele estendeu os braços e eu dei um passo em direção a eles, e seu abraço foi tão esmagador quanto o de minha mãe.

Dois anos depois, quando concluí meus estudos na Universidade de Illinois, obtive meus diplomas de bacharelado e mestrado. Comecei a procurar por um apartamento na cidade e fazer entrevistas para a carreira de bibliotecária, que almejava há tanto tempo.

Quando cruzei o *campus* pela última vez, mantive a cabeça erguida.

33

Jonathan

CHICAGO
AGOSTO DE 2001

Acordo enroscado em Annika na manhã seguinte ao jantar com Nate e Sherry. Abandonamos o sofá e nos mudamos para o conforto da cama de Annika para as rodadas dois e três, e desabamos de exaustão algumas horas depois. Ela ficará cansada por dias. Quando Annika enfim se levanta, ao meio-dia, tomamos banho juntos e, depois de fazer café e chá, voltamos para a cama.

    Annika me diz que sente muito por ter se esquecido de tomar as pílulas anticoncepcionais. Antes de a levarem às pressas para a cirurgia, ela não estava em condições de interpretar as expressões da equipe médica, e é improvável que tivesse entendido o que queriam dizer. Mas eu vi algo no rosto do médico quando expôs o quadro todo e explicou como a gravidez havia acontecido, e todos os outros na sala reconheceriam esse algo com facilidade: o pensamento de que você tem sua vida toda planejada e de uma hora para outra está aguardando impotente enquanto o universo ri na sua cara.

– Não há necessidade de pedir desculpas – digo. – Não somos o primeiro casal a ter um lapso desse tipo.

– Eu tenho o implante agora – ela levanta o braço e aponta para o local onde o médico inseriu as pequenas hastes sob a pele. – Fora de vista, longe da mente.

Tomo um gole do meu café.

– Éramos tão jovens. Eu tinha a ideia de vencermos na cidade juntos. De que acordaríamos lado a lado todos os dias em mais um apartamento horroroso. Mas não estava pensando no que seria melhor para você. Tudo em que conseguia me concentrar era no por que de você ter parado de me amar – eis a chance de remover a pedrinha do sapato de uma vez por todas.

– Eu estava em péssimas condições emocionais naquele verão depois que perdi o bebê. Pior do que aparentava para você. Estava em uma escuridão que me apavorava demais. Pensei que talvez o melhor fosse dormir e, se jamais acordasse, não precisaria mais me machucar e não machucaria mais ninguém.

Entendo o que ela está dizendo, e isso me emociona. Por uma fração de segundo, não consigo respirar enquanto o peso de suas palavras cai sobre mim. Parece que vou vomitar.

– Sinto muito pelo que você passou – digo.

– Nunca parei de amar você, mas não podia ir para Nova York. Tinha que provar a mim mesma que era capaz de terminar algo sozinha, sem você nem Janice.

Coloco minha xícara de café na mesa de cabeceira e estendo os braços para ela. Não confio em mim para falar, por isso, abraço-a com força e acaricio suas costas, pensando em como meus pensamentos eram egoístas, porque tudo o que desejava quando desembarquei em Nova York era que ela estivesse lá comigo.

– Você nunca desistiu de mim – diz Annika.

– Sim, desisti.

Quando conheci Liz em uma festa para novos funcionários, ela era tudo o que eu pensava que queria. A oradora da escola secundária de uma pequena cidade de Nebraska compartilhava comigo mais do que apenas as raízes do Meio-Oeste. Ela tinha empréstimos para estudantes a pagar e muita ambição, e fazia seu mestrado à noite. Passamos horas estudando juntos, prometendo a nós mesmos que, quando conquistássemos aqueles diplomas, não haveria nada que nos deteria. Enquanto isso, íamos avançando na empresa com cada vez mais afinco, trabalhando mais horas do que os colegas. Liz era tão inteligente quanto eu, e não era nada ruim que essa qualidade estivesse envolvida em uma bela embalagem. Ela sabia o que queria e tinha resposta para tudo. Com o tempo, eu acabaria considerando sua abordagem direta abrasiva, a confiança beirando a arrogância. Mas isso veio depois. Nos primeiros dias do nosso relacionamento, ela pensava que eu era alguém especial e, para mim, nossa ligação parecia um colete salva-vidas jogado do navio naufragado que era meu relacionamento com Annika. Eu o agarrei com as duas mãos.

Annika nunca iria se juntar a mim em Nova York. Sabia disso há muito tempo, mas, até conhecer Liz, ainda tinha esperança de que o fizesse. No início de dezembro, liguei para Annika, e a ligação caiu na secretária eletrônica de novo.

– Sou eu. Queria que soubesse que conheci alguém. Apenas pensei em lhe contar, caso pense que ainda pode vir. Adoraria falar com você, mas vou entender se não quiser. Tchau, Annika.

Nunca deixaria uma mensagem tão importante em uma gravação, mas ela raramente atendia ao telefone e, na última vez em que liguei, ela não retornara a ligação. Disse a mim mesmo que ser franco com ela tinha de valer alguma coisa.

Foi a última vez que disquei o número de Annika.

– Aquela mensagem me devastou. Queria ligar de volta e dizer que ainda o amava – diz ela. – Mas não consegui. Sabia o que tinha que fazer por mim mesma, mas não pensei em como minha decisão afetaria *você*. Não entendi que poderia magoá-lo com minhas ações até Tina me explicar.

– Tudo bem. Eu superei isso – parece quase tola agora a extensão do meu desgosto. As horas que passei ouvindo músicas que me lembravam Annika. Seu travesseiro, que viajara para Nova York comigo e no qual me deitava todas as noites, sentindo falta dela. Todas as garotas loiras do metrô se pareciam com ela.

– Liguei para você, mas foi anos depois, e quem respondeu disse que você não estava mais naquele número. Eu poderia ter rastreado seu novo número ligando para o serviço de informação, mas nem Tina poderia me ajudar a descobrir o que eu queria dizer, então, não o fiz. Concentrei-me no que havia conseguido até o momento: viver de forma independente e o trabalho na biblioteca, mas senti muito a sua falta. Quando o encontrei naquele dia no mercado, fiquei muito feliz em vê-lo de novo.

– Ver você foi como ver um fantasma. Não tinha certeza de que era você a princípio.

– Eu soube imediatamente que era você – diz ela. – E sou grata desde então.

34
Annika

CHICAGO
SETEMBRO DE 2001

Vou me encontrar com Tina hoje para falar sobre os resultados da minha avaliação. Segui o conselho de Jonathan sobre fazer o teste e, quando disse a Tina que decidira fazê-lo, ela me encaminhou a um neuropsicólogo chamado dr. Sorenson. Tina disse que o autismo é um transtorno do desenvolvimento e não uma doença mental, e o diagnóstico de transtorno do espectro autista é algo em que neuropsicólogos se especializam. Quando liguei para marcar minha consulta, soube que o teste levaria de quatro a cinco horas, mas que eles o dividiriam em duas sessões. Também me enviaram um questionário de várias páginas, que eu devia preencher com antecedência e levar para minha consulta.

 O escritório do dr. Sorenson não era nada parecido com o de Tina. Os móveis eram rígidos, a iluminação era forte e havia muito cromo e vidro. Sempre que vislumbrava meu reflexo nas superfícies brilhantes eu me assustava, perguntando-me quem era aquela outra mulher. Por fim, concentrei-me em olhar apenas para as minhas mãos dobradas no colo, e tentei não mexer as pontas dos dedos.

Os testes foram cansativos e me esgotaram, mas depois me senti bem. Como se finalmente tivesse enfrentado um problema que me atormentara a vida toda. Quando especulei sobre os resultados da avaliação, meu nervosismo retornou. E se os medos que compartilhara com Jonathan estivessem prestes a se tornar realidade? E se não houvesse nada de errado comigo e eu fosse apenas uma garota estranha cujos algozes na infância estivessem corretos?

Quando voltei para minha consulta de acompanhamento para ouvir o diagnóstico, o dr. Sorenson sentou-se a sua mesa e abriu uma pasta.

– O teste mostra que você se encaixa nos critérios de alguém que tem transtorno do espectro autista. Você tem um desempenho muito alto e provavelmente emprega várias estratégias de enfrentamento e soluções alternativas, mas há algumas coisas que podemos fazer para facilitar o gerenciamento de sua vida cotidiana. Acredito que também esteja sofrendo de um transtorno de ansiedade generalizada e que isso venha causando mais dificuldade para você do que estar no espectro.

– Também tenho um transtorno de ansiedade?

– Eles costumam andar de mãos dadas. O que quero dizer é que você não precisa passar pela vida se sentindo assim.

O que aprendi naquele dia no consultório do dr. Sorenson me fez sentir em paz. Esperançosa. Sabia há muito tempo que meu cérebro funcionava de maneira diferente, mas ouvir a confirmação disso proporcionou-me imenso alívio.

Gostaria de ter buscado um diagnóstico oficial anos atrás. Se soubesse o que sei agora, talvez não tivesse passado tantos anos convencida de que havia algo terrivelmente errado comigo. Poderia ter desenvolvido habilidades de enfrentamento mais eficientes quando era bem mais jovem. Com o conhecimento adquirido no consultório do dr. Sorenson, poderia ter me destacado em vez de apenas ter conseguido me virar.

Com certeza, não teria passado tanta vergonha.

— O dr. Sorenson também prescreveu um medicamento contra ansiedade — digo a Tina depois de lhe contar tudo o que aprendi. — Ele disse que isso pode ajudar a acalmar a agitação no meu cérebro. Tornar meus pensamentos mais claros.

— E o medicamento tem ajudado? — Tina pergunta.

— Não o estou tomando há muito tempo e o médico disse que pode levar até um mês para que eu perceba todos os efeitos, mas já me sinto diferente. Mais calma — estava começando a não repensar tudo o que dizia e fazia. Sentia-me mais confiante em minhas interações com outras pessoas. Ou talvez não estivesse tão preocupada em dizer a coisa errada.

— Você compartilhou os resultados de sua avaliação com Jonathan?

— Sim. Contei tudo a ele e comentei como estava feliz por ele me encorajar a ir em frente com isso. Gostaria que minha mãe tivesse me levado para fazer essa avaliação quando eu era mais jovem.

— Sabendo o que sei sobre sua mãe, ela provavelmente tentou. Havia menos recursos e ainda menos consciência do transtorno do espectro naquela época. Acho que sua mãe fez o melhor que pôde para prepará-la para o mundo.

— Deveria ter feito a avaliação assim que comecei as consultas com você. Por que só consigo perceber isso agora?

— Porque rever as coisas a distância, em retrospecto, é algo maravilhosamente esclarecedor.

– Há uma mulher com quem trabalho na biblioteca. O nome dela é Stacy. As pessoas sorriem para ela em nossas reuniões de equipe e todos estão sempre entrando em seu escritório para conversar ou oferecer-lhe *cookies* caseiros. Tenho tentado fazer amizade com ela desde que começou a trabalhar na biblioteca, há alguns anos. Sempre tentei copiar o comportamento dos demais, mas nunca pareceu funcionar quando eu fazia o mesmo. Outro dia, quando estávamos na sala de descanso, senti-me tão mais calma que apenas disse oi enquanto esperava o micro-ondas aquecer a água para o meu chá.

– E depois, o que aconteceu?

– Ela disse oi. Depois me perguntou como estava sendo o meu dia, e eu respondi que estava indo bem. Então o micro-ondas apitou, eu peguei minha caneca e desejei a ela que tivesse um ótimo final de dia antes de sair.

Tina parece encantada com essa revelação.

– Como isso fez você se sentir?

– Não consigo descrever como me senti com outra palavra que não seja *natural*. No passado, teria interpretado mal seus sinais e começado a divagar. Então, me preocuparia com o que diria, o que me faria divagar ainda mais, piorando as coisas. Desta vez, não fiz isso. Alguns dias depois, Stacy e eu estávamos saindo ao mesmo tempo e ela segurou a porta para mim e me perguntou se eu tinha planos para o fim de semana. Disse a ela que faria alguma coisa com meu namorado, e ela me perguntou o nome dele e como nos conhecemos. Contei-lhe um pouco sobre Jonathan e como namoramos na faculdade. Ela achou muito romântico. Depois, antes de entrar no carro, ela disse: "Divirta-se com seu namorado", e eu respondi: "Divirta-se com seu namorado também!", porque é claro que eu tinha que meter os pés pelas mãos.

– O que há de errado no que você falou? – Tina pergunta.

– Stacy é *casada* – explico.

– Passou raspando – diz Tina, e então nós duas rimos, e ainda ríamos quando meu horário acabou.

35
Annika

CHICAGO
SETEMBRO DE 2001

– Você... não é muito boa nisso – diz Jonathan quando tento estacionar o carro ao longo da calçada e pego a guia.

– Desculpe! – digo.

– Tudo bem. Na verdade, não vai estragar o carro, a menos que bata em algo grande – o carro de Jonathan é melhor do que a caminhonete velha que ele costumava dirigir. É prata brilhante e, quando perguntei de que modelo era, ele disse que era um sedã. Jonathan não dirige com tanta frequência porque costuma pegar o metrô. Eu gosto do cheiro do carro por dentro: cheira a novo, embora Jonathan tenha dito que o comprou quando voltou de Nova York.

– Eu lhe disse que era uma péssima motorista. Se bem me lembro, essas foram minhas palavras exatas.

– Você não é tão ruim assim. Apenas não dirige com frequência.

Estamos visitando meus pais neste fim de semana, e Jonathan decidiu que a cidade de Downers Grove é o lugar perfeito para algumas aulas básicas de direção antes de enfrentarmos algo mais difícil. Não digo a ele que espero que ele desista antes de chegarmos a esse ponto. O tráfego de Chicago tem um efeito paralisante sobre mim; literalmente, não sou capaz de dirigir pelas ruas da cidade. E, tendo táxi, metrô e meus dois pés, não há necessidade, mas Jonathan acha que preciso ampliar um pouco meus horizontes.

– Annika, pare! – Jonathan bate com o pé no chão na frente dele, com força. Isso me assusta.

– Por que fez isso? – pergunto, parando tão de repente que meu cinto de segurança trava. Ah. Talvez porque o semáforo que ficou verde não foi o meu.

– Você não sabe quanto eu gostaria que houvesse um pedal de freio do meu lado.

Outros quinze minutos de partidas bruscas e paradas repentinas são tudo o que conseguimos, e Jonathan muda de lugar comigo. Relaxo de alívio e desabo no banco quando ele nos leva de volta para almoçar com meus pais.

Minha mãe e meu pai ficaram empolgados ao saber que Jonathan e eu havíamos reatado e ainda mais empolgados quando lhes disse que estávamos indo vê-los. Foi assim que toda essa história de aula de direção começou. Comentei com Jonathan que minha mãe e meu pai costumavam ir até Chicago para me buscar sempre que eu queria voltar para casa.

– É um trajeto de apenas meia hora – disse ele. – Por que não aluga um automóvel e dirige sozinha? Seria uma boa prática.

– Porque odeio dirigir. Encontrei um emprego e um apartamento no centro da cidade justamente para não precisar fazer isso.

– Não se trata de dirigir.

– Não? Trata-se do quê? – realmente, não sabia.

— Trata-se de fazer todos os dias uma coisa que assusta você. Não teve uma mulher famosa que disse isso? Acho que teve.

— Foi Eleanor Roosevelt, e você sabe disso. E eu não tenho medo.

— Ahã.

— Sei o que esse som significa.

— Então, sabe que haverá mais aulas de direção no futuro.

Jonathan quer que voltemos para casa às quatro, para que ele tenha tempo de se enfurnar no escritório por algumas horas. Ele disse alguma coisa esta manhã sobre Brad querer que ele pegue um voo na segunda-feira para uma apresentação, o que parece uma boa maneira de arruinar um domingo formidável. Despedimo-nos dos meus pais e voltamos para o carro. Fico exultante por Jonathan não sugerir que eu me sente atrás do volante.

— Por que não diz a Brad que não quer trabalhar aos domingos? — seria bom se ele e eu pudéssemos assistir a um filme ou fazer alguma outra atividade relaxante juntos quando chegarmos em casa.

— Ninguém admitiria isso ao chefe. Significaria que não estamos vestindo a camisa da empresa e que nossa vida pessoal é mais importante.

Enrugo a testa, confusa.

— E não é?

— É claro que sim, mas não podemos admitir.

— Não entendo mesmo isso e acho que não tem nada a ver com a maneira como meu cérebro funciona.

Jonathan ri.

— É da cultura corporativa. Ninguém precisa entender, desde que cumpramos as regras.

— Parece horrível.

– É assim que as coisas são.

– E se você decidisse que não quer mais fazer isso? O que mais poderia ser?

– Não sei. Nunca pensei nisso. O que você faria se decidisse que não quer mais trabalhar em uma biblioteca?

– Eu escreveria peças de teatro. O dia todo, só... – faço a mímica de digitar no teclado. – Mas não consigo me imaginar largando a biblioteca. Eu a amo demais.

– Você tem sorte – diz ele.

Dou de ombros.

– Só sei que não poderia passar minha vida fazendo algo que não me deixasse feliz.

36

Jonathan

CHICAGO
10 DE SETEMBRO DE 2001

– Isso não vai nos ajudar em nada – diz Brad depois que um membro novato da equipe faz uma sugestão que contradiz o que Brad propôs, mas que, de fato, nos ajudaria bastante. Nosso petulante chefe enfatiza sua declaração jogando uma pilha de relatórios sobre a mesa da sala de conferências, como uma criança que faz birra. Brad sofre de um caso muito sério de síndrome do impostor, e fica aterrorizado que alguém descubra que, na maioria das vezes, ele está falando um monte de besteiras. Mas ele é o que chamam de "bom diante de uma plateia", enérgico e vibrante, o que dissimula sua incompetência geral e o faz parecer mais esperto do que de fato é. Não me importo que as soluções que eu crio para esta equipe, por meio do meu trabalho árduo, sejam sempre apresentadas por esse linguarudo, fazendo-o parecer a superestrela que ele deseja ser.

Toda a equipe vai pegar o último voo para Nova York hoje à noite, para que possamos estar sentados em nossos lugares, em uma sala de conferências, às oito e meia da manhã do dia seguinte para fazer a apresentação e, ainda mais importante, deslumbrar nossos clientes. Infelizmente, não estamos preparados da maneira adequada, e é por isso que nosso intrépido líder está de péssimo humor. Durante o último intervalo de cinco minutos, esgueirei-me para meu escritório, fechei a porta e liguei para Annika.

– Não me espere hoje à noite. As coisas *não* estão indo bem e não há a menor condição de eu me encontrar com você para jantarmos. Sinto muito.

– Mas o que você vai comer? – é de partir o coração o fato de que o foco de Annika está em saber se vou me alimentar ou não.

– Não sei. Brad costuma encomendar o jantar, mas ele decidiu não pedir nada, porque não queria que a gente se distraísse com a comida. Do jeito que as coisas estão indo, posso lhe dizer neste exato momento que nenhum de nós vai sair daqui até que não tenhamos escolha, porque vai ter dado a hora de ir para o aeroporto. Vou comer alguma coisa por lá.

– Isso é um absurdo – diz Annika.

– Tudo bem – de fato, jantar é a última das minhas preocupações neste momento. Brad sugeriu várias vezes que minhas contribuições e meu desempenho em Nova York estarão diretamente ligados à probabilidade de eu ser nomeado diretor da divisão, um cargo que está apenas um passo abaixo de sua posição. Há três de nós disputando a vaga, e Brad exerce seu poder de decisão como o mais gigante dos tiranos. Muita reflexão em voz alta sobre nossos pontos fortes e fracos, mas com uma pitada de incerteza no ar para nos fazer pensar quem seria. Odeio bajulá-lo, mas quero esse cargo e ele sabe disso. Brad ficaria mais surpreso ainda se soubesse o que desejo *de verdade*, que é o cargo dele. Esse departamento floresceria sob a liderança de alguém que se importasse mais em tomar decisões inteligentes para a empresa do que garantir que todos soubessem quanto poder retém nas mãos.

Brad está a mil hoje à noite porque, enquanto estivermos em Nova York, ele vai participar de reuniões com seu chefe e está em pânico. Vai precisar caminhar com as próprias pernas, e tenho certeza de que está preocupado em ser capaz de tomar decisões sozinho, sem que o restante de nós esteja lá para lhe fornecer informações.

– Preciso desligar agora – digo a Annika depois de consultar meu relógio. Estou longe há cinco minutos e, se for o último a voltar para o meu lugar, é melhor ter um bom motivo, e conversar com a namorada por telefone não é uma opção aceitável. – Ligo para você do aeroporto.

– Tudo bem, tchau.

De certa forma, dou sorte, porque, quando volto para a sala de conferências, todos já estão sentados, mas Brad não está lá. Brian, que também está de olho na promoção, inclina-se e sussurra:

– Ouvi dizer que ele está ao telefone com a esposa. O filho está com conjuntivite ou algo assim.

Brad retorna para a sala cinco minutos depois, o rosto corado e um pouco perturbado. Estamos realmente em cima da hora com essa apresentação, e o resultado começa a transparecer em seu rosto. Durante a próxima hora, fornecemos suficientes opções viáveis e sólida pesquisa para que Brad consiga montar uma apresentação parcialmente decente. Recostamo-nos na cadeira. Empurramos o bloco de anotações para o centro da mesa.

Estamos todos um pouco desorientados e exauridos por ficarmos acordados até tarde e pela jornada de sete dias por semana. Quando vislumbro Annika do lado de fora das paredes de vidro da sala de conferências, olho duas vezes para ter certeza de que não estou tendo uma alucinação. Ela sorri e segura uma sacola do Dominick's. Ao me ver, acena com entusiasmo. Aceno de volta, mas, antes que eu possa pedir licença e interceptá-la no corredor, ela empurra a porta, abrindo-a. Cada um dos homens naquela mesa se vira para olhá-la, e, puxa, ela é uma bela visão para olhos cansados, com seu grande sorriso e seu rabo de cavalo balançando enquanto saltita sala adentro. Não tenho ideia de como ela conseguiu passar pela segurança e entrar no prédio, mas não me importo. A alegria quase infantil em seu rosto é a única coisa do dia que coloca um sorriso no meu.

Esposas e namoradas costumavam passar no escritório para dizer um oi, entregar um item esquecido em casa ou exibir um novo bebê. Mas raramente alguém já havia entrado na sala de conferências durante uma reunião. Elas saberiam que era algo que não se fazia. Mas não minha Annika. E há algo no fato de ela fazê-lo que me faz admirá-la ainda mais. Porque, sinceramente, quando começamos a levar as coisas tão a sério? Não são dez da manhã, afinal de contas. São seis horas da tarde e estamos trabalhando há dez horas seguidas! Mais do que isso, na verdade, porque todos nesta sala devem ter começado a trabalhar antes de deixar suas casas pela manhã. Não podemos parar de fingir por um momento e admitir que somos humanos? Que nem tudo que fazemos precisa ser feito para mostrar quanto damos duro todos os dias?

Alguns membros da equipe, esfomeados, haviam começado a atacar as máquinas de venda automática, e a mesa da sala de conferências está cheia de latas de Coca-Cola e embalagens de doces vazias, mas o que quer que esteja na sacola que Annika carrega tem um cheiro delicioso. Conheço bem essas pessoas e tenho trabalhado com várias delas há anos. A expressão de divertimento no rosto delas não tem nada de maldoso, porque sabem o que passei com Liz e porque não podem deixar de ver como o gesto de Annika é gentil – embora inoportuno.

Bem, Brad, pelo menos, posso garantir que viu.

– Oi – diz ele, e o tom de sua voz me deixa nervoso logo de cara. Sento-me ereto na cadeira. – Annita, não é?

Ele abre para ela um daqueles sorrisos falsos e condescendentes, e é nesse momento que meu sangue começa a ferver. Annika sorri em resposta, mas seu sorriso é sincero.

– Annika. Sem o "T". Todo mundo acha que é Annita, mas não é.

– Certo. Bem, Annika, estamos no meio de uma reunião aqui.

– Dá para ver – diz ela. – Mas tenho certeza de que Jonathan está com fome, já que não há comida, por isso trouxe o jantar para ele.

– Vamos fazer uma pausa, pessoal – diz Brad. A equipe empurra as cadeiras para trás, espreguiçando. A maioria começa a sair, embora os mais curiosos permaneçam. Annika se aproxima de mim e coloca a sacola em cima da mesa.

– É de presunto e queijo.

Empurro minha cadeira para trás e levanto para que possa beijá-la na bochecha. Antes que eu possa pegar sua mão e persuadi-la gentilmente a deixar a sala, Brad se aproxima e para ao nosso lado.

Annika está usando um vestido e, embora a linha do decote não seja baixa, há um vão na frente, porque está um pouco folgado nela. Quando ela se move, o tecido se move junto, e vislumbro seu sutiã e a parte superior de seus seios. A altura de Brad lhe possibilita olhar diretamente para aquele vão, e ele aproveita ao máximo, como se a interrupção de Annika de alguma forma lhe desse o direito – como se desse a *qualquer um* o direito – de fazer isso. Minha vontade é arrancar aquele olhar presunçoso do rosto dele à base de porradas.

— Jonathan, gostaria de vê-lo em meu escritório — diz Brad. Ele capricha no seu número "você está prestes a se encrencar", como se fosse o diretor do colégio e eu houvesse sido pego matando aula.

Levo Annika até o meu escritório.

— Eu meti você em uma encrenca, não foi? Só queria fazer algo legal.

— Annika, está tudo bem. Sério. Foi uma coisa fofa o que você fez, e vou devorar esse sanduíche.

Provavelmente não na frente de Brad, mas, ainda assim, vou devorá-lo.

— Você está bravo? Não sei dizer se está bravo ou não — ela parece muito preocupada.

Tomo as mãos dela nas minhas e as aperto.

— Não estou bravo — e não estou mesmo, pelo menos não com ela. Estou bravo principalmente comigo mesmo por me sujeitar a ficar pisando em ovos por causa de Brad e me preocupar mais com minha vida profissional do que com o que importa de verdade.

— Espere aqui.

Ela se senta na minha cadeira e me olha com tanto medo que eu lhe digo mais uma vez que está tudo bem e que volto em um minuto.

Entro no escritório de Brad. Ele está sentado em sua mesa, folheando alguns papéis. Fico parado lá como uma criança travessa esperando que ele se digne a olhar para mim.

— Por que não fecha a porta? — diz ele, sem levantar a vista.

Santo Deus. Ele vai partir para cima de mim com total babaquice manipuladora.

Quando enfim levanta o rosto, recosta-se na cadeira e fica girando uma caneta nos dedos de forma indolente.

— Estava aqui me perguntando se a sua... O que essa mulher é sua?

— Minha namorada — respondo, porque não posso mais negar que é o que quero que ela seja. Falo devagar e com clareza, como você faria se alguém fosse burro e quisesse ter certeza de que está entendendo. Também sei fazer seu jogo, Brad. Vejo pela sua expressão que ele não se importa com meu tom.

— Estava aqui me perguntando se a sua *namorada* vai transformar em hábito aparecer sem avisar enquanto você estiver no trabalho.

— Não sei. Não posso afirmar com certeza que ela nunca mais vai me trazer o jantar.

— Não estou bravo com a interrupção. Todos nós temos trabalhado por longas horas, e gosto de pensar em nós como uma família. Mas há um certo tipo de imagem que precisamos manter nesta empresa. Alguém que esteja em uma posição de diretor, como a que você pleiteia, pode vir a participar de muitos eventos sociais, geralmente acompanhado por sua cara-metade.

— O que está tentando dizer? — pergunto, mesmo já sabendo aonde ele quer chegar. Será que ele pode mesmo dizer aquilo? Tenho certeza de que o RH ficaria interessado nesta conversa. Não é?

— Estou apenas dizendo que há certos comportamentos que precisamos adotar em um ambiente de negócios.

Soltei uma risada curta, embora duvide de que Brad ache essa situação engraçada.

— Sim. Bem, então você deveria reconsiderar sua atitude de ficar olhando para o decote dela, porque com certeza este não é um comportamento apropriado para nenhuma situação.

Brad não sabe o que dizer. Estou em pleno direito de denunciá-lo, e ele sabe disso. Mas, como meu chefe, ceder para mim de alguma forma diminuiria um pouco do seu poder, e isso ele não pode permitir.

— Não estava olhando para o decote dela, Jon.

– Acho que teremos que concordar em discordar, *Brad*. Tenho certeza de que isso não acontecerá de novo.

Quase quero rir de novo, porque estou apenas cutucando a onça com vara curta, e nós dois estamos cientes disso. O problema é que Brad sabe que sou a melhor pessoa para a vaga. E colocar alguém como eu abaixo dele permitirá que sua carga de trabalho diminua, embora eu possa imaginar a quantidade de trabalho que ele vai jogar em cima de mim. Ele vai infernizar minha vida enquanto espero descobrir se consegui o cargo, mas tenho quase certeza de que ele me escolherá no final. Mas ele vai ficar me cozinhando em fogo brando, e com certeza me fará esperar até voltarmos de Nova York antes de fazer o anúncio, porque esse será meu castigo por esse desentendimento. Brad gira em sua cadeira de modo a ficar de costas para mim, ocupando-se com uma pilha de arquivos no aparador. Interpreto isso como minha deixa para sair.

Quando volto ao meu escritório, Annika não está lá.

✈ 37 ✈

Jonathan

CHICAGO
10 DE SETEMBRO DE 2001

Brad dispensou todo mundo há dez minutos. São quase sete horas e corro contra o tempo, porque preciso ir para o aeroporto pegar meu voo para Nova York, que parte às 8h52, mas estou em um táxi voando para o apartamento de Annika.

Ela aperta o botão do interfone para eu entrar no prédio e, quando abre a porta, os olhos brilhando com lágrimas que parecem a ponto de transbordar, uma nova onda de raiva em relação a Brad brota dentro de mim pelo que a situação causou a ela.

– Por que foi embora? – grito.

Ela se encolhe, porque gritar não é algo que eu costumo fazer, muito menos com ela.

– Você disse que não estava bravo, mas está!

– Eu posso lidar com Brad, mas estou chateado porque você foi embora. Sabe como isso faz eu me sentir? – ela não me responde, porque é claro que não sabe como me sinto, e não saberá, a menos que eu diga. – Como se eu fosse alguém por quem você ache que não vale a pena lutar. Você pode me dizer de uma centena de maneiras diferentes que eu sou importante para você. Mas preciso que me mostre. Preciso saber que está disposta a enfrentar qualquer merda que aparecer em nosso caminho. Você não pode fugir, não pode enterrar a cabeça na areia toda vez que uma situação a sobrecarregar. Não pode ir dormir e esperar que tudo tenha sido resolvido quando acordar. Não precisávamos reviver este relacionamento, mas eu quis, porque acho que vale a pena lutar por *você* e amo você do jeito que você é.

– Você me ama? – ela pergunta, como se não pudesse acreditar.

– Na verdade, nunca deixei de amá-la. Às vezes nem sei por que, mas foi assim. Você terá que aceitar que sou um homem crescido e posso lidar com meus problemas, sejam eles quais forem. Você precisa que eu lhe dê algumas coisas, e eu entendo. Mas também preciso que me dê outras. Preciso que me mostre que não vai desmoronar toda vez que se deparar com um pouco de adversidade. Preciso que me mostre que estamos juntos nessa.

Ela me olha diretamente nos olhos e diz:

– Eu também amo você, Jonathan. Sinto muito. Prometo que não vou fugir e me esconder quando as coisas ficarem difíceis.

Eu a puxo para mim e lhe dou um abraço apertado.

– Tenho que ir. Volto em dois dias e aí poderemos conversar mais – tenho a sensação de que, não importa o que aconteça nessa viagem, vou precisar muito do carinho dela quando voltar. Eu a beijo para valer e depois ganho o corredor.

Tenho sorte, porque meu motorista de táxi é doido e, quando digo que ele precisa me levar ao aeroporto em tempo recorde, ele mete o pé no acelerador e não diminui até chegarmos cantando os pneus no O'Hare.

Chego o mais em cima da hora possível e ainda espero pegar o avião. Passo pela segurança e chego ao portão de embarque com apenas alguns segundos de sobra, o que é bom, porque, se eu perdesse esse voo, Brad provavelmente me demitiria.

38

Annika

CHICAGO
11 DE SETEMBRO DE 2001

Na manhã seguinte, ligo para o trabalho para dizer que estou doente e que não vou, o que quase nunca faço, mas a situação que criei com Jonathan me deixou em tal estado que não consegui dormir. Estou com vergonha de mim mesma, porque ele está certo. Eu fujo das coisas. Eu me escondo. Sempre me escondi. Acredito que ele me ame e não queira que eu mude, mas isso não me impediu de ficar ali acordada remoendo o que fiz nem os problemas que lhe causei. A previsão para Chicago neste dia de setembro é de sol e temperatura amena, e meu chefe deve estar pensando que vou faltar no trabalho para aproveitar o clima maravilhoso, mas não é nada isso. Estou tão brava comigo mesma que não consigo deixar o assunto de lado. O humilhante incidente da noite anterior ficará sendo reproduzido em um *loop* infinito no meu cérebro.

Faço um chá e me arrasto de volta para a cama a fim de ligar para Janice, como sempre faço quando estrago tudo. Ela está preparando o café da manhã com Natalia agarrada nela, enganchada em seu quadril como um macaquinho, segundo Janice.

– Se quer saber minha opinião, esses homens de negócios levam tudo muito a sério – diz ela, depois de eu lhe contar toda a história embaraçosa. – Não me preocuparia com isso. Você fez uma coisa legal por Jonathan. Pelo amor de Deus, eles estão elaborando acordos, não descobrindo a cura do câncer ou buscando a paz mundial.

– Seu marido trabalha no distrito financeiro.

– Eu sei. É por isso que estou autorizada a fazer tal afirmação. Clay e eu rimos de algumas das coisas que ele ouve nessas salas de reunião. É de fazer revirar os olhos, com certeza. Mas eles têm que dançar conforme a música.

– Então você, melhor do que ninguém, pode entender por que isso é tão confuso para mim.

– Jonathan está tratando você como uma parceira em pé de igualdade, porque é assim que ele a enxerga. Não como quando ele a conheceu, talvez, o que ele admitiu. Agora ele pensa diferente. Então, comece a agir em pé de igualdade com ele.

– Uau, falou duro, mas para o meu bem.

– Você sabe que estou certa.

– Não deveria ter ido embora, mas fiquei com medo. Não quero estragar as coisas para ele.

– Ele já é bem crescidinho. Pode cuidar de si mesmo.

E de mim, penso. Porque sempre haverá alguém na minha vida encarregado de cuidar de mim.

Mas não tenho coragem de dizer isso em voz alta, nem mesmo para Janice, que com certeza entenderia.

Depois que desligamos, vou para a cozinha preparar outra xícara de chá. Quando está pronta, pego o gato que adotei recentemente e também batizei de Sr. Bojangles, em homenagem ao original, que morreu há alguns anos, e o coloco no colo. Ligo a TV. Matt Lauer e Katie Couric estão batendo papo no programa *Today*. Sentindo-me culpada por faltar no trabalho, digo a mim mesma que tirar um dia em nome da saúde mental é quase a mesma coisa que tirar um dia por causa de uma sinusite ou uma gastroenterite, pois essas são duas coisas que meus colegas de trabalho estão sempre alegando para justificar sua ausência. Matt interrompe Katie no meio de uma frase — algo está acontecendo no sul de Manhattan. Inclino-me um pouco para a frente, assistindo à transmissão com curiosidade e um mau pressentimento estranho. O gato pula do meu colo porque o estou esmagando com o corpo.

Alguém havia telefonado para o programa para relatar um forte som de explosão perto do World Trade Center, que é onde Jonathan mencionou que a equipe realizaria suas reuniões. Ele tem um celular sofisticado chamado BlackBerry, e acho que talvez eu deva telefonar para saber se ele ouviu. Mas, se interromper outra reunião, seu chefe vai realmente me odiar e talvez Jonathan não receba a promoção que vem esperando.

Matt e Katie estão perplexos. Parece que ninguém sabe o que está acontecendo lá, mas outro telespectador que liga acha que um avião de pequeno porte pode ter atingido o edifício. Pego o meu telefone sem fio e o coloco no colo. E daí se eu ligar para Jonathan? Janice está certa. Eles precisam parar de fazer tempestade em copo-d'água a respeito de tudo.

Então, Matt e Katie cortam para uma imagem do World Trade Center, e há um buraco no prédio e chamas estão saindo dele! Isso me deixa tão apavorada que, quando tento levar o telefone até a orelha, eu o deixo cair e ele quica no chão. Will trabalha em Wall Street, assim como Clay. Embora não saiba exatamente a proximidade deles do World Trade Center, receio por eles também.

Isto é ruim. Sei que é ruim, porque há um incêndio, e, quando há um incêndio, a primeira coisa a se fazer é sair. Uma das coisas que meus pais me forçaram a fazer quando comecei a morar sozinha foi elaborar um plano ordenando o que eu precisaria fazer em caso de emergência. Se houver um alerta de tornado, preciso ir para o aposento mais ao centro do meu apartamento, que é o banheiro. Se o alarme de fumaça disparar, preciso pegar qualquer animal de estimação que eu possa ter e sair de imediato. Não devo parar e ligar para o corpo de bombeiros, ou vestir um sutiã ou qualquer outra coisa idiota que provavelmente acharia que deveria fazer. Uma vez do lado de fora, aí sim posso ligar para o corpo de bombeiros, da casa de um vizinho.

Eu me atrapalho para pegar o aparelho e busco os números pré-programados que guardei na memória do telefone relativos a Jonathan: do escritório, de casa e do celular. Aperto o botão para chamar seu BlackBerry, mas ele toca, toca e por fim cai no correio de voz. Desligo e tento mais uma vez. Matt e Katie estão com uma mulher na linha e ela está dizendo que a aeronave era maior que um avião de pequeno porte, mas isso não parece possível, porque como um piloto não veria edifícios tão altos quanto o World Trade Center? Além disso, não sei em qual torre Jonathan está. Seja lá o que for que esteja acontecendo, parece que é na Torre Norte.

Ele finalmente – finalmente! – atende.

– Annika – a voz dele soa estranha, ofegante. Há muito barulho ao fundo, e mal consigo ouvi-lo.

– Em que torre você está? – berro no telefone.

– Na sul. Ouvimos um barulho muito forte de explosão há dez minutos. Brad foi ver se consegue descobrir o que está acontecendo.

– Jonathan, estou vendo na TV agora. Foi um avião.

– Tem certeza?

– Sim! Matt e Katie estão dizendo que um avião atingiu a Torre Norte. Há chamas saindo pela lateral do prédio.

– Foi o que a esposa de Tom falou. Ela disse que um pequeno avião que partiu do JFK pode ter saído da rota. Algum problema com o controle de tráfego aéreo ou algo assim. Estamos olhando pelas janelas, mas não conseguimos enxergar nada de onde estamos. Não tem TV nesta sala de conferências.

– Os prédios são muito próximos um do outro. Você precisa sair daí. Agora mesmo. Diga aos outros. Faça-os ir com você.

Jonathan grita para os colegas de trabalho.

– Ei! *Foi* um avião. Tem muito fogo. Vão, saiam. Peguem as escadas.

– Vá com eles – digo.

– O quê? – eu o ouço dizer para alguém ao fundo. – Brad acabou de voltar. Devemos ficar onde estamos porque pode haver destroços caindo lá fora. Estão trabalhando para conter o fogo. Ele disse que o informaram de que não estamos em perigo iminente de o incêndio se espalhar para este edifício.

Minha mente lógica não consegue consentir com a orientação que lhes foi passada de permanecerem onde estão, porque isso não faz o menor sentido. Brad não sabe o que eu sei, o que todos que estão assistindo à TV sabem, porque está se desenrolando ao vivo diante de nossos olhos. Este não é um incêndio que será contido.

– Jonathan, me escute. Pela primeira vez desde o dia em que me conheceu, sei que estou certa a respeito de alguma coisa. Apenas faça o que eu digo. Você pode ver como está a situação lá de baixo, depois de descer – tenho certeza de que ele acha que estou exagerando. Que interpretei o acontecimento da forma errada.

Mas sei que não.

Incêndio significa saia. Incêndio significa caia fora, desça.

– Tudo bem, nós iremos – ao fundo, os gritos aumentam ainda mais. Jonathan está dizendo a todos para saírem da sala, pegarem as escadas, dirigirem-se ao saguão, onde se reunirão para avaliar a situação. Ouço Brad dizendo-lhes para ficarem, e Jonathan dizendo para ele se foder. Isso me deixa feliz, porque *Jonathan acredita em mim.*

– Estamos indo para as escadas. Não consegui convencer todos a virem comigo. Alguns deles ficaram para trás. Brad não queria sair.

– Ok – eu digo. Estou com a respiração aceleradíssima enquanto tento ouvir o que Matt e Katie estão dizendo agora. O telefone de Jonathan está falhando e não consigo ouvir tudo o que ele diz. Busco na minha bolsa o celular que Jonathan comprou para mim, mas não tenho capacidade mental para lidar simultaneamente com outra ligação. Assim que souber que Jonathan chegou ao andar térreo, ligarei para Janice, Will, minha mãe.

Quem me dera ter mais telefones.

– Jonathan, onde você está agora? – eu grito, mas talvez ele não consiga me ouvir, porque não responde. – Jonathan, me diga qual é o andar!

Demoro alguns segundos para perceber que Jonathan não está respondendo porque algo interrompeu a ligação.

E sei exatamente o que é, porque Matt e Katie cortaram para uma imagem totalmente nova, e o que interrompeu a ligação foi outro avião, só que este acabou de atingir a Torre Sul – o prédio em que Jonathan está.

Agito as mãos tão freneticamente que mal consigo apertar os botões do telefone. Tento contatar minha mãe, mas recebo apenas um sinal de ocupado. Andando de um lado para o outro da sala, ligo de novo pelo que parece uma eternidade, mas na realidade leva menos de cinco minutos.

– Estava no telefone com seu irmão – diz ela, em vez de atender com uma saudação normal. – Ele está bem – embora eu esteja desesperadamente preocupada com Jonathan e com Clay, fico aliviada em saber que meu irmão está em segurança.

– Ok, que bom – digo. Estou ofegante e trêmula, porque há muita adrenalina fluindo através de mim, e meu corpo não sabe o que fazer com isso. – Mãe, Jonathan está em Nova York neste momento, e ele está na Torre Sul.

Um silêncio mortal acolhe minha notícia. Depois de um tempo, minha mãe diz:

– Annika – e posso ouvir que ela está chorando –, não vá a lugar nenhum. Estamos indo para a sua casa.

Permaneço colada à TV enquanto espero meus pais chegarem. Embora eu saiba que as linhas telefônicas estão congestionadas, ligo para o número de Jonathan a cada trinta segundos com meu telefone sem fio e para Janice com meu celular. Sinais de ocupado em ambos.

Quando meus pais chegam, meu pai está se movendo devagar e com aparente dificuldade. Esqueci-me por completo da cirurgia de substituição de quadril que ele fez algumas semanas atrás, porque, mesmo que não seja essa a minha intenção, às vezes sou uma filha horrível.

A cirurgia correu sem problemas.

Minha mãe está cuidando de todas as necessidades dele.

Sigo em frente.

Minha mãe tem a ideia de tentar contatar alguém no escritório de Jonathan em Chicago depois que ela ajuda meu pai a se instalar no sofá.

— Com certeza eles têm informações para os familiares — ela argumenta. Ela liga, mas de nada adianta. Estão tão perdidos quanto nós, e as informações que chegam de Nova York são prejudicadas pelo incêndio, pela aglomeração de veículos de emergência, pelas pessoas que deixam os edifícios aos montes. Tudo está acontecendo muito rápido, mas também existe uma lentidão angustiante.

Minha mãe faz chá, mas não consigo tomar. Quero andar de um lado para o outro, estalar os dedos, expulsando deles coisas imaginárias. Balançar para a frente e pra trás. Faço todas essas coisas, algumas delas ao mesmo tempo, mas nada disso ajuda.

Decido ligar para Will. Talvez ele possa ir ao World Trade Center e me dizer se Jonathan conseguiu sair do prédio.

A ligação não se completa e bato a mão no braço do sofá. Na TV, eles mostram coisas caindo das torres. Chove papel como em uma espécie de desfile macabro.

O calor tornou-se muito intenso, e as pessoas estão pulando das janelas e por um buraco na lateral do prédio. Algumas delas estão de mãos dadas. A saia de uma mulher ondula para cima enquanto seu corpo despenca em direção ao solo. Como podem mostrar isso na televisão?

Não consigo ver nenhuma imagem de pessoas saltando dos prédios. Pensar que Jonathan possa ser uma delas, a ideia de *alguém* escolher essa opção em preferência às outras, me reduz a uma massa histérica balançando para a frente e para trás, aos prantos, no chão da cozinha. Nada que minha mãe faça para tentar me consolar vai me acalmar, e a intensidade das minhas emoções me coloca em um estado quase catatônico.

Não estou preparada para isso.

Ninguém está preparado para isso.

Penso que não pode ficar pior do que pessoas pulando de prédios, mas estou muito equivocada, porque, às 9h59 da manhã, ao vivo na TV, a Torre Sul, na qual Jonathan estava, entra em colapso e desmorona. Vinte e nove minutos depois, a Torre Norte faz o mesmo.

39
Annika

CHICAGO
12 DE SETEMBRO DE 2001

Ficamos acordados a noite toda e, por volta das seis e meia da manhã, minha ligação para Will até que enfim se completa.

– Estou bem. Já falei com a mamãe e o papai. Não estava próximo das torres. Tentei ligar para você ontem, mas não consegui completar a ligação.

– Mamãe me contou. Ela e papai estão aqui comigo agora – minha voz falha e começo a soluçar.

– Annika, está tudo bem. Eu juro.

– Jonathan voou para Nova York na segunda à noite. Ele estava na Torre Sul para uma reunião. Falei com ele ontem e disse para ele sair do prédio. Estávamos no telefone quando o segundo avião apareceu. Não tenho notícias dele desde então.

– O quê? Meu Deus. Que merda.

– Você pode ir até lá? Pode procurá-lo?

– Annika, as torres *desabaram*. Mesmo que eu pudesse me aproximar delas, coisa que não posso, não tenho ideia do que faria. Está um pandemônio absoluto lá. Há fumaça e fogo e... a Guarda Nacional está aqui – ele para de falar quando começo a soluçar. – Sinto muito – ele grita, em uma tentativa de ser ouvido acima do barulho que estou fazendo.

    Entrego o telefone para a minha mãe e me sento no canto da sala de estar, com o Sr. Bojangles versão 2.0 no meu colo, e balanço para a frente e para trás. A realidade que estou enfrentando é demais para eu lidar, e, mesmo que tenha prometido a Jonathan que seria corajosa, que não iria fugir nem me esconder das coisas que me assustam, entro em fuga da mesma maneira que sempre faço quando as coisas dão errado.

    Fecho os olhos e deixo a escuridão do sono me engolir.

Quando acordo várias horas depois, ainda no chão, mas com um travesseiro embaixo da cabeça e um cobertor sobre mim, meu corpo parece pesado como chumbo. Luto para me sentar. Meu pai está dormindo no sofá, mas minha mãe está ao telefone. Ela olha para mim e a primeira coisa que noto é que sua expressão parece diferente. Não sei o que significa, mas ela sorri e, quando desliga, me dá a primeira notícia otimista que recebemos desde que os aviões atingiram as torres. Enquanto eu dormia, ela decidiu tentar mais uma vez o escritório de Jonathan em Chicago e me conta que alguém chamado Bradford Klein teve notícias.

    – É o chefe dele – esclareço.

    – Eles me disseram que todos que são subordinados diretos deveriam usar os BlackBerrys para se comunicar com o escritório de Chicago por e-mail.

    Meu telefone não faz isso, mas o BlackBerry de Jonathan pode fazer coisas que o telefone que ele me deu não é capaz de fazer. Não me importo com como estão fazendo isso, desde que disponibilizem um canal aberto de comunicação. Um sentimento de alegria absoluta surge em mim com tanta força, que bato palmas enquanto corro pela sala. Meu pai acorda sobressaltado.

— O quê? O que foi? O que aconteceu?

— São boas notícias — tranquiliza-o minha mãe. — Eles acham que Jonathan conseguiu sair.

— Ele *conseguiu* sair. Brad disse isso — começo a andar de um lado para o outro de novo, impaciente em busca de detalhes. — Onde ele está agora? Está ferido?

— Eles não puderam me dizer muita coisa. Apenas disseram que o nome dele está na lista de funcionários que conseguiram sair do edifício.

— Como podem não saber onde ele está?

— Ainda há muita incerteza — explica minha mãe. — Muitos dos sobreviventes saíram a pé e não estão mais na região, principalmente depois que as torres caíram. Jonathan conhece alguém na cidade?

— Ele conhece Will, mas não tenho certeza de se saberia como entrar em contato com ele. Jonathan sabe que Janice vive em Hoboken. Não sei se há algum transporte disponível para levá-lo até lá. Posso perguntar a Janice quando conseguir falar com ela. Tenho certeza de que Jonathan tem outros amigos ou conhecidos do trabalho porque antes ele morava lá, mas não sei o nome ou o número de telefone deles — talvez a ex-esposa seja gentil o bastante para abrigá-lo. Fico me perguntando se Liz estava no World Trade Center. Espero que ela tenha conseguido sair do prédio também.

— Seu irmão nos informará se ele aparecer, e Janice também. Enquanto isso, teremos que ser pacientes. Jonathan vai para *algum lugar*, e tenho certeza de que ele ligará assim que chegar lá.

Não consegui ligar para Janice, mas, uma hora depois, ela me telefona.

– Clay está aqui. Ele conseguiu pegar a balsa depois de passar a noite no sofá de um amigo, a alguns quilômetros do Marco Zero. É assim que estão chamando. E Jonathan? Teve notícias dele?

– Ele conseguiu sair! Minha mãe falou com alguém do escritório da empresa dele em Chicago. Estamos apenas esperando que ele ligue e nos avise onde está.

– Ah! Graças a Deus – ela está chorando de alívio. Eu também. – Não consigo receber chamadas, mas as que faço parecem estar sendo completadas. Você terá notícias dele em breve. Vou tentar ligar para você de hora em hora. Vai dar tudo certo.

– Vai dar tudo certo – repito como um papagaio.

– Vai *sim*.

– Eu sei – digo, porque acredito nela e porque preciso fazê-lo.

Aguardamos. Minha mãe faz o almoço e me obriga a comer. A comida desce difícil pela garganta, porque Jonathan já deveria ter ligado a essa altura.

Há uma *razão* para ele não ter ligado.

Sei que é isso que todos estamos pensando, mas ninguém pode dizê-lo, porque significa admitir que talvez Jonathan não tenha conseguido sair do edifício.

Aguardamos mais um pouco.

Janice liga de novo.

– Já teve notícias dele?

– Não. Ainda não.

– Clay diz que muitas pessoas tiveram que encontrar abrigo com amigos, até com estranhos. As linhas telefônicas estão... ainda estão uma bagunça.

– Foi o que Will disse. Ligou para saber se havia novidades meia hora atrás. Demorou um pouco para conseguir telefonar. Tenho certeza de que Jonathan vai ligar – minha voz soa estranhamente monótona e pouco convincente, até para meus próprios ouvidos.

– Sinto muito, Annika – ela fica em silêncio por alguns instantes. – Gostaria que pudéssemos esperar juntas e eu pudesse consolá-la.

Ela pode conseguir o que deseja, porque, se eu não tiver notícias de Jonathan em breve, na próxima vez que ela ligar, vou lhe contar o que decidi fazer.

Jonathan não liga. Já são quase oito horas da noite. Quando dou a notícia aos meus pais de que vou de carro até Hoboken, Nova Jersey, e depois irei ao Marco Zero para procurar Jonathan, eles protestam. Erguendo a voz e de maneira enfática. Não os culpo. É um plano mirabolante e imprudente. Por certo não acreditam que eu seja capaz disso. Por que acreditariam? Há muitas coisas que ninguém pensa que sou capaz de fazer e, na maioria das vezes, as pessoas estão certas. Mas, nas palavras de Eleanor Roosevelt: "Uma mulher é como um saquinho de chá; você nunca sabe quão forte é até estar em água quente". Esta é a água mais quente em que já estive. Estou assustada, e dirigir para Hoboken parece impossível.

Mas irei mesmo assim.

– O que pretende fazer depois? – questiona minha mãe.

– Janice vai me ajudar. Vamos procurar por Jonathan. Vamos verificar todos os hospitais. Colar cartazes – pelo que pude perceber pelos noticiários e artigos de jornal, é isso que as pessoas estão fazendo. Realizando vigílias com velas acesas, trocando informações e se ajudando.

– Não posso ir com você. Não posso deixar seu pai, e ele não pode fazer uma viagem de carro tão longa no momento.

– Sim, eu posso – intervém meu pai, mas seria muito doloroso para ele. Ele não parece confortável nem mesmo sentado no sofá. E ela não o deixará sozinho.

– Não estou pedindo que venham comigo. *Não quero* que venham comigo – estou mentindo na cara dura, porque não faço ideia de se tenho capacidade para fazer o que pretendo. Ainda mais importante do que a capacidade é se tenho ou não *coragem* para fazê-lo. Essa revelação me deixa envergonhada. Sou uma mulher adulta, e é hora de provar, se não a todos, pelo menos a mim mesma que posso fazer as coisas por conta própria. Janice disse que Jonathan precisa que eu seja mais determinada, que seja o tipo de pessoa em quem ele pode confiar que não recuará quando a situação ficar difícil. Desta vez, não vou me esconder na minha cama de infância, esperando que o mundo se endireite sozinho. Jonathan faria qualquer coisa para me ajudar, mas agora é ele quem precisa de ajuda, e vou me esforçar bastante e ser aquela que dará isso a ele.

Janice reage com ainda mais veemência do que meus pais quando conto para ela.

– Acho que você não tem ideia de como estão as coisas aqui. Clay disse que as imagens da TV não chegam nem perto do que ele testemunhou com os próprios olhos. Não conseguiremos sequer nos aproximar do Marco Zero, a menos que possamos provar que moramos no bairro. E não tenho certeza nem de que isso seja suficiente.

– E se Jonathan estiver ferido? E se ele estiver no hospital, mas por algum motivo não puder falar? – não gosto de pensar que motivos seriam esses. Digo a mim mesma que a voz dele pode estar rouca demais devido à fumaça e à poeira, e isso lhe provocou laringite, por isso ele não ligou. – Ele não tem mais ninguém. Nem irmãos, nem os pais. Ninguém está procurando por ele a não ser eu.

– Annika – a voz dela soa cansada –, o nome dele está na lista. Ele conseguiu sair.

– E se o nome dele estiver lá por engano?

– Por que estaria lá por engano? O chefe dele deveria escrever o nome de todos que haviam saído e enviar a lista por e-mail ao escritório de Chicago, e foi isso o que ele fez. Ele não mentiria sobre algo assim. – Janice não diz mais nada.

– Se eu conseguir chegar lá, você vai me ajudar?

– Claro que vou.

Antes de desligarmos, digo-lhe quando me esperar e que estarei com meu celular para que possa ligar para ela da estrada.

– Tenha cuidado – diz ela.

Ninguém atende às ligações subsequentes de minha mãe para o escritório de Chicago. O telefone agora apenas toca.

– Não posso culpá-los – diz ela. – Devem estar terrivelmente ocupados.

A empresa de Jonathan criou uma linha direta e uma espécie de centro de comando em um hotel. Os familiares de funcionários desaparecidos foram instruídos a ir para lá.

Quero ir para lá também.

40

Annika

13 DE SETEMBRO 2001

Como existe uma proibição de viagens aéreas, não sou a única que decidiu alugar um carro para chegar aonde precisa. A fila da Hertz tem 37 pessoas. Alguns xingam e desistem, indo embora arrastando a bagagem de mão atrás de si, as rodinhas chocando-se forte contra o chão porta afora e ao descer a calçada. Tenho vontade de correr atrás deles e perguntar para onde estão indo, porque talvez saibam de uma fila menor ou um suprimento mágico de carros no qual eu não tenha pensado. Mas não corro, e agora há apenas 29 clientes na minha frente, o que me faz sentir um pouco melhor. Esperarei o tempo que for necessário e depois vou para Hoboken usando as instruções que minha mãe imprimiu para mim, retiradas de algo chamado MapQuest. Clay e Natalia ficarão em casa enquanto Janice e eu vamos à cidade para procurar Jonathan.

Só acho que não será tão difícil quanto as pessoas estão dizendo.

Cheguei à Hertz às sete e meia da manhã, e é quase uma da tarde quando chega a minha vez. Sou a última cliente, porque todo mundo que estava atrás de mim abandonou a fila há muito tempo. Acho que é um mau sinal, mas esperei tanto tempo e parece tolice desistir agora que cheguei ao balcão. O homem de pé atrás dele diz que só sobrou um carro.

– Tudo bem – digo, porque sou uma só.

– É um carro com transmissão *standard*.

– O que isso significa?

– Tem alavanca de câmbio.

– Não consigo dirigir um carro com câmbio manual. Mal consigo dirigir um carro normal. Meu namorado estava na Torre Sul e estou indo para lá procurá-lo – isso significa que terei de encontrar outro local para alugar um carro e começar do zero. Sento-me ali mesmo no chão, porque minhas pernas estão bambas, e o homem da Hertz se inclina sobre o balcão e olha para mim.

– Senhorita?

– Trocarei com você – oferece o homem que estava na minha frente na fila. Depois que recebeu as chaves do seu carro, ele permaneceu na agência para fazer uma ligação no celular e acho que entreouviu nossa conversa. – Eu consigo guiar com câmbio manual. Pode ficar com o meu.

Movida por um impulso, atiro os meus braços ao redor dele. Ele não recua nem fica rígido, como eu mesma faria se um estranho fizesse isso comigo. Retribui meu abraço brevemente, dá alguns tapinhas nas minhas costas e diz:

– Tenha cuidado por aí. Espero que o encontre. Boa sorte.

Saio de Chicago pouco depois de uma da tarde e sigo para o leste na I-90 para começar a viagem de doze horas até Hoboken. Na maior parte do trajeto, permaneço na I-90 ou I-80. Não me importo de dirigir na interestadual. Os carros me ultrapassam o tempo todo, mas fico na pista certa e sigo em frente. Nem me incomodo quando chego ao primeiro pedágio, porque sei como eles funcionam e me certifiquei de que tinha comigo muitos dólares e moedas antes de sair. A única vez que fico nervosa é quando outro carro está tentando entrar na estrada. Duas pessoas buzinaram para mim porque havia um carro à minha esquerda e eu não consegui acelerar e ultrapassá-lo a tempo, mas ninguém bateu nem nada assim. Dependendo da quantidade de paradas que eu fizer, chegarei em Hoboken amanhã à tarde. Minha mãe fez uma reserva de hotel para mim na Pensilvânia, onde vou passar a noite. Se não tivesse saído tão tarde, tentaria viajar direto, porque estou *fazendo* algo e me sinto estimulada por isso, mas meus pais tiveram um ataque quando mencionei essa ideia e me fizeram prometer parar no hotel e ligar para eles quando eu chegasse lá.

Não sou tão confiante dirigindo à noite. Está chovendo um pouco também, e isso deixa as coisas com um brilho estranho. Estou rodando a apenas setenta quilômetros por hora. Preciso fazer xixi já há uns quinze quilômetros e, por mais que queira evitar todo esse negócio de sair da interestadual, não tenho escolha. Há uma saída à frente, então ligo a seta.

No fim da rampa, um homem está sentado ao lado da estrada. Está com uma jaqueta de capuz, mas não segura nenhuma placa pedindo comida ou dinheiro. Quando o carro na minha frente para, o homem se arrasta para a porta do motorista para aceitar o que quer ele possa oferecer. Só então percebo que há pernas enroladas na cintura do homem e que ele está protegendo uma criança com a jaqueta.

A luz fica verde e sigo o carro à minha frente através do cruzamento, descendo a rua até o posto de gasolina. Ainda tenho meio tanque, mas, já que estou ali, decido enchê-lo. Enquanto espero a bomba desligar, penso no homem e na criança. Por que estão lá fora na chuva? O que aconteceu com o carro deles? Onde vão passar a noite? Devem estar com frio. Fico me mexendo no lugar de forma frenética, porque deveria ter feito xixi antes de me preocupar com o combustível.

Por fim, coloco a tampa de volta no tanque de gasolina e corro para dentro do banheiro. Não estou prestando tanta atenção quanto deveria, porque não consigo parar de pensar no homem e na criança e, quando me levanto para fechar o zíper das calças, meu telefone escorrega do bolso e cai na privada. Não tenho certeza se quebrou, mas imagino como será enfiar a mão e retirá-lo do vaso sanitário imundo do posto de gasolina.

Não consigo fazer isso, então o deixo lá.

Ainda estou pensando no homem e na criança três quilômetros adiante na estrada. Houve matérias horríveis nos noticiários sobre todas as coisas ruins que os terroristas causaram, mas também histórias sobre indivíduos se unindo para ajudar outras pessoas. Gente convidando estranhos para suas casas em Nova York para abrigá-los, alimentá-los. Dar-lhes roupas e sapatos. Quero fazer parte disso. Quero mostrar que também posso ajudar as pessoas.

Se eu der uma carona àquele homem e à criança, provavelmente será uma das poucas coisas boas que lhes aconteceram hoje; portanto, na saída seguinte, pego o retorno para buscá-los.

O homem não quer entrar no meu carro. Ele me conta que a última pessoa que lhes deu uma carona os fez sair quando o menininho vomitou.

– Acho que não sobrou nada em seu estômago, mas não tenho certeza – diz ele.

Digo que não me incomodo, mesmo que com certeza terei problemas com o cheiro se isso acontecer. Eles vão ficar com a tia do homem em Allentown, para que ele possa procurar trabalho e ela possa cuidar da criança. O carro deles quebrou alguns quilômetros atrás e ele não tem dinheiro para consertá-lo.

– Estou a caminho de Hoboken. Minha melhor amiga e eu vamos procurar meu namorado que estava na Torre Sul na terça-feira. Ele está desaparecido. Tenho uma reserva de hotel do outro lado da divisa entre Ohio e Pensilvânia. É o mais longe que vou dirigir hoje à noite.

– Seu namorado estava em uma das torres?

– Sim, mas ele conseguiu sair, porque seu nome está em uma lista. Só tenho que o encontrar porque ele não ligou.

– Eu... tenho certeza de que o encontrará. Posso ligar para minha tia e pedir que ela nos pegue no hotel. Só precisamos sair dessa chuva hoje à noite.

O nome dele é Ray e o menino chama-se Henry. Ele parece febril e pálido quando o colocamos no banco de trás e o cingimos com o cinto de segurança.

– Tive que deixar a cadeirinha dele na beira da estrada. Henry não aguentava mais andar e eu não conseguia carregar tudo. Com certeza odiei ter que a deixar para trás.

– Tenho certeza de que tudo vai dar certo – digo, embora não tenha a mínima noção de quais sejam as regras sobre esse tipo de coisa e não fizesse ideia de que Henry precisasse de um assento especial.

Ray não parece um *serial killer* nem nada do tipo. Tive um vislumbre de seu rosto quando a porta estava aberta e a luz do interior do carro acendeu. Ele parece ter mais ou menos a minha idade, ou talvez seja alguns anos mais novo. Não sou boa em adivinhar esse tipo de coisa. Tem uma cicatriz no queixo. É muito difícil saber como é uma pessoa só de olhar para ela. As pessoas são boas ou não são. Algumas pessoas parecem iluminadas por fora, mas são podres por dentro. Outras aparentam ser boas, mas estão apenas fingindo. Janice e Jonathan me ensinaram muitas coisas, mas acho que não há como saber mesmo se alguém é bom até que você confie nele e lhe ofereça a própria bondade.

– Você vai ficar bem, amigão – diz Ray a Henry. – Ficará aquecido agora.

– Estou com sede, papai – ele fecha os olhos. Talvez adormeça. Gostaria de ter algo para ele beber, mas não tenho.

Ray não comenta minha partida brusca ou o fato de eu sempre dirigir uns dez quilômetros abaixo do limite de velocidade. Viajamos na companhia silenciosa um do outro. Mesmo que eu gostasse de conversar, teria problemas para manter uma conversa. Tenho de me concentrar na estrada e no fato de que agora sou responsável pela segurança de mais duas pessoas.

Do banco de trás, Henry começa a choramingar. Talvez tenha sobrado algo em seu estômago no fim das contas. Ray se vira.

– Acha que vai vomitar?

– Estou com sede, papai – diz Henry mais uma vez. – Quero um pouco de suco.

– Fique quietinho – acalma-o Ray.

– Eu posso parar.

– Não tenho como comprar. Dei o restante do meu dinheiro ao outro motorista que parou para nós. Não teria dado se soubesse que ele nos faria descer do carro.

– Não se preocupe. Eu tenho muito dinheiro.

Pego a saída seguinte e entro em um posto de gasolina. Ocorre-me, enquanto caminho pelos corredores, colocando biscoitos, suco de maçã e água na minha cesta, que foi sensato da minha parte não dar a Ray o meu dinheiro ou cartão de crédito e deixá-lo entrar. E se ele não quisesse devolvê-lo quando saísse? E se me dissesse que daria e, quando chegássemos ao hotel, fingisse ter esquecido? Mas talvez eu não devesse tê-los deixado no carro... E se Ray for embora com ele? Afasto esses pensamentos e pago as compras. Quando retorno, lá estão eles, exatamente onde os deixei.

Ray dá a Henry alguns goles de água e, como ele não a regurgita de imediato, dá um pouco mais. Henry quer beber tudo porque diz que tem um gosto muito bom. Ray ainda não quer tentar o suco, mas entrega a Henry um biscoito salgado para mordiscar.

– Gostaria que eu dirigisse? – Ray pergunta.

– Você quer dirigir?

– Sim, mas só se estiver tudo bem para você.

– Tudo bem – vou para o banco de trás e, enquanto Ray nos conduz pela interestadual escura, recito para Henry a peça que estou escrevendo no momento, aquela sobre o pato azul que sabe que poderia ser um bom amigo dos patos amarelos, se lhe dessem uma chance. Henry toma um gole da água que ofereço e come outro biscoito. Dou escondido um pouco de suco para ele, porque não consigo lhe dizer não quando ele pede. Ele não vomita, o que é bom, porque, se o fizer, há cem por cento de chance de eu vomitar também. Vou me sentir mal a respeito disso, mas não poderei evitar.

Cruzamos a divisa estadual para a Pensilvânia à meia-noite. Leio em voz alta as instruções para que Ray possa encontrar o hotel e entramos no estacionamento. Ray levanta um Henry adormecido do banco de trás.

– A testa dele está fresca – diz Ray.

Eles têm outro quarto disponível, então deslizo o meu cartão de crédito pelo balcão e digo ao homem que vamos ficar com ele. Ray não protesta. Em vez disso, diz "Obrigado" com uma voz tão baixa que mal posso ouvi-lo. Acho que ele não quer acordar Henry.

– Vou ligar para a minha tia e avisar onde ela pode vir nos buscar – diz Ray quando descemos do elevador em nosso andar.

– Ok – estou para lá de exausta e cheguei ao meu limite de interação com pessoas hoje. Foi uma boa distração para a minha preocupação com Jonathan, mas estou ficando cada vez mais sem forças. Passo o meu cartão-chave na porta do quarto e entro, deixando Ray e Henry no corredor.

Meus pais dizem que nunca ficaram tão felizes por receber notícias minhas. Estão ligando para o meu celular há horas, e eu lhes explico que ele está no fundo da privada de um posto de gasolina. Em seguida, conto a minha mãe sobre Ray e Henry, e tudo o que ela fala depois disso é "Oh, meu Deus" repetidamente.

– Tudo bem. Henry está bem agora. Ele não vomitou de novo e Ray disse que a febre havia passado.

– Você não pode correr riscos assim.

– Correu tudo bem – minha mãe deve achar que estava certa e que não sou capaz de fazer uma viagem desse tipo sozinha, sem alguém para me guiar e me manter a salvo. Mas um dia eles vão partir e terei de viver minha vida sem a orientação deles. Talvez sem a de Jonathan, embora esse pensamento me encha de dor e tristeza incomensuráveis. Esta viagem não é a minha primeira ou única tentativa de independência, mas é um passo importante para estabelecer uma base para os próximos anos. Não sou tão burra a ponto de não saber que a maioria das pessoas tem menos de 32 anos quando a conquistam.

Fiquei atrasada em relação a todos durante toda a vida; por que isso seria diferente durante minha vida adulta?

– Falei com Janice. Ela está louca de preocupação porque não conseguiu contatá-la no seu celular. Vou ligar para ela e dizer que você está bem. Sabe a que horas chegará a Hoboken?

– Vou sair daqui às nove. Diga-lhe que ligarei para ela antes de voltar a pegar a estrada.

– Ok – a voz de minha mãe soa muito cansada.

– Preciso ir para a cama – digo.

– Estou tão feliz por estar em segurança. Não dê carona a mais ninguém. Por favor, tenha cuidado e me ligue assim que chegar na casa de Janice.

– Vou ligar. Tchau.

Há uma batida na porta e, quando a abro, Ray está lá, sozinho.

– Henry está dormindo. Tranquei a porta para o caso de ele acordar e tentar sair.

Não sei ao certo o que isso significa. Deveria convidá-lo para entrar? Não quero fazer isso. Estou muito cansada.

– Só queria agradecê-la.

– Ah. Não foi nada.

– Annika. Escute. Não dê carona a mais ninguém, ok? Você tem um coração maravilhoso e sua bondade me surpreende. Mas o que fez hoje foi muito perigoso, e há pessoas neste mundo que não se importariam com sua segurança.

– Sei disso – quero dizer, sei disso *agora*.

– Você poderia me passar seu endereço? Devolverei o dinheiro quando me reerguer.

Arranco uma página do bloco de notas na cômoda e anoto para ele.

Ele pega o pedaço de papel, dobra-o e o coloca no bolso.

– É melhor eu voltar para Henry. Espero que encontre seu namorado. Ninguém merece um milagre mais do que você.

41

Annika

14 DE SETEMBRO DE 2001

Deixo o hotel uma hora mais tarde do que planejei, porque estava tão exausta que de alguma forma desliguei o alarme e voltei a dormir, embora não me lembre disso.

É difícil seguir as instruções do MapQuest, porque não quero tirar os olhos da estrada e o bairro urbano de Janice tem muitas ruas. Ela me aguarda na entrada enquanto estaciono, Natalia em seu quadril.

— Graças a Deus — diz ela quando saio do carro.

— Consegui — digo. — Ninguém pensou que eu seria capaz, mas aqui estou eu.

Janice me abraça com força e diz:

— Sim. Aqui está você.

Clay e Natalia nos acompanham o mais longe que podem, e então Janice e eu seguimos em direção a Manhattan a pé. Clay nos fez usar máscaras cirúrgicas e, quando nos aproximamos do Marco Zero o máximo possível que nos permitem, que não é muito, enfim entendo a razão. O cheiro acre de fumaça é avassalador, e as cinzas preenchem o ar como se estivéssemos andando perto de algum tipo de vulcão urbano fumegante. Elas cobrem nossa pele e os cabelos, e sou acometida por um acesso descontrolado de tosse. Soldados estão posicionados nas esquinas com fuzis de assalto pendurados nos ombros. Há homenagens e pôsteres de pessoas desaparecidas. Fazemos a ronda nos hospitais mais próximos do World Trade Center, mas não encontramos Jonathan e pisco para conter as lágrimas, porque fui longe demais para desistir agora.

Vamos ao centro da cidade, até o hotel onde a empresa de Jonathan montou um centro de emergência no grande salão de festas no segundo andar. Ninguém está de *smoking* ou vestido de gala, mas há garrafas de água e refrigerantes em baldes nas mesas de bufê; garçons circulam com bandejas de sanduíches que ninguém quer. As mesas redondas para oito pessoas estão numeradas e levo um momento para perceber que são os números dos andares onde os desaparecidos foram vistos pela última vez.

— Sabe em que andar ele estava? — Janice pergunta.

— Não — escolhemos uma mesa de modo aleatório e nos apresentamos às pessoas próximas a ela. Compartilhamos o que sabemos, o que não é muito, e em troca recebemos fragmentos de informações, na maior parte coisas que já sabemos: as pessoas tentaram sair do prédio. Elas desceram, foram forçadas a voltar. Um homem de New Hampshire desenha um diagrama para nós em um guardanapo de papel mostrando as possíveis rotas que poderiam ter tomado.

— Alguém forte poderia ter sobrevivido se desceu o suficiente. Não podemos perder a esperança.

As pessoas naquele salão usam as mesmas roupas há dias e muitas delas estão com olheiras. A empresa de Jonathan perdeu cerca de setecentos de seus funcionários. Somos apenas duas entre centenas, todos abatidos e desesperados por informações.

Uma mesa comprida à frente do salão contém pacotes de informações. Há números de telefone para hospitais do entorno, e os comparamos com a lista que Janice levantou, para garantir que estivemos em todos eles. Entramos na fila para preencher um relatório de pessoa desaparecida; tem oito páginas de espessura. Infelizmente, Jonathan tem pouquíssimos sinais de identificação característicos. Nada de tatuagens, *piercings* ou barba que o distingam de todos os outros homens barbeados de cabelos escuros e olhos azuis que compartilharam seu destino. Ele tem uma cicatriz no joelho devido a uma lesão no ligamento cruzado anterior que sofreu durante o segundo ano da faculdade, quando foi esquiar, mas é um machucado comum e dificilmente vale a pena mencionar. Eu o registro mesmo assim.

Nas paredes, as pessoas afixam papéis com fotos de seus entes queridos, nomes e detalhes. Janice fez um para Jonathan no computador usando uma foto que eu trouxe, e prendemos o cartaz com tachinhas que pegamos de uma caixa no chão. Há tantas fotos. Sinto-me compelida a olhar para cada uma delas e ler as informações.

Alguém coloca a mão no meu braço e eu me encolho.

– Sinto muito – diz a mulher de meia-idade que usa um crachá em que se lê "Eileen". – Sou conselheira de luto, se quiser conversar.

– Não preciso de uma conselheira de luto – respondo, porque não preciso. – Isso é para pessoas cujos entes queridos morreram.

Ela dá um tapinha no meu braço de novo e se aproxima de um casal em prantos que se encontra a alguns metros a minha direita.

Um homem sobe no estrado na parte frontal do salão.

– Por favor, se ainda não preencheram o relatório de pessoa desaparecida, precisam fazer isso agora.

A multidão murmura em concordância, mas depois vozes enfurecidas abafam o burburinho.

– Por que a empresa não está se esforçando mais para resgatar os sobreviventes? – uma mulher grita de algum lugar no meio do salão. – Tragam especialistas. Pessoas treinadas para vasculhar os escombros.

– Somos uma empresa de serviços financeiros. Não estamos no ramo de busca e salvamento – diz o homem.

– Mas a empresa tem ativos financeiros consideráveis à disposição. Por que não os usam para ajudar as pessoas que ganharam todo esse dinheiro para a empresa?

A multidão irrompe em uma gritaria, e o homem deixa o estrado. Ninguém sabe o que fazer depois disso, incluindo Janice e eu, por isso, fazemos a única coisa que podemos.

Oramos, conversamos e ouvimos, e, por mais benéfico que isso seja, não posso deixar de sentir que estamos perdendo um tempo precioso.

42

Annika

15 DE SETEMBRO DE 2001

Retornamos ao salão de festas do hotel na manhã seguinte, porque não sabemos mais aonde ir. Pouco depois das dez, enquanto Janice e eu tomamos chá morno em copos de isopor, um homem sobe ao estrado e se apresenta como diretor da empresa. Ele comunica que não estão mais procurando por sobreviventes. Quatro dias após o ataque, diminui a esperança de que mais alguém seja retirado vivo dos escombros, mas ouvir alguém dizer isso em voz alta causa uma reação rápida e comovente na multidão. Os soluços e gritos de desespero abafam tudo o que o homem ainda tem a dizer. Janice coloca os braços ao meu redor e me ampara, como se tivesse medo de que meus joelhos fraquejem, mas isso não acontece, porque não acredito no que aquele homem diz. Pode ser verdade para alguns funcionários, mas não para Jonathan.

– Annika – diz ela.

– Ele estava na escada – argumento. – Jonathan disse que iria descer e estava fazendo isso quando a ligação foi cortada. Com base no horário em que as torres desmoronaram, ele teria tido tempo de chegar ao saguão, ir para o lado de fora e escapar. Brad conseguiu sair, e ele nem desceu com Jonathan. Ele ficou para trás e ainda conseguiu sair! – estou gritando e chorando.

Um homem pousa a mão no meu braço e me viro com tanta impetuosidade que ele dá um passo rápido para trás.

– Perdoe-me, mas quem você disse que estava procurando?

– O meu namorado Jonathan.

– Meu filho e um homem chamado Jonathan ajudaram o colega de trabalho do meu filho, que estava tendo um ataque de pânico nas escadas.

– Sabe em que andar foi isso? – Janice pergunta.

– Quinquagésimo segundo.

– Não sei em que andar meu namorado estava, mas tenho certeza de que era mais baixo do que isso.

– Meu filho também estava, mas, de acordo com algumas das pessoas com quem eles estavam, ele e esse Jonathan foram para cima de novo.

– Você conseguiu encontrar seu filho? – pergunto, a voz trêmula de medo.

Os olhos do homem se enchem de lágrimas.

– Não.

Aí está. A razão pela qual Jonathan nunca ligou e não conseguimos encontrá-lo é porque ele está enterrado nos destroços da Torre Sul.

– Sinto muito – diz ele. Janice aperta a mão do homem e coloca o braço em volta dos meus ombros.

Saímos do salão e sentamos em um banco do lado de fora, onde está mais silencioso. Janice desistiu. Sei disso porque ela não me diz qual deve ser o próximo passo. Ela havia sugerido tudo o que achava que poderíamos fazer, e agora, com essa notícia devastadora, não resta mais nada. Ela não pode voltar para este hotel comigo para sempre. Ela tem uma criança para cuidar. O próprio luto pelos amigos que perdeu nos ataques. Nunca me senti tão desesperada na vida.

O telefone de Janice toca. Ela atende e diz:

– Não. Ainda estamos no hotel – ela ouve o interlocutor por mais um minuto. – Acho que seria realmente muito bom – ela entrega o telefone para mim.

– Alô? – eu falo.

– Fique onde está – diz meu irmão. – Estou indo encontrá-la.

43
Annika

Janice vai para casa, e Will me encontra no corredor perto do salão de festas e me leva para fora. Pisco contra a luz do sol e inspiro, mas o ar está um pouco mais limpo e ainda não precisamos de máscaras. Os cartazes de pessoas desaparecidas estão por toda parte. Afixados em postes de iluminação, colados em corrimões e janelas. Aqueles que se soltaram encontram-se espalhados pela rua e são varridos pelas rajadas de vento. Tento evitar pisar nas imagens dos rostos enquanto Will e eu nos dirigimos ao centro a pé. Há pessoas carregando velas, apagadas por enquanto, mas destinadas à nova onda de vigílias de hoje à noite.

Meu irmão revisita a teoria: a de que Jonathan não está nos escombros, mas foi transportado para um hospital.

– Ele pode estar ferido e incapaz de se comunicar – diz Will.

– Fomos a todos os hospitais – pondero.

– Você foi a eles dois dias atrás, quando reinava um caos absoluto. Algumas dessas pessoas morreram. Novos pacientes foram trazidos. Houve muita confusão. Vamos verificar tudo de novo.

Concordo, porque a ideia de Will tem mérito e não há mais nada a fazer. Ficarei bem enquanto continuarmos em movimento, tentando encontrar Jonathan.

– Por onde começamos? – pergunto.

Will sorri.

– Sempre achei o começo um bom lugar.

Abro um sorriso também, porque o começo é, de fato, um bom lugar para começar e, pela primeira vez em nossas vidas, parece que Will e eu estamos em perfeita sintonia.

O papel que puxo do bolso lista os hospitais que Janice e eu já visitamos, um sinal de visto ao lado dos quinze. Está cinza por causa da sujeira de nossas mãos e amarfanhado por ter sido dobrado várias vezes. Entrego-o para Will, e ele o examina. Olha para o verso e rabisca nomes de ruas e pontos de referência próximos, desenhando um círculo ao redor e um X para indicar onde estamos. Acrescenta nomes de hospitais cuja localização ele já conhece e os numera na ordem de probabilidade de encontrarmos Jonathan lá. Aponta para o número um.

– Tudo bem – diz ele. – Vamos lá.

Minha determinação está começando a vacilar. Estamos no corredor do nono hospital. Meus pés doem e não quero nada além de voltar para a casa de Janice e cair na cama. Mas não posso dormir até terminarmos.

– Podemos sentar por um minuto? – pergunto.

– Claro – diz Will. Não há cadeiras no corredor, então escorrego as costas pela parede até que minha bunda bata no chão duro. Will faz o mesmo.

Nem me importo com o fato de, no momento, não estarmos fazendo nada. Hoje já recebemos tantas negativas; preciso de uma pausa para recarregar.

Quero ser forte por Will, porque ele tem sido muito gentil em me ajudar, mas cheguei ao meu limite e as lágrimas escorrem pelo meu rosto. Logo as comportas se abrem e estou aos prantos, soluçando. Will coloca o braço em volta de mim. Podemos verificar novamente os seis hospitais restantes da lista, mas, se Jonathan não estiver em nenhum deles, acabou. Assim que suspenderem a proibição de viagens aéreas, pegarei um voo para casa.

Uma enfermeira enfia a cabeça para fora de uma sala no final do corredor e vem em nossa direção.

– Como você disse que ele era?

Eu me levanto com as pernas trêmulas. Will se levanta também.

– Ele tem cabelos castanho-escuros. Olhos azuis. Em torno de um metro e oitenta e cinco. Tem uma cicatriz no joelho devido a uma lesão do ligamento cruzado anterior.

– Quantos anos ele tem?

– Trinta e dois.

– Espere aqui – disse ela.

Esqueço como respirar. Digo a mim mesma para não alimentar esperanças, mas elas crescem mesmo assim. Will segura a minha mão e permanecemos ali até que a enfermeira retorna e diz:

– Venham comigo.

Nós a seguimos pelo corredor e entramos em um elevador. Tenho medo de abrir a boca, porque as palavras estão ali, esperando para serem despejadas em um frenesi de "Para onde estamos indo, o que estamos fazendo, você acha que é ele?".

A porta se abre dois andares abaixo e seguimos a enfermeira para fora do elevador.

– Uma das minhas amigas trabalha na terapia intensiva neste andar. Ela mencionou um paciente de identidade desconhecida que eles mantêm sob sedação por dificuldade em respirar e dor, e que algumas pessoas vieram identificar, mas até agora sem resultado. Ela disse que ele tem cabelos escuros. Corresponde à altura e à idade. Nenhuma pista sobre os olhos dele porque estão fechados. Só posso deixar um de vocês entrar por vez.

– Vá, Annika – diz Will quando chegamos à porta do quarto do paciente. – Estarei esperando bem aqui.

Assim que entramos no quarto, hesito, porque, quem quer que seja aquela pessoa, está em péssimo estado. Há todo um aparato médico envolvendo o leito; uma cacofonia de sopros e bipes. O cheiro de antissépticos invade meu nariz, lembrando-me de minha própria estada no hospital anos antes, e respiro fundo, buscando ar fresco. Isso só piora as coisas, porque não há ar fresco algum.

Na penumbra do quarto, consigo distinguir a figura de um homem. Não acho que seja Jonathan, porque os cabelos parecem não bater – são opacos e grisalhos, em vez de castanho-escuros –, porém a enfermeira faz um gesto para que eu me aproxime da cama. Ela tem sido tão gentil, e não quero parecer ingrata ou covarde, então o faço.

O homem encontra-se gravemente ferido. Os cabelos parecem não ser da mesma cor, porque estão cobertos de cinzas e poeira de concreto, mas por baixo deles posso ver que a cor é, de fato, um intenso marrom-escuro. Também estão salpicados de sangue seco. Ele está ligado a um respirador, o tubo na garganta preso por algum tipo de fita adesiva branca.

Olho mais de perto, sentindo um vislumbre de esperança enquanto mentalmente vou catalogando os planos e ângulos do rosto de Jonathan, e tento identificá-los sob os hematomas, o sangue e a poeira. Não quero tocá-lo porque com certeza lhe causaria dor, mas percorro aqueles planos e ângulos, meu dedo pairando centímetros acima de sua pele. O rosto de Jonathan é como uma imagem polaroide que é revelada aos poucos em algo reconhecível diante dos meus olhos.

É ele. Sei que é ele.

Por fim, levanto o lençol e choro ainda mais quando vejo a cicatriz no joelho esquerdo. Também é visível que suas pernas e talvez a pélvis estão seriamente fraturadas.

– Este é o homem que está procurando? – pergunta a enfermeira.

Lágrimas derramam-se pelo meu rosto e caem no lençol que cobre o peito de Jonathan.

– Sim. Será que o meu irmão pode entrar, por favor? Só um segundo?

– Só um segundo – ela ecoa.

Eu me lanço nos braços de Will. É uma sensação estranha esse abraço. Não me lembro de ter me sentido tão amorosa para com meu irmão ou de querer expressar esse sentimento de uma forma tão física. Não é possível exprimir com palavras como é reconfortante.

– Não consigo acreditar – diz Will.

– Eu sim.

A enfermeira volta para o quarto.

– Um médico e um administrador do hospital gostariam de conversar com você. Não vai demorar muito. Você pode voltar quando terminar.

O dr. Arnett se apresenta e nos diz que os danos respiratórios de Jonathan são graves e que ele está em estado crítico, mas estável. Ele adverte que existem complicações que podem surgir a qualquer momento e que Jonathan ainda não está fora de perigo. Já está manifestando sinais de pneumonia e o risco de uma infecção adicional é alto.

Pelo administrador, ficamos sabendo que Jonathan foi retirado vivo dos escombros no fim da tarde em que as torres caíram. Ele foi encontrado em um pequeno bolsão cercado por concreto despedaçado e aço retorcido. Suas roupas foram cortadas quando os paramédicos lhe prestaram os primeiros socorros, antes de colocá-lo em uma ambulância e o despacharem para o hospital. Sem carteira nem crachá de funcionário, ele vinha sendo tratado neste hospital enquanto a equipe aguardava que alguém viesse reconhecê-lo.

– Eu o reconheço – digo e, deste momento em diante, não saio mais do lado dele.

44

Annika

Will me convida para ficar em seu apartamento para que eu possa estar mais perto do hospital, mas, na maior parte do tempo, durmo ao lado da cabeceira de Jonathan, assim como ele fez por mim tantos anos antes. Não posso tomar decisões médicas de verdade por ele, mas serei sua defensora no tratamento de saúde e digo a Jonathan que cuidarei de tudo o que puder. Não sei se ele pode me ouvir, mas falo com ele assim mesmo e repito tudo o que os médicos me dizem. Digo-lhe que ficaremos aqui por um tempo.

Mal posso esperar para compartilhar as notícias com os meus pais, Janice e Clay. Acho que ninguém mais além de mim achava que eu pudesse encontrar Jonathan, e minha mãe e Janice choraram ao telefone.

– Vou ligar para o escritório de Chicago agora mesmo – diz minha mãe. Fico feliz que ela esteja no comando das coisas, porque isso sequer me ocorreu. Quando ela me liga de volta mais tarde, diz que ninguém lá acreditava mais que Jonathan estivesse vivo. Espero que eles tenham comemorado.

Bradford voou para Chicago assim que suspenderam a proibição das viagens aéreas. Ele me liga no dia seguinte no novo celular que Will comprou para mim. Minha mãe passou para ele o número.

– Estamos todos muito felizes por ele estar vivo. Teríamos perdido ainda mais funcionários se não fosse a orientação dele para deixarem o prédio – afirma Brad. Talvez ele não esteja mais bravo comigo por interromper a reunião. Acho que é isso o que uma tragédia nacional faz com uma pessoa.

– Você disse que ele conseguiu sair do prédio. Que o nome dele estava na lista.

– Havia muita confusão. Ele desceu antes de mim. Eu... eu realmente achava que ele tinha saído – sua voz soa bastante trêmula.

– Bem, ele não saiu.

– Por favor, avise-me se houver algo que possamos fazer por Jonathan, ou por você.

– Obrigada. É muito gentil da sua parte. Tenho certeza de que Jonathan não está pensando em trabalho ou na promoção neste momento.

– Não – diz Brad. – Tenho certeza de que não está.

Antes de desligar, Brad me diz que Liz, a ex-esposa de Jonathan, não conseguiu sair do prédio e que foi dada como morta.

– Achei que Jonathan pudesse querer saber.

Prometo a Brad que contarei a Jonathan quando ele acordar.

Não conheci Liz, mas Jonathan um dia a amou, então, quando desligamos, choro por ela mesmo assim.

A equipe médica de Jonathan tem tirado aos poucos a sedação e, dois dias depois, ele abre de leve os olhos. Olha para mim de maneira tão estranha que me preocupo que talvez não seja ele e que eu esteja enganada esse tempo todo. Mas a enfermeira me advertiu que ele ficaria confuso, por isso tomo com delicadeza a mão dele e digo:

– Sou eu, Annika. Estou aqui. Eu o amo e você ficará bem – ele fecha os olhos e não os abre de novo naquele dia.

No dia seguinte, está um pouco melhor, e ele os mantém abertos por quase uma hora. Ele entende, eu acho, porque está olhando nos meus olhos como se soubesse quem sou eu. Não ouso desviar o olhar. Eu o encaro com firmeza, sustentando seu olhar, e digo:

– É a Annika. Sou eu. Estou aqui e não vou embora.

Ele melhora a cada dia e digo a ele para apertar minha mão se estiver compreendendo o que estou dizendo, o que os médicos estão dizendo. O aperto é fraco como o de um bebê, mas ele faz o que eu peço. Os médicos estão desligando gradualmente o respirador e agora querem desentubar Jonathan para ver se ele consegue respirar por conta própria. Os sons que ele faz quando removem o tubo e tenta respirar sozinho são terríveis, e posso ouvi-los do corredor, onde me pediram para esperar. Se a equipe percebe minha reação física – o estalar de dedos, expulsando deles coisas imaginárias, e o movimento saltitante –, não menciona. Quando me deixam voltar para o quarto, Jonathan está ofegante e tenta falar, mas nenhum som sai, e ele fecha os olhos e volta a dormir. Isso me assusta, mas me dizem que ele está bem, apenas cansado porque a respiração é um trabalho muito penoso.

A próxima vez que ele acorda, parece um pouco mais coerente. Não muito, mas o suficiente para pronunciar: "Annika?". Sua voz está tão rouca por causa do tubo que mal consigo ouvi-lo.

– Sim, sou eu. É a Annika. Você está bem. Quero dizer, você tem muitos ossos quebrados e alguns problemas respiratórios, mas vai ficar bem.

A pélvis de Jonathan não está só fraturada mas também esfacelada, e as pernas também estão uma lástima. Praticamente todos os ossos da cintura para baixo têm algum tipo de dano, mas os médicos dizem que ele se recuperará com o tempo. Sua saúde respiratória ainda é o maior obstáculo que terá de superar.

– Como chegou aqui tão rápido? – ele pergunta, porque deve ser confuso perder tantos dias como ocorreu com Jonathan. Talvez ele pense que ainda é onze de setembro.

– Só cheguei três dias depois que os aviões atingiram as torres. Ninguém podia voar depois disso. Tive que vir dirigindo.

Ele pisca como se estivesse confuso.

– Por um minuto, pensei que tivesse dito que veio dirigindo.

– Vim. Você precisava de mim, Jonathan, e aqui estou eu.

🕸 45 🕸

Annika

Jonathan recebe alta do hospital três meses depois e voamos para casa em um dia chuvoso e cinzento de dezembro. Mas não parece melancólico para nós. É uma sensação maravilhosa enfim deixar o confinamento do quarto de hospital e sair para respirar o ar fresco do inverno, que tem apenas um leve traço do odor da fumaça. Ou talvez seja só impressão minha.

Houve semanas intermináveis e extenuantes de fisioterapia e tratamento respiratório. Houve alguns retrocessos, entre eles, um episódio muito assustador de pneumonia. Os antibióticos não estavam funcionando, e o dr. Arnett, que vim a conhecer muito bem, puxou-me de lado e me alertou que Jonathan talvez não sobrevivesse.

– Sei que isso é difícil de ouvir – disse ele. – Mas quero que esteja preparada. A condição dele é muito grave.

Isso me pareceu injusto. Conseguir escapar da torre apenas para que seus pulmões sucumbissem a uma infecção um mês depois. Janice e Clay foram ao hospital; Will já estava ao meu lado. Todos pareciam resignados com o fato de que não seria concedido a Jonathan outro indulto. Sua febre aumentou e nada do que os médicos tentavam funcionava, e passei a maior parte do dia chorando no ombro de alguém.

Mas Jonathan é a pessoa mais forte que eu conheço, e ele conseguiu sobreviver. E agora estamos deixando o hospital de mãos dadas, como sempre disse a ele que faríamos, mesmo naqueles dias em que eu mesma não tinha tanta certeza de se acreditava nisso.

Will providenciou um carro para nos levar ao aeroporto. Ele veio mais cedo para se despedir. Chorei nos braços do meu irmão, emocionada por tudo o que ele havia feito por mim, e, quando ele se afastou, havia lágrimas em seus olhos também. Sinto que Jonathan e Will são quase como irmãos agora, considerando o tempo que passaram juntos. Will foi incrível ao tomar conta de Jonathan enquanto eu corria para o apartamento dele para pegar roupas limpas ou tomar um banho.

Aproveitei todas as férias a que tinha direito no serviço e, quando terminaram, pedi demissão da biblioteca. Eles disseram que me contratariam de novo quando eu estivesse pronta para voltar ao trabalho, e Jonathan disse que isso mostrava quanto eles me valorizavam como funcionária. Sinto-me muito bem ao ouvir coisas assim, porque nunca sei o que as pessoas pensam de mim, pelo menos as que não dizem coisas rudes na minha cara. Voltarei, porque amo meu trabalho na biblioteca, mas vou esperar até que Jonathan se recupere por completo, porque agora ele ainda precisa muito de mim.

Seus ossos estão se curando e ele já anda bem. Um pouco devagar, mas quem se importa? Bem, ele se importa. Mas sei que ele vai ficar mais rápido.

Jonathan não sabe o que quer fazer, mas não vai mais trabalhar para Brad.

A vida é muito curta, ele disse.

Meus pais estão lá para nos buscar no aeroporto. Fico triste que a mãe de Jonathan não esteja aqui também e que ele não tenha mais nenhuma família. Vamos morar no meu apartamento. Jonathan sabe o quanto sou apegada a ele e, como ainda tem uma longa recuperação pela frente, disse que não se importa nem um pouco com onde vamos viver, contanto que estejamos juntos. Quando chegamos em casa do aeroporto e acompanho Jonathan até o quarto, ele está se apoiando bastante em mim. Não admite que está sofrendo, mas, infelizmente, conheço muito bem a cara de dor de Jonathan. Coloco-o na cama e me arrasto para debaixo das cobertas com ele. Ele me envolve em seus braços e beija o alto da minha cabeça.

– Você me surpreende – diz ele. Deve ter dito isso umas vinte vezes a essa altura, mas essas palavras sempre me fazem sorrir. – É tão bom abraçá-la de novo.

É bom para mim também. Faz tanto tempo que não nos deitamos um ao lado do outro...

– É a melhor sensação do mundo – digo. Beijamo-nos longamente, que é outra coisa que não fazemos há muito tempo. Os beijos são do tipo lento e profundo, que dizem mais do que palavras jamais conseguirão, fazendo-me sentir amada e valorizada. Ele está quase dormindo quando paramos. Temos o resto da vida para nos beijarmos, por isso, sussurro que é hora de ele tirar uma soneca. Ele murmura em concordância sem abrir os olhos, e deslizo para fora da cama, saindo do quarto.

Ele tosse durante um tempo mas depois não ouço mais nenhum som vindo do quarto. Esgueiro-me e verifico como ele está, observando seu peito até vê-lo subir e descer. Então, fecho a porta com suavidade.

Enquanto Jonathan dorme, dou uma olhada na correspondência que minha mãe vinha recolhendo para mim e encontro um envelope sem endereço de remetente. Forço a aba para abri-lo, e em seu interior há duas notas de cem dólares e a palavra "obrigado" escrita em um pedaço de papel. Há também um desenho de criança. É de uma mulher de cabelos loiros e ela está dirigindo um carro. Há uma coroa de princesa em sua cabeça e um homem no banco do passageiro.

E um pato azul no banco de trás.

Impresso por :

gráfica e editora
Tel.:11 2769-9056